Vendetta

Ana Karina Monrro García

Vendetta
Todos los Derechos de Edición Reservados
©2014, Ana Karina Monrro García
Pukiyari Editores
Portada: Micah Zingg
Foto de Autora: María González Bethancourt

ISBN-10: 1630650269
ISBN-13: 978-1-63065-026-1

Pukiyari Editores
www.pukiyari.com

A Dios, por bendecirme con el don de la escritura.
A los que creyeron en mí, por siempre brindarme su
apoyo incondicional, y también a los que no, porque
su rechazo me dio fortaleza para continuar.

PRÓLOGO

Es agotador, ¿no? Es fatigoso el hecho de que te juzguen por el resto de tu vida, y que no exista nadie capaz de brindarte una mano amiga, o quizás un hombro para llorar. Sí, es aplastante. Es terrible despertar cada mañana y tomar en cuenta que no tienes a nadie, estás solo, te apoyas a ti mismo porque ningún ser humano tiene el corazón lo suficientemente frágil como para tomarte en cuenta, así sea un segundo. Es frustrante recibir palizas innecesarias, producto de las constantes burlas de quienes te rodean. Es frío y malvado que te separen de lo que más amas, sin ningún tipo de consideración.

Con una vida así cualquiera quisiera matarse...

... o quizás matar.

CAPÍTULO UNO

Cubrí mi enmarañado cabello con la capucha del suéter, bajé la mirada y esperé sin mucha fe que ellos no notaran mi presencia. Antes de salir del auto de mamá, desde lo lejos inspeccioné uno por uno a esos siete idiotas. Parecían no tener problemas existenciales pues no dejaban de sonreír y tontear entre ellos mismos. Estaban distraídos, así que podría pasar rápido y no se molestarían en voltear a mirarme. Disimulé mis nervios, sin dejar de caminar con total rapidez. Pasé por su lado, y percibí una extraña mezcla de perfumes costosos. *Se creen lo máximo por ser adinerados.* Solté un suspiro cuando empujé las puertas de entrada de la escuela. El pasillo estaba lleno de estudiantes, pero podía colarme entre ellos como un jabón escurridizo. Llegué hasta mi casillero, giré el candado y saqué los libros necesarios. Me empeñaba en mantener en secreto mis buenas notas, aunque la mayoría de los profesores arruinaban mis planes al felicitarme en voz alta, frente a todo el salón de clases, al entregar un examen. *¡Un aplauso sarcástico a todos esos maestros que lo han hecho, y aún lo siguen haciendo! ¿Es que nunca se dan cuenta cuando los asesino con la mirada, retorciéndolos en mi mente de la peor forma?*

Mis libros cayeron al suelo en un despiste, al tiempo que el agudo grito de una mujer furiosa chocó contra mis tímpanos. Cerré los ojos, irritado, el sonido ahora era incesante. Apreté los dientes, hasta llegar a pensar que los quebraría sin querer. Ella seguía gritando cuando abrí mis ojos. Quería golpearla hasta dejarla muda, sólo para no escucharla dar esos horribles alaridos más nunca. Sin embargo, no podía. ¿Qué no podía porque se trataba de una chica? Esa teoría es nula para mí; si una muchacha te patea, hazle lo mismo. No. Mi obstáculo no era su género sino su nombre, lo que ella era para mí. Simplemente no pude tocarle ni un solo cabello por su belleza inalcanzable. Marion Perry siempre fue la chica de mis sueños, muchas veces sentía envidia al verla en los brazos de Floyd Lancaster. Ese sucio hijo de perra la engañaba con cualquier mujer que pasara frente a sus ojos; la única condición era que tuviera la figura de un esqueleto y un par de jugosos pechos. *Marion Perry... ¿Por qué me abandonaste?*

—¡Eres un idiota, ni siquiera eres capaz de darte cuenta por dónde caminas! ¡Inútil gótico de mierda! —gritó antes de dirigirse a su grupo en la entrada de la escuela.

La gente cambia, puedo estar seguro de ello. Esa chica era el vivo ejemplo de la "evolución" humana. Pasó de ser una muchacha dulce, con buenas notas y consentida por sus padres, a una superficial y poco inteligente. Saltó de amarme, como su mejor amigo que siempre fui, a odiarme, como los desconocidos que ahora éramos. Fue como si nunca hubiésemos compartido secretos, como si nunca hubiésemos jugado juntos, como si nunca hubiésemos sido amigos. ¡Bah! Qué cursi, cómo odio este lado mío; es bobo e inservible, sólo provoca que me desquicie incluso más.

Recogí los libros del suelo y seguí mi camino. Por segunda vez, me tropecé con alguien. De nuevo, el material de estudio se estrelló contra el piso encerado. Me arrodillé a recoger los libros desparramados y los bolígrafos rodando todavía. Me sentí molesto, a punto de reaccionar sin pensar, pero esperé a encontrarme cara a cara con el culpable. Subí la mirada y me encontré con un tipo conocido, seguido por tres chicas y tres chicos más. *Y he aquí mi rutina diaria...*

—¿Por qué te tropezaste con mi novia? —Floyd me encaraba con el rostro rojo, bullendo con rabia.

—¡Ella se tropezó conmigo! —respondí entre gritos, a lo que él me estrelló contra los casilleros—. ¡Suéltame!

—¡No quiero! —su aliento a alcohol me dio de lleno en el rostro.

Lo empujé con todas mis fuerzas y me tiré sobre él para golpearlo en el suelo, trastornado por haberme agredido una vez más. Estaba agotado, hastiado de tantos malos tratos. Todos, incluyendo esas tres chicas, me maltrataban por ser... diferente. *¡¿Cuál es su maldito problema?! Si no eres igual a ellos, te toman de extraño. ¡Ugh! Los odio, los odio con todo lo que da mi negro corazón.* No dejaba de golpearlo, y torturarlo con mis propias manos. Me levanté y tomé una de sus piernas entre mis brazos. Todavía con la ira recorriéndome las venas, hice presión hasta que escuché cómo se partía en dos su extremidad. Un grito de dolor salió de su boca. Sus amigos observaban, estupefactos. Ninguno hizo el más mínimo intento por separarnos.

—¿Qué está ocurriendo? —una voz se escuchó cerca de nosotros.

Volteé. Vi el grupo inmenso de estudiantes que se formó en el corredor y al director caminando en nuestra dirección. No estaba asustado, ni mucho menos. Estar en esa oficina podía convertirse en uno de los sucesos más emocionantes de mi vida. Le contaría al anciano, con lujo de detalles, el placer que sentí al romperle la pierna a Floyd Lancaster.

—¡Señor Davis, a mi oficina, ahora! —el viejo en esmoquin me dio órdenes y yo las seguí maravillado.

Tenía una gran sonrisa en el rostro. Todos me miraban con cierto terror emanando de sus ojos. Jamás reaccioné de esa manera, pero eso no significa que no sentí la adrenalina y el poder para hacerlo en ocasiones. Me senté frente al escritorio del superior y esperé a que dijera algo.

—¿Qué dices en tu defensa, Davis? —entrelazó los dedos encima de su escritorio.

—Nada. Soy asquerosamente culpable, y quise golpear a Floyd Lancaster con todas mis intenciones, al igual que quebré su pierna porque realmente me provocó —me recosté en el respaldar de la silla con expresión sobrada.

—¿Y te expresas así nomás? ¿Qué pasó con el niño tranquilo que leía a la hora del recreo? —el director parecía estar impactado—. ¡Nunca fuiste así de agresivo, Jerrell!

Sus gritos me impacientaron. Me levanté del asiento y golpeé su escritorio, soltando un rugido desde lo más profundo de mi garganta.

—¡Esas siete bestias, allá afuera, son las culpables de todo! Esos malditos me arrebataron mi juventud soñada... ¡Me golpean y se ríen, me insultan todos los días y siempre me dejan tirado en los pasadizos de la escuela, en el baño o, peor, en un callejón, desangrándome y muriéndome como un perro desamparado! Nunca, y escúcheme bien señor Scott, nunca supe lo que es odiar a alguien hasta que llegué a la secundaria. Creí que madurarían, pero lo único que hacen es pudrirse cada día más. ¡Lo que más me dolió fue que le hayan lavado el cerebro a mi mejor amiga! ¡Era mi mejor y única amiga, no de ellos, y terminó del bando de esos imbéciles! —alcé el tono de la voz, a lo que él respondió con un movimiento hacia atrás. Me tenía miedo—. ¡Cada día llegaba vuelto un mar de lágrimas a mi casa, y eso provocaba que me hiriera a mí mismo! Hasta que... —hice una pausa— ...hasta que la tristeza se convirtió en rabia, ira, rencor... Y tengo que decir que esas tres sensaciones unidas pueden ocasionar severos daños en la humanidad, señor Scott —el anciano mantenía los labios entreabiertos. De seguro mis ojos expresaban claramente la locura que comenzaba a sufrir—. Lo peor del caso es que usted nunca hizo nada, ¡y, por favor, no venga con la excusa de que no se enteró! Jamás los castigó, jamás los reprendió por sus acciones… Más bien los adulaba cada vez que ganaban un campeonato de futbol; y cuando las chicas quedaban de primeras en la clase, por quincuagésima vez —me reí burlonamente—. Señor Scott, tengo dieciocho, y faltan exactamente dos meses, cuatro días y doce horas para que me gradúe. Cuando esté fuera de esta cárcel, los haré pagar a todos, no lo dude —su expresión era de terror. Bajo el escritorio, las manos le temblaban, podía sentir sus nervios reventar en su interior—. Por cierto —comenté, observando sus bolígrafos con curiosidad—: qué lindos lapiceros —tomé uno y jugué con él. El sonido era molesto, pero estaba maravillado con el rítmico movimiento que hacía al empujarlo de arriba abajo—. Debería… quitarlos mientras estén a mi alcance —expulsé la última palabra con rudeza. En ese instante, lancé el bolígrafo directo a la diana que se encontraba en su pared, dando en el blanco—. ¿Puedo retirarme? —mi voz era serena, como si nunca hubiese gritado en esa pequeña sala. El director asintió mientras palidecía. Imaginé que se sentiría aliviado al verme caminar lentamente hacia la puerta de su oficina. Lo sentí completamente aterrado durante mi monólogo, creí que clamaría piedad en cualquier instante.

Fuera de la oficina, en los pasillos, no se encontraba nadie. Tomé mi bolso, el cual se hallaba tirado al pie de mi casillero, y me retiré hacia la puerta principal. No quería pudrirme en un pupitre, con un tonto frente a mí hablando de cosas improductivas y dándome órdenes. No había mucho que explicar, simplemente no quería ir a clases, y no lo haría porque me apetecía estar en las calles.

Afuera, sentada en las escaleras, se encontraba una muchacha; lloraba con desesperación, y nadie parecía estar cerca para subirle un poco el ánimo. Dudoso, me acerqué a ella. Mis pasos fueron silenciosos; tan silenciosos que ni siquiera se percató de mi presencia hasta que me senté a su lado. Saltó levemente y me miró horrorizada... al igual que yo a ella. La conocía, y no había pasado mucho tiempo desde la última vez que la vi. Fruncí el ceño. No debería de estar junto a ella, haciendo un tonto intento por ayudarla. No después de lo agresiva que fue conmigo. Sentí tanta impotencia que la sangre me hirvió dentro de las venas, comencé a temblar y supe que pronto me volvería un animal si no me alejaba de ahí. De hecho, todo el amor que sentí al verla en la mañana se esfumó por completo y en su lugar se asentó un espeso sentimiento de tirria. Intenté irme, mi intención era evitar cualquier tipo de problemas que pudieran surgir, pero su mano huesuda me tomó por la muñeca.

—Quédate —la escuché susurrar.

—¿Que me quede? Después de la manera en que me has tratado los últimos años... ¿me estás pidiendo que me quede? —ella cerró los ojos ante la fuerza de mi voz—. ¡Yo te pedí lo mismo cuando te volviste la mejor amiga de ese grupito de estirados, Marion! ¡Me abandonaste, y ahora que no hay ningún hombre en donde llorar corres a mis brazos!

—¡Si fuiste tú quien se acercó! —contraatacó. Se levantó de las escaleras, tratando de limpiarse con las manos las lágrimas de los ojos.

—¡Creí que eras otra persona! Alguien… real, ¡no como todos los salvajes en este lugar! Son todos unos superficiales a los que únicamente les importa su reputación y cómo se ven ante los ojos de los demás. ¡Me arrepiento de haberme detenido para intentar "charlar" contigo!

Dejó salir un grito de rabia desde lo más profundo de su garganta.

—¡De veras te odio, Jerrell Davis! —las venas de su cuello se tensaron.

Sin pensar antes de actuar, subí mi mano rápidamente y le volé una cachetada. De inmediato cayó al suelo. La escuché sollozar, pero ni eso pudo mover un milímetro mis sentimientos. Estaba iracundo, y no me arrepentí de haberla golpeado. Me agaché a su lado y le susurré al oído:

—Ve y cuéntale a tu novio. Dile que me busque y me parta los huesos, que lo estoy esperando con ansias —emprendí mi camino sin saber para dónde ir.

Estuve vagando por callejones bastante oscuros, a pesar de estar a plena luz del día. Acabé con una caja de cigarros mientras observaba a los niños jugar con sus familias en el parque. Se veían felices, como si ningún tipo de preocupación rondara por sus cabezas. *Uhm… ¿Mis padres intentaron ser así conmigo? Sí, ya lo creo; el problema fui yo, que veía aburrido cualquier tipo de entretenimiento que estuviese fuera de la ficción.* Recuerdo las montañas de juguetes que recibía en las vísperas navideñas, eran objetos realmente costosos y de los que un niño se enamoraría con facilidad... bueno, eso si fuese un chico normal. Nunca me he considerado igual que el resto, soy bastante diferente, la historia de mi niñez y juventud lo dice todo.

Una pelota de colores rebotó y llegó hasta mis zapatos. La miré por un largo rato, hasta que la tomé entre mis manos. En ese momento, una niña con largos cabellos de oro y un par de hermosos ojos verdes, de unos seis años quizá, se acercó a mí. Fingí que no la percibí, de manera que tomó la bota ajustada de mi pantalón y la haló un poco, llamando mi atención.

—Disculpe, señor... ¿Podría regresarme mi pelota? —preguntó con inocencia y voz angelical.

Bajé la mirada, nada más para encontrarme con esa hermosa mezcla de colores en sus cuencas. La detallé sin pausar para contestarle. Y debo admitir que si puse incómoda a la niña, no era mi intención, pero podía ver claramente en esos ojos la mirada sonriente de Marion Perry a la edad de ocho años, cuando nuestra amistad era lo mejor que teníamos en nuestras vidas. Reaccioné y le entregué la pelota. La pequeña me dedicó una sonrisa y corrió de nuevo hacia donde se encontraban sus padres, quienes me miraban con voraces ganas de agarrarme a cachetazos.

El sol caía, y yo procedí a regresar a casa. Caminé unas pocas cuadras y llegué en escasos minutos, sin mucho esfuerzo. Como de costumbre, introduje la llave en la puerta y pasé sin notificar que me encontraba en casa. Crucé la sala de estar, en busca del consabido atajo hacia mi habitación y cuando parecía que alcanzaría mi meta me topé con los rostros decepcionados de mis padres. Los ojos azules de mamá se veían cristalinos, mientras que los de papá únicamente demostraban despecho.

—Nos llamaron de la escuela —inició mi mamá.

—Y... ¿qué se supone que deba hacer? ¿Aplaudirle al director? —enarqué ambas cejas con sarcasmo.

—¡No le hables así a tu madre! —mi padre levantó el puño, pero mamá lo detuvo.

—Basta, John... Hay que decirle —Norah no pretendía resolver los problemas a los golpes, su verdadera intención era llegar directo al grano.

—¿Decirme qué? —pregunté sin muchos rodeos.

—Desde pequeño, siempre... has actuado muy extraño. Creímos que era por tu inmadurez, pero nada cambió a medida que ibas creciendo. Tu mamá y yo no sabíamos qué hacer antes, y ahora mucho menos, después de la llamada del señor Scott... ¡Le partiste la pierna a Floyd Lancaster! —rodé los ojos con fastidio mientras seguía escuchando la voz de mi padre—. Es suficiente, Jerrell. Decidimos tomar medidas drásticas para ti.

—¿Qué quieren decir? —mi corazón comenzó a latir a una gran velocidad.

—Lo sentimos, hijo —una lágrima rodó por la mejilla de mamá.

—¿Qué diablos...? —comenté para mí mismo, estupefacto.

La puerta principal se abrió de improviso y entraron unos sujetos vestidos de blanco. Eran musculosos y con una altura similar a la mía. Al observar sus camisas supe que se trataba de empleados de un centro de rehabilitación mental. Sin decir palabra alguna, vi que uno de ellos sacó una jeringa con un líquido transparente. Les di una última mirada a mis padres, me sentía traicionado. Gruñí y me apresuré hacia la puerta trasera, no me dejaría atrapar. Un poder desconocido hasta entonces para mí se desarrolló en mi interior, permitiéndome correr como nunca antes.

Largos pasos se escuchaban a mis espaldas, pero eso no me detuvo en ningún momento. Empujé a muchas personas y destrocé los puestos de comida de varios comerciantes. No me produjo remordimiento alguno, lo único que me importaba era huir de esos gorilas.

Las gotas de sudor rodaban por mi frente y por la anchura de mi espalda, y el aire para respirar comenzaba a agotarse; pero no disminuí la velocidad… o no lo hice hasta que un auto, salido de la nada, me golpeó. Volé unos metros y caí al pavimento con un profundo dolor en el tobillo. Entrelacé ambas manos alrededor del hueso obviamente roto.

Una mujer rubia, de tamaño promedio y cuerpo no muy proporcionado, se bajó del auto. Estaba envuelta en gritos y llanto. Se agachó a mi lado, y fue fácil reconocerla. Era mi mamá.

—¡Jerrell! Hijo, no sabes cuánto lo siento, yo… —su oración fue interrumpida por papá.

—¡Aléjate de él, Norah!

—¡Cállate, John! ¡Es nuestro hijo! —sus manos estaban sobre mi pecho y arrugaba mi suéter a medida que aumentaba la intensidad de sus gritos.

—Señora, necesitamos cumplir con nuestro trabajo —habló uno de los tipos que me venían persiguiendo.

—¡No, por favor no se lo lleven!

—¡Norah! —la voz de mi padre se endureció—. ¡Él necesita ayuda y estás interfiriendo! ¡Apártate de una buena vez! —Norah ignoró a mi papá, y dejó toda su atención para mí. Sobó mi cabello, pero ni siquiera eso logró estrujarme el corazón. Ella estuvo de acuerdo con la decisión, ahora se trataba de una traidora más—. ¡NORAH! —papá perdió la paciencia y la tomó de un brazo. La arrastró lejos de mí, y la obligó a observar cómo se hacían cargo de levantarme.

Grité con histeria cuando me tomaron por brazos y piernas.

—¡Suéltenme, no tengo nada que ver con ustedes!

Mentía pues tenía en claro que estaba loco, desquiciado y lleno de rencor; simplemente quería que me dejaran morir en paz con las constantes voces en mi cabeza que hacían de mis días el peor infierno... ¡pero no! ¡Nadie nunca me ha dejado vivir tranquilo, absolutamente nadie! La única persona capaz de entenderme fue Marion, la única capaz de apaciguar mis extrañas rarezas y de no hacer preguntas cuando tenía largos períodos de locura. Pero todo se desvaneció, todo quedó en el pasado… y eso me afectó más de lo esperado. Nadie tiene la menor idea de lo que puede desatar con sus acciones; y para mí, esa fue la gota que colmó el vaso… No saben en lo que se metieron.

Capítulo Dos

Es normal sentir un gran placer apenas el humo del cigarrillo roza tus labios, ¿no es así? El cigarro es la peor adicción que he tenido hasta los momentos, es la peor droga que me he suministrado; pero es tanto el goce que es imposible dejarlo, simplemente imposible.

—Deja de fumar, Jerrell. Esto es una clínica, no una cárcel. Dime, ¿cuántas veces te lo tengo que repetir? —Marnie, mi respectiva enfermera, se paró frente a la puerta de brazos cruzados y con el ceño fruncido.

—Vamos, Marnie —me reí con sorna—. Eres tú quien me cubre cada vez que fumo —le guiñé el ojo. Podía depositar mi confianza en ella, se puede decir que también era una buena compañera.

—Lo cual no debería hacer —dijo compungida. Seguro se culpó internamente por hacer mal su trabajo y encubrir a uno de los "locos"—. Termínalo y no quiero ver que salga más humo de tu habitación. Me han llamado la atención tres veces.

—Algún día te lo compensaré —disfruté una vez más al soltar todo el humo de mis pulmones.

—Me basta con que dejes de fumar —argumentó y luego de asegurarse que estábamos solos, se retiró.

Tres años han pasado, tres miserables años desde que Marnie cuida de mí día y noche. Se mantiene alerta y observa que no enloquezca, que no me adormezcan tan seguido, que no sea agresivo, que deje de fumar y que no me escape, además de cumplir mis tontos caprichitos de adolescente, como el de ordenar la comida que quiero, comprar buenas películas y llevarme a la habitación un poco de ropa decente, con la idea de que yo me vea como alguien "normal".

Al estar desconectado del mundo casi en su totalidad, aprendí que hay mejores maneras de divertirse y pasar el tiempo; aunque no era la persona más sociable de todas. Desarrollé una gran habilidad por el dibujo y la escritura. Por primera vez tomé un par de pesas en mis manos, y a partir de entonces me reviento dos horas por día para estar en forma.

Soy el más normal de todos los que residen en el enorme edificio blanco, me comporto como una persona sin problemas. Puedo mencionar a los que se asemejan un poco a mí, y a los que en definitiva no tienen otra opción que la de permanecer amarrados a una cama. Pobres... ni siquiera saben en dónde se encuentran, creen que su realidad abstracta los va a arrastrar algún día a un lugar oscuro y de dolor. Eso dicen los médicos.

—Jerrell —Marnie se asomó nuevamente—. Alguien vino a verte.

—Desde el primer día te dije que no acepto visitas —le hablé con hostilidad; tanta, que me sentí culpable. Marnie es únicamente una muchacha de diecinueve años ganándose la vida con su trabajo de enfermera.

—Se lo dije, pero insistió. Dice que es urgente tener una charla contigo —me mantuve en silencio, no tenía nada que decir—. ¿Qué hago?

Lo pensé por unos segundos. Me cruzó por la mente la idea de que quizá sería bueno hablar con alguien, además de Marnie. No imaginaba quién podría ser, pero un poco de compañía no me haría mal.

—Dile que pase —apagué el cigarrillo aplastándolo contra un cenicero.

Un par de voces femeninas resonaron con fuerza en el pasillo. Conforme avanzaban se hacían cada vez más nítidas y, a pesar de estar de espaldas a la puerta, pude reconocer una de ellas con facilidad. Venía precedida por aquel inconfundible aroma, envuelta en su voz única, y seguida por el rítmico sonido de sus tacones, toc-toc-tun-tun-toc-toc, que asemejaba un instrumento musical casero. Sólo podía tratarse de una persona.

—Hola, Jerrell —su voz salió como un dulce suspiro.

—¿Qué haces aquí? —contesté un poco embelesado, jamás podría olvidarme de ella, de lo que alguna vez sentí y de su perfección, pero también desconcertado pues una parte de mí la seguía aborreciendo.

—Es que… tenía que ver con mis propios ojos que estabas aquí —asentí a sus palabras aunque todavía no volteaba a enfrentarla—. No lo entiendo… Tú no eras así.

—Tú tampoco —me bajé de la mesa en la que estaba sentado y la encaré.

Mis piernas se debilitaron, y contuve la respiración para mantener la compostura. Vaya que sí estaba hermosa. Veintiún años y con una belleza inverosímil. Cabello rojo carmesí, labios rosados y carnosos, su perfecta piel blanca, casi como la nieve, preciosos ojos castaños, cuerpo de modelo y una estatura perfecta.

Ella esbozó una sonrisa. La observé con curiosidad.

—Estás… diferente —sonrió complacida—. Tu cabello es… liso, y más oscuro. Te ves fuerte y muy… —comentó mientras pasaba sus manos por mis brazos musculosos. Me puse nervioso—. Pero no vine a hablar de eso —sus manos volvieron a entrelazarse entre sí frente a su abdomen—. Yo… quería pedirte disculpas.

—¿Uh? —contesté alelado, como un tonto sin palabras.

—Sí. Te he tratado mal durante mucho tiempo, y no sé la razón realmente. No tienes la culpa de nada, y yo me dediqué a imitar todo lo que hacían Floyd y sus amigos.

—No… n-no te creo —tartamudeé—. De hecho —mi voz se endureció de nuevo—, no hace falta que te disculpes. De todas formas, no sirve de nada. Todos ustedes hicieron que perdiera la paciencia. La pagué con Floyd y terminé aquí. Los primeros días fueron un soberano desastre, y no se detuvieron hasta que me adapté. Un «lo siento» no va a arreglar el daño inmenso que me hicieron por mucho tiempo.

Desvió la mirada y cambió de tema.

—Qué bonitos dibujos —se acercó a uno y lo tomó entre sus manos—. ¿Qué significa *Vendetta?*

—Venganza, en italiano —respondí sin más.

Sentí la mirada gélida de Marion, y su piel ponerse de gallina. Como si algo se lo hubiese dicho, volteó todos los dibujos y descubrió lo que estuve construyendo durante tres años. Sin ninguna expresión en el rostro, la miré. Sus ojos manifestaban terror absoluto.

—¿Qué es esto? —sus palabras se quebraban en el aire.

—Lo que ves —mis venas se brotaron sin tener la necesidad de estar presionado. Ella estaba atemorizada, y eso me excitaba—. Me tienes miedo, ¿no?

—No te acerques —retrocedió un par de pasos, todavía tenía mi arte en sus manos—. Ya entiendo por qué estás aquí, Jerrell Davis. Estás desquiciado y minado de rencor. Lo único que quieres es cobrar venganza —se expresaba entre dientes—. Le voy a llevar esto a la policía. Apenas salgas de aquí, te mandarán a la cárcel.

Decidida, caminó con rapidez hacia la puerta, pero yo fui más veloz y la tomé por el cuello. La empujé contra la pared, de manera que no pudiera mover ni un músculo de su cuerpo.

—No vas a ningún lado con esos dibujos. Si te da la reverenda gana de decirles a todos tus amiguitos que me viste, y que estoy más loco que la última vez, y que tengo un gran rencor hacia cada uno de ellos, hazlo. Mejor así, porque el miedo me fortalece, más que nada —la solté—. Dame mis bocetos, y no te voy a herir —sus ojos se humedecieron—. ¿Sí, cariño?

Dejó caer mis bosquejos al suelo. Dirigió su mirada hacia mí por última vez y salió a toda prisa por la puerta. La escuché sollozar con sentimiento a mitad del pasillo. Marnie se asomó. La observé fijamente. Me ofreció una expresión cansada.

—¿Qué le hiciste? —preguntó.

—La verdadera pregunta es, ¿qué me hizo ella a mí? Piénsalo un poco, Marnie.

Se retiró, cerrando la puerta a sus espaldas. Me asomé por la ventanilla que daba hacia el pasadizo y me cercioré que nadie estuviese viendo. En silencio, encendí otro cigarro.

CAPÍTULO TRES

La tristeza de Marnie era perceptible. Sin decir nada me ayudaba a guardar mis pertenencias, una expresión de pesar desdibujaba su rostro. Hacía su trabajo con delicadeza, como si cada cosa que tomara en sus manos se fuese a romper. La miré por un instante. Con todos mis sentidos la observé. Nunca me detuve a detallarla y, ahora que lo pienso, esa fue la primera vez que reparé en su atractivo. No era mi tipo de chica, pero me imaginé que podría tener a cualquiera que se le cruzara en el camino, sería fácil babearse por ella.

—Por favor, Marnie —la toqué con suavidad en la nuca—. Quita esa mala cara, sé que algún día nos volveremos a ver.

—No lo creo, en dos días me voy a Suiza con mis abuelos —respondió desganada.

—¿Hablas en serio? —pregunté y ella asintió—. Uhm… entonces, supongo que estaremos hablando por correo —se encogió de hombros, como si todo le diera igual. Tomé su barbilla y la obligué a mirarme. Sus ojos color miel estaban opacos—. Amistad es amistad, aunque la distancia esté de por medio, así que te ruego sonrías y me acompañes hasta la salida.

Tomé ambos bolsos y me encaminé hacia la puerta; sin embargo, un débil jalón me obligó a retroceder. Marnie pasó sus delicados labios sobre los míos. Se movían rítmicamente, y no tardé en corresponderle. Estaba mal besar a alguien que consideras tu amiga, pero se sentía bien, y no iba a dejarlo. *¿Qué otra reacción se podría esperar de mí? ¿Que la aleje? No lo creo.*

Solté mi equipaje y pasé ambos brazos por su cintura, pequeña y tallada, perfecta para mí, como si hubiera sido hecha a mi medida. Lamento reconocerlo, pero ese beso, a pesar de haberlo iniciado ella, lo seguí para satisfacer mis necesidades como hombre. Qué lástima que haya sido ella la primera en ofrecerse.

—Siempre me gustaste —dijo sobre mis labios. Sonreí.

—A mí no —sus ojos me miraban con estupor—. Recuerda que únicamente somos amigos.

—Entonces ¿por qué respondiste a mi beso? —su voz se quebró de un momento a otro.

—Porque soy hombre. Interpreta mis palabras, Marnie —me separé de ella y tomé mis valijas—. Espero me escribas desde Suiza —le guiñé el ojo y salí con tranquilidad.

Cada paso que daba era un recuerdo diferente de todo lo que viví para poder salir de aquella estúpida pocilga. Al principio me comportaba como mis instintos me indicaban; pero razoné, y supe que jamás, ni en mil años, saldría de ahí si seguía actuando como el demente que soy. Me controlaba y expulsaba toda mi ira ya cuando estaba dentro de mi cubículo correspondiente, dibujando y escribiendo detrás de las páginas, simulaba que tomaba las píldoras recetadas y fingía dormir por las noches, cuando realmente tomaba café y disfrutaba con sadismo de mis ideas. Después de todo, mis planes dieron buenos frutos pues ya caminaba con parsimonia hacia la salida.

La secretaria me sonrió apenas pasé por su lado. Levanté la mano en señal de despedida y empujé la puerta de cristal. La luz solar me encandiló. Me descubrí inmóvil frente a ella, absorbiendo su energía, y es que habían transcurrido años desde la última vez que salí a las calles de San Francisco.

Caminé en dirección contraria al sanatorio, en busca de la ruta correcta hacia la casa de mis padres. Tenía dificultad en recordar. Parecía que mi mente borró por completo la información acerca del lugar donde solía vivir. Pasé por el centro de la ciudad, y me fasciné con la cantidad de soñadores que la habitaban. Me dije que quizá en un futuro extremadamente remoto pudiera ser como ellos: una persona normal. Seguí avanzando, imaginando cómo estarían ese par de seres traicioneros a los que alguna vez llamé "padres". Pronto lo averiguaría.

Después de preguntar a todos si conocían la vivienda de la familia Davis, logré obtener respuesta de un hombre que decía ser amigo lejano de John. Agradecí al anciano y caminé con pasos lentos hacia mi antiguo hogar. No tenía ni la menor idea de cómo reaccionarían ellos; por mi parte, mantendría la calma que tuve desde que me encerraron en esa porquería.

—Ahí está —me dije en cuanto visualicé la enorme casa.

La brisa fría me entumeció los huesos. Me detuve un instante, lo necesario para darme un poco de calor a mí mismo. *¿Qué demonios estoy haciendo? No tengo tanto tiempo y lo estoy perdiendo.* Continué la marcha con rapidez, como un niño perdido que intenta llegar a su casa antes de que alguien lo atrape y lo aleje para siempre de lo que más quiere.

Las plantas estaban bien conservadas, al igual que la grama, la estructura, hasta el inmundo ambiente de la casa. Todo se veía en perfecto estado, como si nunca hubiese ocurrido nada. En definitiva, ninguno de los dos me echó de menos. *¡Bah! Puras estupideces, no me interesa ni en lo más mínimo si me extrañaron o no.* Dentro de esa casa estaba lo que quería, y no era precisamente el amor de ese par.

Antes de llamar a la puerta, fijé mis ojos en una de las largas ventanas. Los podía ver a ambos, riendo felices con un par de copas de vino, diferentes tipos de quesos y una película en constante reproducción en el plasma de la sala. *No se ven afectados. Ansío admirar sus rostros cuando me vean de pie frente a ellos, en la puerta de la casa.*

Sin mucha espera, pulsé el botón a un lado de la puerta. Esbocé una sonrisa al ver sus rostros interrogativos. Seguí con la mirada los suaves movimientos de Norah, hasta que un muro la tapó por completo. Escu-

ché como descorrió el seguro de la puerta. A continuación, dejó caer la copa, y esta se quebró en mil
pedazos al hacer contacto con el suelo. El líquido tin-
tado manchó sus zapatos, mientras que en los míos no
aterrizó ni una gota. Palideció repentinamente, fue
como si hubiese visto a la peor bestia de todas.

—¿Norah? ¿Estás bien? ¿Qué ocurre? —escuché
la voz de John acercarse. En segundos lo vi a unos
escasos centímetros de Norah.

—¿No me van a invitar a pasar? —comenté con
ironía mientras me abría paso por entre ellos. Los miré
con intenso placer. Seguían callados, boquiabiertos, y
no dejaban de observarme—. Algún día tenía que regresar, o... ¿pensaron que nunca saldría de esa ratonera? —sus expresiones estupefactas alimentaron con
creces mi ego. Se sorprendieron al notar que mi voz
cambiaba de una melodía juguetona a un sonido hueco
y gutural. Fastidiado, seguí la conversación—. Ya
que, por lo que veo, ustedes no piensan decir nada,
hablaré yo. No estoy aquí por ninguno de los dos,
vengo por otras cosas, objetos que necesito.

—Jerrell... —Norah trató de decir algo y yo la interrumpí terminando su frase.

—...te extrañé tanto, hijo —me reí con amargura—. Basta de mentiras, por favor. Estoy fastidiado de
escucharlas todo el tiempo, y de las bocas de todo el
mundo. Cállense y escúchenme, sobre todo tú —dije y
señalé a John—. Quiero que bajes al sótano y busques
todas tus armas con las que te ibas de cacería, y cuando digo todas me refiero a TODAS. Ya no las necesi-
tarás, estás muy viejo para salir de caza.

—¿Para qué las quieres? —habló con firmeza. De seguro le aterraba poner un arma en mis manos de loco.

—¡No es tu problema! —mi voz retumbó en toda la casa—. Quiero que las busques, y no hagas ningún tipo de preguntas.

—No puedo hacerlo, Jerrell. Sé con quién estoy hablando, y no es precisamente con una persona cuerda, así que será mejor que... —antes de que terminara de hablar, saqué un arma y apunté directo a la frente de Norah. El cuerpo de la mujer se volvió una completa gelatina, y los ojos de John estuvieron a punto de salirse de sus órbitas.

—Efectivamente no estás hablando con una persona cuerda, John, tienes toda la razón; pero estoy tan loco que soy una mente maestra, y soy tan bueno ideando planes, manipulando y cumpliendo mis objetivos que puedo saber lo que estás especulando incluso antes de que lo expreses con palabras, y sé que en este momento estás pensando en sacar el arma que está escondida dentro del florero a tus espaldas y dispararme en una pierna, para luego entregarme a la policía y no saber de mí más nunca en lo que queda de tu miserable vida —Norah comenzó a llorar—. Así que, si quieres que Norah siga con vida y que no los moleste de nuevo, busca lo que te pedí. Pistolas, escopetas, cuchillos, los tornillos más largos que tengas, navajas, cinta aislante y... bueno, ya sabes lo que sigue, fuiste tú quien los compró hace unos cuantos años —atemorizado por mi comportamiento, se retiró hacia el sótano—. Ah, y también quiero tu cámara fotográfica —sonreí con hipocresía.

—¿En qué asqueroso ser te convertiste, Jerrell Davis? —su voz femenina y delicada se cortó al decir mi nombre.

—No hace falta contestarlo, tú misma lo estás observando —me lancé hacia el sofá, sin dejar de empuñar el arma—. ¡Vaya! Sí que amaba tirarme aquí después de la escuela. Era el lugar perfecto para tomar una siesta —miré con premura el reloj y me irrité por un instante—. ¡Vamos, viejo, no tengo toda la noche!

—Respeta, hijo, ¿también vas a perder los modales? —reprochó la mujer de cabello rubio.

—Lo perdí todo, y ya no me interesa. No pretendas que sea el mismo niño idiota que tenía una sola amiga, quien lo traicionó y abandonó por pura fama escolar. Tengo veintiuno, y estoy más que dispuesto a hacer lo que quiera con mi vida. Te agradecería infinitamente que no metieras tus narices en mis cosas porque podrías terminar mal, peor de lo que imaginas.

Pisadas fuertes y pesadas se escucharon subir desde el sótano. John cargaba un par de bolsas grandes. Se veían llenas, pero a mí me faltaba algo más para quedar satisfecho.

—Quiero las llaves del Audi —mi supuesto papá se rió.

—Ni lo sueñes —protestó.

—Dije que quiero las llaves del Audi —hablé entre dientes.

—¡No te las voy a dar! ¡Puedes matar a alguien en la calle!

—¡Maldita sea, dije que me des las llaves del auto! —mi tranquilidad se disipó y dio paso a sentimientos de ira y malestar que provocaron que disparara hacia el techo de la sala—. ¡Las quiero ahora, de lo contrario, le dispararé a Norah! —me acerqué a él—. Y sabes que soy perfectamente capaz de hacerlo.

—¡TOMA! —gritó desesperado—. Toma las llaves, las armas, la cámara… ¡Toma toda tu basura y lárgate, animal, lárgate de mi casa! —reaccioné peor de lo que yo mismo esperaba. Golpeé a John en la frente, dejándolo inconsciente. Norah ahogó un grito.

—Ahora sí es suficiente —guardé el arma en la parte de atrás de mi pantalón y cargué con todo lo que me habían dado y la poca ropa que tenía—. Buenas noches, queridos padres —comenté en voz alta sin dejar de observar los ojos azules de mi mamá.

****

Conduje a toda velocidad hacia la primera tienda de ropa masculina que se me ocurrió. Lo que iba a hacer a continuación no estaba en mis planes, pero después de analizar un poco mi situación, entendí que debía conseguir algunas prendas y dinero. Debido a la hora, de seguro los establecimientos comenzarían a cerrar.

Aminoré la velocidad al ver un comercio de ropa sin compradores, y con una sola empleada a punto de salir. *Una chica adolescente. Esto será más fácil de lo que imaginé.* Detuve el auto en una calle sin salida, cerca de la tienda. Saqué de la bolsa un cuchillo largo y con bastante filo, y lo escondí en mi espalda. Vi a la chica, de no más de dieciséis años, halar la puerta de vidrio hacia ella.

Aparecí de la nada y atravesé mi pie en el vano, de manera que ella no pudo continuar. Me observó con temor, la inocencia se reflejaba con claridad en esos irresistibles ojos verdes. Con una señal le indiqué que no hiciera ruido y me dejara entrar.

—Lo si-siento, señor, pero… tengo que echarle llave a la puerta. Si no, mi jefe me va a des-despedir —tenía una voz angelical. *Lamento tener que hacerte pasar por esto, preciosa, pero necesito sobrevivir—*. ¿Puede irse?

—Es una pena decirte que… no, no puedo irme, lindura —tomé el cuchillo que llevaba escondido bajo mi camisa, cerca de mi espalda—. No puedo irme hasta que me des lo que quiero.

La muchacha tomó una bocanada de aire apenas vio el objeto filoso en mi mano. No se movió ni un milímetro. Estaba aterrorizada, y las lágrimas amenazaban con salir en cualquier momento de sus ojos. Se estremeció al notar que me acercaba. Dio un paso hacia atrás, pero ese pequeño movimiento se convirtió en una carrera hacia el teléfono. *No me van a agarrar, no me van a encerrar de nuevo*. Me enfurecí y corrí tras ella.

Tomó el teléfono inalámbrico sin detenerse y siguió su camino hacia el depósito. Desesperada y llorando cada vez con más fuerza, intentó llamar a la policía. Estaba furioso, no pretendía hacerle daño, lo único que quería era que me obedeciera al ver el puñal en mis manos. Para su mala suerte, nunca lo supo e hizo estallar mis nervios cuando huyó.

—¡Deja de correr! —grité por gusto. La chica no se detuvo.

—¡Váyase, por favor, esta tienda no es mía, yo nada más trabajo aquí! —sollozó mientras corría.

No estaba fatigado; por el contrario, cada vez sentía que mis fuerzas aumentaban. La chica respiraba con dificultad. *Pronto se cansará, se detendrá y lamentará haber corrido, haberme faltado el respeto.*

De pronto la chica se enredó con sus propios pies y cayó boca abajo, dándose un sonoro golpe contra el piso. Fue la oportunidad perfecta para demostrarle quién mandaba en esa situación.

La tomé por uno de sus tobillos apenas intentó levantarse. La volteé con brusquedad y me senté a horcajadas sobre ella. Utilicé mi fuerza para inmovilizarle los brazos por encima de su cabeza. Mientras ella lloraba y gritaba con terror, yo me reía como un psicópata sin ningún tipo de empatía por mi presa.

—¡No me haga daño, no tengo nada bueno que ofrecerle! —chilló la muchacha.

—Oh, yo creo que sí —rebatí mientras detallaba su cuerpo.

—¡Suélteme, demonios! —gritó más fuerte al entender mi respuesta.

—¡Deja de chillar, que no pienso hacer nada contigo! —repliqué sacudiéndola. *Aunque te deseo más de lo que he deseado a Marion.* Y he ahí de nuevo que me encontré con Marion Perry en mis pensamientos. En definitiva, el amor y la obsesión por ella eran más fuertes que mi propia voluntad—. Escúchame bien. Vas a ir allá, a la tienda, y buscarás una talla mediana de cada prenda que tengas, y varios pares de zapatos de talla cuarenta y cuatro. Los meterás en una bolsa y no me cobrarás ni un centavo. También abrirás la caja registradora y me darás todo el dinero que se encuentre en ella. Luego, después de que hayas cumplido todas mis órdenes, me iré y te dejaré vivir, pequeña niña —le dije pasando mi dedo por aquel rostro bañado en sudor y lágrimas y con el maquillaje corrido—. Y te aconsejo que no intentes nada, porque no dudaré ni un segundo en asesinarte. No me voy a compadecer porque seas una adolescente, ni porque estás sola, ni porque no tengas dinero para comer y por eso pierdes tu tiempo aquí. ¿Entendido?

—Pero... —titubeó.

—¿Entendido? —postré el filo del cuchillo en su garganta.

Temblorosa asintió.

Ambos nos levantamos del suelo y caminé detrás de ella. Andaba encorvada y su espalda se movía de una manera inusual. Fue entonces cuando supe que sufría de asma pues su respiración se sentía entrecortada. Pobre chica, pero eso con toda sinceridad no me debilitó en lo absoluto. Al encontrar el teléfono de la tienda en el suelo, la muchacha caminó más lento.

—Ni lo sueñes, porque puedo cortarte la garganta antes de que siquiera pestañees.

Sin decir nada, siguió caminando. La tienda se encontraba tal y como la dejamos cuando ella arrancó corriendo hacia el almacén, y a mí no me quedó otra que perseguirla. La puerta estaba abierta, lo que me indicaba que también lo estaba para cualquiera que quisiera entrar. Apunté a la cajera una vez más, y caminé hacia la entrada. La cerré en silencio y coloqué el letrero de "cerrado". Me apoyé en la puerta de cristal y crucé los brazos.

—Comienza —le ordené.

Sus temblores y lo inexperta que era entorpecieron el trabajo. Se hacía de madrugada y ella cada vez tardaba más. Me estaba impacientando. Me acerqué a ella y olisqueé su miedo.

—¿Cómo te llamas? —no contestó—. Te hice una pregunta —de nuevo coloqué la hoja afilada debajo de su barbilla.

—Maya… —susurró—. Dios, está tan inestable. ¡Mire, puede tomar todo lo que quiera, no me importa, pero déjeme ir, por favor!

—¡No te voy a dejar ir hasta que me obedezcas, así que cállate de una buena vez y sigue guardando la ropa, porque a medida que pasa el tiempo más impaciente me pongo! —buscó la ropa con mayor rapidez, pero empezó a soltar lágrimas de nuevo. Su respiración, lenta y dificultosa, era lo único que se escuchaba en la tienda además de mis gritos histéricos—. Bien, así me gusta, que seas una buena niña —aparté el ca-

bello de su rostro y pude admirar de cerca su belleza—. Eres muy bonita, ¿lo sabes? De seguro tienes a
muchos chicos detrás, muriendo por ti, ¿eh? —negó
en silencio—. ¿No? ¿Por qué no? Eres todo un encanto, preciosa.

—Tengo no-novio y… no le gusta que o-tros chicos se acerquen a mí —respondió en un tono bajísimo.

—Yo también haría lo mismo, de ser tu novio.
Sobre todo te cuidaría de tipos como yo —acerqué mi
rostro al suyo. Dejé besos en su mejilla y bajé por su
cuello, dando pequeños mordiscos.

—Deténgase… —intentó alejarme, pero lo único
que logró fue que tomara su muñeca con fuerza—.
¡Ya, no siga! —me enorgullecí de mí mismo cuando
reaccioné con tranquilidad ante la respuesta brusca de
Maya.

—Tienes cinco minutos —contesté con frialdad.

Guardó la ropa en una bolsa, al igual que el dinero de la caja. Las amarró y corrió hacia mí. Desesperada, las estrelló contra mi cuerpo. Veía en su expresión facial las ansias de que me fuera, pero todavía
faltaba una cosa, lo fundamental en ese asunto.

Dejé las bolsas en el suelo y caminé hacia ella
con el cuchillo en alto.

—Lo lamento, no tienes la culpa de estar en el lugar equivocado, en el momento equivocado —dije
más para mí que para ella.

La tomé por el brazo y deslicé el cuchillo por su
garganta. Sus gritos adoloridos podían escucharse en

estereofónico. Sus aullidos eran música para mis oídos.

Un líquido rojo y espeso se esparció por el suelo, su ropa y mis manos. Maya cayó y fue entonces cuando confirmé que yo tomé su vida. Estaba muerta, y ahora no le diría nada a nadie. Lancé su cuerpo al suelo y lo vi resbalarse sobre la sangre. Salí de aquel lugar y me apresuré a dejarlo atrás.

Conduje unas diez cuadras, y me detuve frente a la antigua casa de mis abuelos. Era el único lugar en el que me podría esconder. Por fuera se veía igual que siempre, pero el polvo acumulado adentro era insoportable. Tosí un par de veces e intenté encender las luces. Como era de esperarse, ninguna servía. Bufé, decepcionado. Pero qué podía esperar de una antigua casa, cerrada hacía diez años ya. Desarropé uno de los muebles y otra ola de polvo voló en la sala. *Demonios, me debí haber ido a un hotel.* Sacudí un poco los almohadones del mueble y me acomodé en él. En la mañana consideraría mis opciones.

Sería un día duro y complicado.

****

Una cálida mañana me recibió al abrir los ojos. A pesar de encontrarme en una mansión tan sombría, me sentía a gusto. Me levanté de un salto del sofá y paseé por la casa.

Era bastante grande; de hecho no recordaba que fuese tan enorme. Había unas cinco habitaciones, cada una con sus respectivas camas. Todas, excepto una, contaban con un baño en el interior. La sala era espaciosa y poseía cierta unión con la cocina. Había una terraza desde donde se podía ver todo lo que rodeaba a la casa. A decir verdad, no había mucho que observar. Era un vecindario de casas abandonadas y, las que todavía se encontraban pobladas, estaban viejas y sin mantenimiento. En el patio encontré una piscina vacía y llena de hojas secas, y a su alrededor un conjunto de sillas de playa rotas. También tenía un sótano, un lugar lúgubre y con un putrefacto aroma. Al final encontré el garaje, normal y sin buenas comodidades, como de costumbre. Me pasé una mano por el cabello, pensando en lo mucho que me costaría devolverle la vida al antiguo lugar.

Meditando acerca de lo que debería hacer, me lavé la cara y luego busqué un poco de dinero dentro de la bolsa. Ya no era necesario seguir robando. Trabajaría y así nadie sospecharía de mí o podría enterarse de mis planes. Todos me mirarían y pensarían que era un sujeto común y corriente. Comencé por comprar los primeros materiales para acomodar la casa: productos de limpieza, cemento, pintura, bombillos, y otras cosas. Si iba a vivir ahí, no pensaba dormir todas las noches en un polvoriento sofá.

Regresé a casa y comencé por sacar todo hacia el exterior, de manera que el medio ambiente se llevara consigo la humedad de los objetos. Apliqué yeso a las paredes y luego las pinté. Agotado, me tumbé boca arriba en el suelo. Fruncí el ceño; me moría de cansancio y no había avanzado casi nada. *Maldición...* *¿Se supone que ahora también soy una mucama?* Miré el reloj. Todavía era de mañana. Vaya... Los minutos sí que pasaban lentos. Salí de nuevo mientras las paredes adquirían el color crema con que decidí pintarlas.

Paseé mis ojos por varias tiendas. Caminé quizá por unos treinta minutos, pero eso bastó para estar seguro de mi decisión: me desharía de toda la mugre que dejaron mis abuelos antes de morirse.

Compré cuatros sofás, dos para la sala y otros dos de cuero blanco para la zona de la piscina. También pagué por tres colchones, uno para mi habitación y los restantes para un par de alcobas. *Esto me divierte*, pensé mientras pagaba por todo. Sábanas, almohadas, mesas de noches, televisores, una nevera, sillas de playa, y por qué no, un buen celular para calentar el bolsillo; también otro tipo de cosas sin mucha utilidad, pero que me harían parecer un tipo soltero que vive en una casa recién remodelada. Por último, compré comida.

Con paciencia, me retiré del centro comercial. *No falta mucho tiempo, pronto todos pagarán, todos*, no pude evitar pensar en aquello pues lo único que me retrasaba era el mal estado de la odiosa casa.

Acordé con los empleados a cargo de cada tienda, todos llevarían mis pedidos a las 4:00 p.m.

Limpié la piscina, lo cual fue un verdadero proceso; a pesar de estar tan vieja, la cerámica estaba intacta, como si nunca hubiese sido usada. Conecté una manguera a las tuberías y dejé que el agua corriera por el enorme espacio hueco.

Pulí los topes de granito de la cocina y limpié las sillas del comedor. Coloqué los bombillos, activé un número casero y luego, después de saber que no me quedaba nada más que esperar por las entregas, adelanté los pagos por seis meses de la luz y la línea telefónica. Me fijé en el suelo, y descubrí que una capa de suciedad lo hacía más opaco de lo que realmente era.

—La verdad no sé por qué estoy haciendo esto… —dije en voz alta. *Sí lo sabes, Jerrell. Ya creo que lo sabes*, respondió una voz igual a la mía en mi cabeza.

Me coloqué un par de guantes y coleteé, con jabón y agua, por cada parte del suelo. Me quité varias veces el cabello del rostro. Irritado de que tapara mi campo visual, busqué una cinta y la coloqué un poco más arriba de mi frente. Seguí trapeando hasta que sonó el timbre.

Un muchacho más o menos de mi misma edad comentó el nombre de la compañía mientras verificaba el mío en su lista.

—Es usted… —se quedó pensativo por un momento—, ¿Jerrell Davis?

—Sí, soy yo —sonreí con cierta falsedad.

—Verá, todas las tiendas estuvimos de acuerdo en que, ya que usted hizo varias compras, que un camión de una sola compañía lo transportara todo. ¿Le parece bien?

—Sí, claro, por qué no —contesté. *¿A quién le interesa lo que estos de las tiendas piensen o decidan? Lo que yo quiero es que todas mis compras lleguen a mi casa y que dejen de hacerme perder mi valioso tiempo.*

Todo estaba empaquetado y plastificado. Obligué al tipo a apresurarse, se estaba haciendo de noche y no me alcanzaría el tiempo para colocar todo en su lugar. Apenas vació el camión en su totalidad, lo saqué casi a patadas. Sin demasiadas ganas, organicé lo que faltaba, y finalicé en punto a la medianoche. Me recosté en una de las camas.

—¿Es este el precio de la comodidad? —pregunté en voz alta. Sonreí—. Ya lo creo.

Capítulo Cuatro

Treinta y uno de julio del año 2013. Dos meses después de mi partida del manicomio tenía en mi haber desastres de todo tipo. Con mi aparente pero fingida curación logré que mis doctores me dieran el pase a la calle, asalté a mis padres, robé una tienda de ropa, maté a una chica inocente, remodelé la casa de mis abuelos en un día y luego quemé todas las cosas viejas que encontré en su interior. De hecho, ahora que lo pienso bien, no creo que haya causado tantos daños, quizá solamente una pequeña cantidad.

Como todas las mañanas, me levanté a las seis y conduje hacia la cafetería, es decir, hacia mi trabajo. ¿Creyeron que mentía cuando dije que buscaría trabajo? Pues ya ven que no, y lo mejor de todo es que mi jefe no sospecha nada de mí, cree que soy un tipo como otros que busca mantenerse en la vida por su cuenta.

Empujé la puerta de vidrio y vi a mi compañera, Katelyn, desesperada por complacer a todos los clientes. Sus ojos furiosos y constantemente amargados se posaron en mí. No comprendo por qué una muchacha tan joven está las veinticuatro horas del día con semejante semblante. Caminó decidida hacia mí y me tomó por el cuello de la camisa.

—¿Por qué rayos siempre llegas tarde, Jerrell? ¡Hay demasiadas personas esperando que les sirvan y tú pasas por esa puerta como si nada! —me reí de ella—. ¡Deja de reírte y ve a trabajar, demonios! ¡Le diré al jefe que me dé tu sueldo, por Dios! ¡Te pagan más que a mí y lo único que haces es atrasarte los seis días que trabajamos cada semana! —mi sonrisa burlona comenzaba a aparecer—. ¡¿Hablas otro idioma o qué?! ¡Atiende las mesas! —gritó. Yo podía imaginar que echaba humo por las orejas, arranqué su mano de mi camisa y cerré el puño sobre su muñeca.

—No eres nadie para darme órdenes, Katelyn. ¿Crees que te voy a hacer caso porque llevas más tiempo en este restaurante? ¡Me sabe a pura basura! Voy a llegar todos los días a la hora que quiera, y si me atraso no es problema tuyo ni de nadie. Mientras el jefe no se entere, todo estará bien —le contesté, intentando mantener mi paciencia.

—¿Cómo estás tan seguro que no lo sabrá? —me retó.

—Porque, si abres la boca, pequeña sanguijuela… —terminé la frase en un susurro cerca de su oído— …te puede ir mal, muy mal, Katelyn —escuché que su corazón se aceleró—. ¿Cuáles son las mesas que faltan por atender? —no contestó, estaba sobrecogida por lo que le dije y la manera en que se lo dije—. Tierra llamando a Katelyn, ¿estás bien, cariño? —pregunté con cinismo.

—La doce, veintidós, cuatro, diecisiete y nueve —apenas pude escucharla. Su voz se entrecortaba cada vez que mencionaba un número.

—Gracias, cielo —acaricié su mejilla, a lo cual ella respondió con un fuerte zarandeo.

Dejé mi bolso en la parte trasera y busqué una libreta. Para mí era un día normal, como todos, así que cumplí mi trabajo como siempre. Mi turno era hasta la una de la tarde. Luego me iría a continuar con mi segundo trabajo, la investigación de ellos, de todos ellos. Habían pasado varios años, y no sabía de nadie por el momento. La única excepción era Gamer Redford, el niño tranquilo y sin tantos problemas del miserable grupo que solía joderme en la secundaria. Lo seguí un par de veces y el jueguito se volvió cada vez más adictivo para mí. Nunca pensé que fuese tan interesante averiguar tantos detalles sobre ellos tres años después de haber salido de la escuela. *Esto recién comienza, queridos amigos.*

Entregué la cuenta a la última mesa y me dispuse a cambiarme. Me veía bastante bien, casi como un adolescente mujeriego y deseoso de pura carne femenina. Me despedí de Katelyn, pero no recibí lo mismo de su parte. *Como sea, mocosa. No puedes tener más de veinte años, idiota.* No me retracté de haberle dicho lo que le dije en la mañana. Ella no conocía lo que soy capaz de hacer o no, pero yo sí.

Viajé en mi auto quince cuadras hacia el norte, y me detuve en un edificio prestigioso, en donde muchos abogados ejercen su preciada carrera. Encendí un cigarrillo, y esperé en el asiento del piloto.

No más de diez minutos después de haber llegado, salió Gamer Redford. *Ahí estás.* No lo había visto tan de cerca. Tenía la misma sencillez y desconfianza de la adolescencia. Su rostro aniñado decía muchas cosas de él; sin embargo, su traje de ejecutivo lo hacía aparecer mayor.

Saqué la cámara de detrás del asiento y lo fotografié unas cuantas veces. *Más recuerdos de este muchacho.* Lo vi subirse en un Mercedes Benz último modelo. *No puedes ser pobre, pequeño animal, claro que no puedes serlo.* Dobló a la derecha, y yo procedí a entrar al edificio. La recepcionista, una mujer de avanzada edad, trabajaba con mucho empeño en su computador.

—Necesito hablar con la secretaria del abogado Redford —levantó la vista pero al verme frunció el ceño, como si yo la hubiese decepcionado con mi presencia.

—Cuarto piso, tres puertas, a la izquierda —me siguió con la mirada cuando fui de camino al ascensor.

Había una multitud de personas dentro de la pequeña cabina. Una mezcla horrible de perfumes habitaba el ambiente. Tosí un poco y, con muy poco disimulo, solté un gruñido de asco.

Al girar la mirada me encontré con quien menos esperaba ver en un edificio de abogados. Podría reconocer esa mirada diabólica y seductora en cualquier parte. La observé fijamente, y se sintió cohibida.

—¿Qué miras, idiota? —replicó en voz baja.

Esbocé una sonrisa de medio lado y me bajé en el tercer piso. No cabía duda, era ella, esa estúpida niña rica que nunca dejó en paz a nadie.

Pensativo, seguí la dirección que me dio la recepcionista. Me asomé por una de las puertas, y ahí se encontraba una mujer, al parecer con poco trabajo pues se veía una ruma delgadita de carpetas sobre su escritorio.

—¿Es usted la secretaria del abogado Gamer Redford? —pregunté.

Esperaba que me dijera que sí.

—Sí, soy yo, pero debo informarle que el señor Redford está muy ocupado. En este momento no se encuentra, pero tampoco tiene fechas disponibles, tiene trabajo hasta el tope y...

La interrumpí:

—No vengo por él, necesito hablar con usted, es urgente —extrañada, me miró a través de sus gafas—. De seguro tiene una réplica de la llave de la oficina de Gamer, así que búsquela y entremos en ella. Necesito privacidad, señorita.

Ella asintió. Se le veía bastante despreocupada, así que buscó con tranquilidad la llave de la oficina. Caminó delante de mí y abrió la puerta de aquella sala. Enarqué una ceja. *No cabe duda que te bañas en dinero, Gamer*. Miré a mi alrededor: un sofá de cuero negro, un escritorio de madera fina y pinturas de artistas conocidos se burlaban de mí. Todo estaba en perfecto orden, y la imagen suya colgada en una pared céntrica no tenía indicio alguno de haber sido tocada por alguien. La secretaria se sentó de un lado del escritorio, exactamente donde Gamer postraba su trasero todos los días, y yo del otro lado.

—¿Qué desea? —unió ambas manos sobre la mesa.

—Necesito el currículo y el expediente escolar de Gamer —fui directo y sin rodeos.

—Yo… yo lo siento, pero no puedo. Es información confidencial. Por cierto, ¿cómo sabe que tenemos el expediente escolar? —podía detectar que sus nervios comenzaban a dispararse.

—Por favor, señorita secretaria. Hoy en día todos los trabajos te exigen un expediente escolar —la mentira sonó tan real—. En serio, necesito más información sobre Gamer Redford —mis palabras de súplica me hacían ver como alguien indefenso que quizá simplemente quería saber un poco más del exitoso abogado—. Tenga piedad, es algo privado pero… —vamos, lágrimas, salgan de una vez— …pero créame que me salvaría la vida si me da esos papeles.

—¡No insistas, niño! —gritó enfurecida.

—Puedo ser muy peligroso, secretaria —mis lágrimas falsas se secaron—. Deme lo que le estoy pidiendo y no le haré daño.

—Si no eres más que un mocoso, ¿qué daño me vas a estar haciendo? —se rió de mí, se burló.

Apreté los dientes y saqué la navaja que siempre tengo en el bolsillo. Empuñé el arma y atravesé su

abdomen una vez. Las lágrimas comenzaban a correr-
le el maquillaje. La levanté de la silla y me dirigí hacia ella:

—Guíame hacia el cuarto de los archivos —la
obligué a caminar.

Entre sollozos, me indicaba hacia dónde ir. Siempre cruzo el límite y me vuelvo agresivo. Sé que no
debería ser así, pero mi paciencia es magra, al igual
que mi estado de cordura, y esa combinación provoca
mis malas reacciones.

Entramos en una habitación oscura. Encendió un
bombillo, y pude ver que dentro se encontraba una
caja enorme de hierro con varias gavetas. Hice a un
lado a la secretaria y busqué en la primera, donde se
llenaban de polvo los expedientes escolares.

La G, donde está la letra G.... Saqué una carpeta
con su nombre. Aproveché y busqué la correspondiente a la chica del ascensor. Con rapidez, busqué los
currículos de ambos.

—¿Tenía que hacerte daño, secretaria? Aquí está
lo que quería —agité las carpetas en su cara—. Es
lamentable que tenga que acabar lo que comencé —el
terror apareció en sus ojos. Sin remordimiento, clavé
el cuchillo directo al pecho, y lo dejé ahí. *La policía
encontrará mis huellas, pero no lograrán atraparme.
Muchas personas, de hecho, creen que estoy muerto*—. Sé que todavía estás viva, secretaria. Escucha
bien. Si llegas a la mañana con vida, dile a Gamer que
estoy vivo, yo, Jerrell Davis, y... bueno, espero no te

moleste que también haya tomado los archivos de Irina Reeve, ella también me interesa. Hasta luego.

****

Estando en casa, con un pantalón, sin camisa y un vaso de cubalibre, me senté en mi diminuta "oficina" e imprimí las recientes imágenes de Gamer. Las pegué en la pared del cuarto contiguo, juntas a las demás del antiguo compañero escolar. Lo fotografié aquella vez cuando lo seguí hacia su casa, y en otra ocasión haciendo ejercicio en el parque. Por encima de las imágenes se encontraba su nombre en grande: GAMER REDFORD.

Después de leer su currículo y expediente escolar, imprimí horarios, debilidades, miedos, rutinas, entre otras cosas, e hice que formaran parte del divertido *collage*.

Horas pasaron sin que me percatase. Ya de madrugada tomé la *laptop* y la posé sobre mi escritorio. Abrí un archivo nuevo y le coloqué el nombre Gamer Redford. Comencé a redactar información sobre él.

GAMER REDFORD

Nacido el 19 de octubre del año 1992. Cuenta con veintiún años de edad. Vive solo en una casa cerca de Chinatown, en un rincón en donde nadie pueda molestarlo. Es bastante guapo a los ojos de las señoritas pues tiene una piel perfecta y manchada con toques canela. De ojos y cabello castaño. Es alto y delgado. No es un hombre de muchas palabras. Es tranquilo, y para nada peleonero, a pesar de su fuerza extravagante. Tuvo una relación amorosa con su secretaria, una mujer argentina y diez años mayor que él. Es un exitoso abogado, y le han otorgado condecoraciones importantes a lo largo de su carrera. Tiene muchos conocidos, pero sus amigos más cercanos son Samuel y Noah Valley, quienes fueron sus compañeros de habitación mientras estudió en la universidad; también Malenna Callambergh, Frank LaProud y Siena Martin. No tienen ningún vicio, aparte de ingerir alcohol. Hablando de su niñez, fue maltratado por sus compañeros de escuela por ser el más pobre. A medida que fue creciendo, intentó cada vez con más fuerza sacárselos de encima, pero únicamente provocó que lo amenazaran. El chico arrogante, Floyd Lancaster, lo obligó a unirse a su grupo de "populares"; si no obedecía, habría consecuencias peores de las que ya habían ocurrido. Lo suspendieron tres veces: la primera, por golpear a un niño de la primaria. La segunda, por llevar una navaja a clases. Y la tercera, por asistir ebrio a clases. Todas estas suspensiones fueron obra maestra de su grupo. Las malas influencias de sus amigos le provocaron violentos daños psicológicos, hasta el punto de ir a escondidas a un sanatorio en busca de ayuda; sin embargo, no sirvió de mucho. Fue la burla de sus primos y hermanos por haber nacido con rasgos autistas, el por qué de las maldades que hizo, no propias de un menor de más de diez años. Antes de salir de la secundaria, comenzó a robar por las noches a personas indefensas. Fue la única manera de sustentar a su familia, ya que fue despedido de tres trabajos diferentes. Mantu-

vo ese secreto toda su vida, y ha grabado videos que expresan que, naturalmente, si algún miembro familiar se llega enterar, sería capaz hasta de quitarse la vida.

Vaya... Redacto como una mujer. Guardé el archivo y cerré la *laptop. Son siete, y ya tengo a uno. Voy por los demás, no tengo la menor duda.*

Tomé la carpeta amarilla del escritorio y la abrí entre mis manos. Interesado, comencé a leer. ¿Qué ocultas detrás de tanto maquillaje, Irina Reeve? Esa mujerzuela fue una de las peores, una de las que nunca lamentará haberme expuesto tantas veces de mala manera. Aparte de Floyd, fue ella quien más influenció a Marion. *Maldita...* Leí cada página con entusiasmo, riéndome y burlándome de cada metida de pata de esa inexperta. Miré el reloj, este marcaba la 1:47 a.m. Decidí leer la última página y me fui a la cama. *Realmente no sé si haya mejor expediente que ese, es explícito y entretenido.* Me reí en voz alta, desde lo más profundo de mis entrañas.

—Eres la siguiente, Irina Reeve, tú eres la siguiente —pasé ambos brazos por detrás de mi cabeza y caí profundamente dormido.

CAPÍTULO CINCO

Hoy comienza un nuevo mes, la marca indicada para iniciar una nueva investigación. Primero de agosto del 2013. Mi objetivo tiene nombre y apellido: Irina Reeve. ¿Por dónde comenzar? Eso siempre es lo más sencillo. Tomé mi celular, mientras acababa de desayunar, y la busqué por todas las redes sociales. Me encontré con que aquellas estaban pobladas con fotos de ella, en todas partes, a todo momento. *Patético.* Escribí en mis notas mentales que debería imprimir cada una de esas imágenes y pegarlas, debajo de su nombre, en la habitación. Busqué su localización, y copié la dirección. *Te tengo, imbécil.*

Dejé el plato en el fregadero y tomé las llaves del auto. Pisé el acelerador a fondo, hasta tocar el metal del chasis del carro, no quería que Irina se moviera de donde estaba: la universidad. En un acelerón, llegué rápidamente al edificio estudiantil. Pretendí ante los vigilantes ser un alumno, y pasé como si nada. Estacioné el auto en un puesto libre, y observé a Irina caminar, casi correr, sobre sus tacones. La tenía tan cerca, tan vulnerable… Quise drogarla, meterla en el auto y torturarla en el sótano hasta que quisiera suicidarse. *Calma, Jerrell. No falta demasiado…*

Tomé mi teléfono móvil, y marqué un número. Dejé que repicara en mi oído. Irina se detuvo frente a mi vehículo y buscó el celular con desesperación dentro de su bolso. Maldijo por lo bajo hasta que encontró el aparato.

—¿Sí? —bonita voz, Irina… No ha cambiado para nada—. ¡¿SÍ?! ¿Quién es? —siempre tuvo el horrible defecto de perder la paciencia en cuestión de segundos—. ¡Oye, seas quien seas, si no hablas voy a…!

—Hola, Irina. Tenía tanto tiempo sin escuchar tu voz —ella palideció de repente.

—Creí que estabas muerto… —incluso desde dentro del auto logré apreciar lo temblorosa que se encontraba.

—No eres la única que lo piensa, pero me da igual. ¿Sabes quién te habla?

—Davis… Jerrell Davis —le saqué cinco fotografías. Su expresión era preciosa.

—¡Bien! Me alegra que no te hayas olvidado de mí, cariño, pero desde este mismo momento te quiero informar que jamás podrás deshacerte de mí, jamás, Irina. Voy a estar en todas partes, y siempre te estaré vigilando. Voy a asesinarte por todo lo que me hiciste. ¡Tú y tus compañeros me cagaron la vida! —colgué la llamada y la fotografié cuando las lágrimas salieron de sus ojos. Pasó por un lado del auto, huyendo de la llamada, huyendo de mí. Se subió a un lujoso BMW. *¿Por qué no seguirla?*, me pregunté.

Conduje por un trecho a mi ritmo de siempre, pero luego tuve que acelerar para poder seguirla; ella siempre corría por las carreteras. Me dije que era buena idea manejar tras Irina pues de seguro me llevaría hasta su casa.

Su desesperación se notaba a leguas; frenaba de repente, se pasaba los semáforos en rojo y por poco atropella a un perro. *Mira cómo te pongo, Irina.*

Se detuvo en un callejón, y yo esperé por ella en la calle aledaña. Aventuré a apostar que su casa no se encontraba cerca de esa calle sin salida. Se bajó e hizo una llamada. Habló tan fuerte que me fue sencillo escuchar todo.

—¡Floyd! Gracias a Dios que contestas, tengo que decirte que… ¡No, Floyd, escúchame! ¡No se trata de Marion! Ella no… ¡Que no! Ella no sabe sobre nosotros, pero… ¡Demonios, cállate y escúchame! Se trata de Jerrell Davis. Está vivo, Floyd, está vivo y sediento de venganza. Me amenazó por teléfono, diciendo que iba a matarme, y… ¡¿Cómo que si estoy segura?! ¡Claro que lo estoy, es imposible confundirlo! Estoy desesperada, tienes que ayudarme, puede hacernos daño a… ¡¿QUÉ?! ¡¿Crees que estoy inventando todo esto para…?! ¡No, Floyd, tienes que creerme…! ¡Por una vez en tu vida utiliza la materia gris que tienes dentro del cráneo y analiza la situación! Le hicimos la vida una miseria en la secundaria, es lógico que ahora quiera devolvernos el golpe… ¡No, idiota, no está indefenso! ¡Hace meses hablé con Marion, y lo había ido a visitar al sanatorio! Dijo que… ¡No me interrumpas! Dijo que está completamente diferente, y que simplemente fue a pasar el tiempo dentro de esa habitación, pero que no mejoró nada. A pesar de eso, yo seguía creyendo que había muerto y... ¡Ugh! Tiene veintiuno, igual que todos nosotros, y es capaz de hacer cualquier cosa. No le importa estar en la cárcel, ni nada por el estilo. Quiere que suframos lo que él padeció por nuestra culpa. Hay que llamar a la policía... ¡Sí, imbécil, sí hay que llamar a la policía! Yo no tengo la fuerza para pelear con... ¡FLOYD...! ¿Sabes qué? Me cansas. Queda en ti si me vas a creer, o si no piensas hacerlo, pero le voy a decir a los demás, a Marion, a Cambria, a Ian, a Gamer y hasta a Alexandre. Puede que nuestras carreras universitarias nos hayan separado, pero fuimos buenos amigos en la secundaria, no voy a permitir que ese psicópata les haga daño... ¡Cállate! ¿Por qué siempre me sacas en cara el mismo tema? Ni siquiera estamos hablando de eso... ¡Yo no le estoy haciendo daño a nadie, te satisfago y no puedes quejarte! ¡Yo te doy lo que Marion nunca te ha dado! ¿Te parezco una perra...? ¡Traicioné a mi mejor amiga por ti, idiota, pero eso no me impide cuidarla! Sabes que en serio quiero a Marion y... ¡No me importa lo que digas! Y no me llames de nuevo si estás necesitado. Ve a un prostíbulo, aunque no sé si puedas después de haberte contado esto.

Mientras estuvo concentrada en esa llamada, aproveché para fotografiarla. *Esto vale oro.* Caminaba de un lado a otro, enredando los dedos en su cabello mientras hablaba con Floyd. Colgó y jugueteó con el celular entre sus manos por unos segundos.

Al verla regresar a su carro, encendí el mío y la seguí de nuevo. Esta vez me condujo hacia su lujosa mansión. Qué podía esperar de ella, siempre fue codiciosa y caprichosa. Fotografié la casa, y luego a ella un par de veces más. Me escondí detrás de los arbustos y saqué unas cuatro fotos mientras se desvestía, luego mientras llamaba a cada uno de sus "amigos". *Ella cree que es fuerte; por el contrario, es bastante débil.* Vio una sombra en el exterior, mi sombra. Se acercó a la ventana. Me arrinconé debajo del marco inferior y logré sacarle una foto en silencio cuando abrió la ventana. Inquieta, la cerró y regresó a lo que estaba. *Suficiente por hoy, todavía tengo un mes de investigaciones por delante.*

Gateé hasta llegar al auto y me fui a toda velocidad. *Irina no tiene ni la menor idea de lo cerca que estoy de ella, de Gamer, y pronto, de todos los demás. Me tienen parado a sus espaldas, en donde ninguno puede verme.*

Entré a la habitación en donde tenía todos los archivos fundamentales. La vi bastante vacía. La única pared completa era la de Gamer Redford; del resto, ninguna tenía ni un solo papel. Me dio rabia y tomando cinta adhesiva comencé a pegar en la pared cada imagen tomada, debajo iba el nombre de la persona capturada en la foto. Pasé la noche en vela, meditando sobre mi próximo movimiento. No era un trabajo fácil, pero valía la pena sacrificarse por los buenos resultados.

Estando a mediados de agosto, algunos podrían inferir que había adelantado lo suficiente como para comenzar con el número tres; pero, para mí, el caso no estaba listo. Necesitaba saber más, y más, y más, hasta llegar al primero de septiembre. Me emocionaba pensar qué otros secretos escondía esa mujerzuela, quería enriquecerme y tener más poder que ella sobre su propia vida. Quería tener más poder sobre la vida de todos.

—Jerrell… —la voz de mi jefe me sacó de mis pensamientos.

—¿Sí, jefe? —me detuve antes de llevar el pedido a la mesa correspondiente.

—¿Estás bien? No estás concentrado en tu trabajo.

—Sí, jefe, es que… uhm… —al vuelo inventé una excusa— …anoche no dormí bien, tengo un poco de sueño.

—Oh, te entiendo, hijo. Suele pasar. Tu turno se acaba en un par de horas. Podrás irte y descansar.

—Sí, señor. De todas formas, sabe que vengo a cumplir con mi trabajo —mi jefe asintió y yo sonreí. Por primera vez en toda mi vida me sentí agradecido por alguien. Ese viejo sí que siempre fue una buena persona.

Estuve sirviendo mesas las siguientes dos horas, y logré que el señor Patrick me pagara el mes. Agradecido, salí con gran calma y enrumbé hacia el norte. Quince cuadras, para ser exacto. Le subí el volumen a la radio y disfruté de la canción que se reproducía.

Pisé el freno frente al edificio de abogados. Miré el reloj: 1:28 p.m. Irina Reeve saldría en dos minutos por esa puerta con sus amigas e iría de camino a un restaurante de moda al que le gusta ir en la hora de almuerzo.

1:30 p.m. Risas femeninas se escucharon cerca de la puerta y eso fue lo que llamó mi atención. De todas sus amigas, ella era la de mayor altura, y quizá la más adinerada; sin embargo, parecía llevarse bien con cada una de ellas. Saqué la cámara e hice el mejor enfoque posible. La foto salió a la perfección, al parecer era un natural para estos menesteres a pesar de no saber absolutamente nada de fotografía.

Las vi cruzar la calle y entrar al restaurante. Me coloqué un sombrero elegante, unos lentes oscuros y abotoné mi camisa hasta el cuello. Me rocié un poco de perfume y las seguí a paso rápido.

Después de haber convencido al tipo de la entrada de que era un ejecutivo, tomé asiento en la mesa que se encontraba a espaldas de la de Irina. Sus amigas podían verme, pero ella no, a menos que volteara. De todas formas, nadie me reconocería.

Pedí caviar y una copa de vino tinto. Me mantuve en silencio, y grabé cada fragmento de la conversación entre las mujeres. Me levanté con discreción, y simulé que caminaba hacia el baño; por el contrario, pasé en silencio por detrás de la barra y les saqué varias fotos a las chicas. En la última, exclusivamente enfoqué el rostro de Irina pues era ella quien me interesaba.

Me colgué la cámara al cuello y salí de la barra. Me senté justo a tiempo para disfrutar de mi caviar y el exquisito sabor del vino.

Treinta y uno de agosto del 2013, 11:40 p.m. Terminaba los últimos detalles del muro de Irina. Me faltaban unas diez fotos, una pequeñez en comparación a la cantidad que ya tenía. Pegué las últimas al borde del suelo, junto a notas con mensajes descriptivos.

Satisfecho, me paré en medio y observé toda la habitación. Comenzaba a llenarse, y eso me animaba a seguir completándola. La pared de Gamer y la de Irina estaban frente a frente, ambas con fotografías y todo tipo de información que pudiera interesarme en ese momento o en el futuro.

Apagué la luz y cerré la puerta. Pronto todo se haría a mi manera. Encendí un cigarrillo, y abrí la *laptop*. Orgulloso de mis averiguaciones, comencé con un nuevo archivo. *Te voy a despedazar, perra.*

IRINA REEVE

Medelyn Irina Reeve es una chica de veintiún años, de alma y mente joven, es decir, completamente inmadura. Odia su primer nombre, por lo que les pide a todos que la llamen Irina. Trabaja en un bufete de abogados, pero todavía sigue estudiando en la universidad. Al igual que en la secundaria, no se esfuerza por obtener buenas notas, así que lucha al final para sacar las materias adelante. Irina considera a Marion Perry su mejor amiga desde la secundaria; sin embargo, la ha traicionado una y otra vez al acostarse con su novio, Floyd Lancaster. Su vida son las discotecas y las borracheras. Es una chica hermosa, deseada por su piel morena, su cabello castaño y ojos oscuros. Pero lo que nadie entiende son sus constantes caprichos y gran codicia. Es deportista, y va al gimnasio cuatro veces por semana, se mantiene delgada y en forma. A los catorce años de edad fue diagnosticada con esquizofrenia, razón por la que pierde la paciencia con facilidad y enloquece de un momento a otro. Fue producto de una noche de copas, con un tipo desconocido, por lo que su mamá no se hizo cargo de ella; y su padrastro, mucho menos. Tiene dos hermanos mayores: Roberto y Fynn Reeve. Son medios hermanos, y ellos se tomaron ese asunto muy en serio. Nunca la trataron como de la familia; por el contrario, siempre fue una desconocida más allá de las reuniones familiares. En silencio, sus padres decidieron que apenas Roberto y Fynn partieran a la universidad, sacarían a Irina de la casa, y así fue pues en el tercer año de la secundaria comenzó a luchar por sobrevivir en un departamento pagado por los Lancaster. Los psicólogos afirman que las acciones de Irina se deben a tan frustrante pasado. Hoy en día está totalmente vacía por dentro. En el fondo, muy en el fondo, intenta ser buena persona, pero se aburre y sigue siendo la misma perra de siempre. Su mayor temor es que Marion se entere de toda la verdad, de la larga y muy decepcionante historia que tiene en secreto con Floyd Lancaster. Su segundo temor es que algún hombre la desprecie como mujer. Es una soberana líder, de esas que no tienen piedad con los niños indefensos de las escuelas. Siempre fue una de las más crueles del grupo, y le hizo tanto daño a un pequeño en particular, junto a sus demás compañeros, *que el chico enloqueció. No sabe apreciar la verdadera amistad.*

12:03 a.m. Comenzó el mes de septiembre, y se me presentaba la deliciosa oportunidad de averiguar la vida completa de otro miembro de ese grupo. «En un par de días, merezco un descanso», me dije. Terminé mi cigarrillo y bajé la tapa de la *laptop*. No tenía sueño, y no pensaba quedarme dando vueltas en la cama como un desgraciado.

Abandoné mi pequeña y no tan moderna oficina, y llené la bañera de agua. Me metí en ella cuando el jabón comenzó a ensuciar el suelo. Tomé la cerveza que se encontraba a mi lado y la bebí con placer. De repente, una llamada entró a mi celular. Contesté, intentando adivinar de quién se trataba. Ni siquiera mi respiración se escuchó apenas descolgué la llamada.

Capítulo Seis

—¿Jerrell? ¿Eres tú? —mis labios se entreabrieron ante la sorprendente voz al otro lado de la línea—. Sé que… no quieres hablar con nadie, y que estás resentido; pero no hagas una locura, o algo de lo que puedas arrepentirte, por amor a Dios. Irina me llamó, y me contó lo que le dijiste por teléfono. Por favor, Jerrell, no seas soberbio. Piensa un poco, todo esto puede acabar en una tragedia —Marion se escuchaba preocupada—. ¿Estás ahí?

—Lo pensé durante mucho tiempo. Ahora no voy a cambiar de opinión. ¡Púdranse tú y tus amiguitos! ¡Todos, Marion, todos van a pagar por lo que me hicieron!

La llamada se colgó sola al lanzar el celular contra la pared del baño. «Ni siquiera ella me va a hacer cambiar de parecer», grité frente al espejo.

Caminé desnudo hacia la habitación y busqué un atuendo parecido al de todos los días. Me coloqué un pantalón negro, más ajustado de los que solía usar cuando era más chico, una camisa a cuadros de botones y un par de zapatos Vans que hacían juego con el pantalón. Me perfumé y salí en el Audi, haciendo alarde de su potente motor.

Dejé el auto frente a un hotel y crucé la calle hasta llegar a la puerta de una discoteca enorme, con capacidad para tres mil personas. Le mostré mi identificación al portero y me adentré en el alboroto de gente.

Las luces del DJ me cegaron por completo, pero al instante sentí la buena vibra que me daba el lugar. Vi a varias parejas besándose en un rincón, a otros bailando, la mitad del lugar estaba sumido en un penoso estado de ebriedad y otros simplemente pasaban el rato en soledad. *¿Es así como se divierte la civilización de hoy en día? No está mal.*

—¡Oye, amigo! —gritó un tipo a mi lado, mientras intentaba hacerse escuchar por encima de la música—. ¿Quieres unos? —me ofreció varios porros de marihuana. Negué con la cabeza—. ¡Vamos! ¡No seas aguafiestas! —me reí en voz alta. Extendí la mano y recibí dos de su parte. El tipo se alejó dando saltos y bastante alegre. Apenas lo perdí de vista, lancé los porros al suelo y los aplasté con el pie. Soy un adicto al cigarro, no a la marihuana.

Pasé a la barra y pedí un trago fuerte. Me distraje con mi bebida, hasta que un chico, más o menos de mi edad y bastante ebrio, se acomodó de un brinco en uno de los bancos a mi lado. Lo observé fijamente y no me pude sentir mejor al reconocerlo. Se dio cuenta que lo miraba, pero lo único que hizo fue entablar una plática conmigo.

—¿Tú también estás borracho? —su lengua se enredaba más que la de Irina cuando besaba a Floyd. Negué en silencio—. Uhm… ¡Yo sí! —se rió cual desquiciado. Extendió su mano—. Ian Gerard —tal y como lo sospeché.

—Francesco Harris —estreché su mano e inventé un nombre.

—I-Italiano ¿eh? —lo supuso por mi nombre falso.

—Algo así. Nací aquí, pero mi mamá es italiana —mentir era una de mis grandes virtudes. Era difícil reconocer los momentos en los que mentía, y en los que decía la verdad.

Ian se quedó en silencio y pidió otro vaso de alcohol. Sin que se diera cuenta, le saqué una fotografía. *Ya sé quién será el siguiente en mi lista.* Le tomé otra mientras bebía, y otra en la que se le veía tomando de dos vasos. Unos amigos llegaron por él, y se fue sin reparar en que había abandonado su celular sobre la barra. *Me diste acceso a toda tu vida sin siquiera darte cuenta.* Guardé el teléfono en mi bolsillo y dejé un vacío en donde estuve sentado.

Todos los presentes en el lugar corrieron hacia el centro y gritaron animados.

Yo me sentía impulsado por la curiosidad.

Me abrí paso entre la gente, y aprecié que la música tecno del DJ aumentaba a medida que yo caminaba. Me paré frente a la persona que manejaba la máquina de música, y fue entonces cuando me maravillé por completo.

No era un hombre, como de costumbre, era una mujer, una preciosa mujer que se divertía detrás de todos esos botones. Brincaba y sonreía junto a todos los demás. *Demonios, es perfecta.*

Tapó sus orejas con unos audífonos que se veían el triple de grande que los normales. A pesar de la oscuridad, pude distinguir sus ojos color azul y una larga melena castaña que caía por su espalda. La camiseta que vestía marcaba sus curvas y pechos, y el *jean* se ajustaba alrededor de sus piernas y resaltaba su trasero. *Vaya... Es hermosa.*

Sin quitarle la mirada de encima, me alejé de la multitud y esperé en la puerta de la discoteca.

Incluso de lejos, podía verla perfectamente. Notaba una clara diferencia en ella. No le importaba nada, ni siquiera los comentarios de los demás, vivía la vida al máximo y no se sentaba a descansar ni un momento. *Activa y alegre, sin rastros de malhumor. Joven, bella, llamativa, excéntrica, recorre la vida con una sonrisa en el rostro.*

Sin poder evitarlo, encendí el celular y le saqué unas buenas fotografías. *No eres parte de mi juego, pero jamás quiero olvidar ese hermoso rostro.*

La chica dejó la música sonando y se lanzó desde el borde de la tarima hacia el mar de gente. Un grito de alegría salió de lo más profundo de su garganta, y fue seguido por los aullidos de los demás. La movieron entre todos, hasta llegar a la puerta, quedando justo a mi lado.

No se dio cuenta de mi presencia, pero yo sí de la de ella. La observé de cerca, maravillado. Le susurró algo al guardia y a continuación chocó las palmas con él. Hizo a un lado a todos y caminó pegada a la pared, hasta desaparecer por un pasillo desolado.

Como si de hipnosis se tratase, recorrí lentamente el mismo camino. La música comenzaba a acallarse, y la poca luz que había se extinguía casi por completo.

Escuché pasos suaves y sencillos delante de mí, y estuve más que seguro que eran de ella.

Caminé más rápido, pero me detuve en cuanto se encendió una luz a pocos metros de donde estaba. Me acerqué con cautela y en silencio. La luz disminuyó al entrecerrarse la puerta. A pesar de que esta estaba cerrada casi en su totalidad, me di el lujo de acercarme más y observar por el diminuto espacio.

Y ahí estaba ella, liberal y única. Se desvestía con cierto estilo, como si supiera que alguien la miraba. Reemplazó el *jean* y la camiseta por un vestido ajustado al cuerpo y un par de zapatos altos.

De nuevo saqué el teléfono celular y activé la cámara, pero un detalle que pasé por alto fue el *flash* del aparato, el cual salió disparado en cuanto tomé la foto.

Como lo imaginé, la chica se volteó instantáneamente hacia la puerta y caminó hacia ella con decisión. Me separé de esta, sin saber qué hacer. La puerta se abrió de golpe, dejando mostrar el rostro iracundo de la muchacha.

—¿Quién eres y por qué me estabas tomando fotos? —intenté decir algo, pero nada más atiné a quedarme ahí de pie, tieso como una roca—. ¡Responde!

¡¿Quién demonios eres y por qué me estabas sacando fotos?! —ella estaba perdiendo la paciencia—. Eres un *paparazzi*, ¿cierto? Le dije a Martin que no quería *paparazzis* aquí... ¡Martin! ¡Hay un *paparazzi* aquí dentro, ven y sácalo! —entré en pánico y lo que hice fue empujarla hacia la habitación. Ella cayó de espaldas y yo me acerqué, cerrando la puerta a mis espaldas—. ¡Diablos! ¡MARTIN! —ella estaba molesta, y mis nervios aumentaban cada vez más. Estaba sorprendido. Nunca había estado tan aterrado e inseguro frente a una mujer—. ¡MARTIN! —la levanté del suelo de un jalón y puse una de mis manos sobre su boca, mientras que la otra tomaba sus dos brazos por detrás de la espalda.

—¡Deja de gritar! —*contrólate, Jerrell... Ella no te ha hecho nada*—. Deja de gritar... No voy a lastimarte, lo... lo prometo —lentamente fui aflojando los brazos—. No seguirás llamando a Martin ¿no es así? —negó—. Bien... Voy a soltarte —cumplí con mi palabra. En poco tiempo, ya estaba libre—. Perdón, es que... me asusté, no sabía qué hacer. Ibas a delatarme —mis disculpas fueron sinceras, aunque ella se retorció de la risa al verse libre de peligro.

—No me hubieses sacado las fotos, y todos estaríamos felices —*qué bonito carácter... Nótese el sarcasmo.*

—Seré honesto contigo —*aunque no pienso decirte toda la verdad, genio*—. Nunca había estado en esta discoteca, y me pareciste interesante desde que te vi, así que te seguí hasta aquí y me metí en un gran problema contigo por querer tener un bonito recuerdo tuyo.

—Bueno... Yo también debería disculparme. Te traté... mal —comenzó a jugar con su cabello. De repente, se sorprendió al ver el reloj—. ¡Rayos, es tarde! Tengo que irme —sabía que estaba apurada, pero no iba a dejar que se fuera. Intentó cruzar la puerta, pero yo atravesé mi brazo y ella se detuvo—. Hazte a un lado, por favor. Voy atrasada para una entrevista.

—Comenzaba a divertirme contigo —sonreí de lado. Era simpática, pero con un carácter sacado de onda. Ella se sonrojó.

—Pensándolo bien...—dejó el bolso en donde estaba—. Debería dejar plantados a los de la entrevista, y seguir hablando contigo —sus ojos expresaban algo más que dulzura. Le seguí la corriente.

—¿Hablando? ¿Estás segura? —me crucé de brazos.

—No te pases de listo conmigo, amigo —enarcó una ceja.

De un paso crucé el pequeño camerino, y la alcé sobre el tocador, donde estaba todo su maquillaje. Coloqué mis manos a ambos lados de la mesa.

—Tú tampoco intentes pasarte de lista —le comenté con una sonrisa.

La besé en los labios, sin esperar siquiera que me lo permitiera. Acaricié su cintura por encima del vestido, mientras sentía sus manos enredarme el cabello.

Se reía y parecía divertirse con la situación. Besé sus mejillas y su mandíbula, hasta llegar a su cuello. Se rió más fuerte. *Las cosquillas son tu punto débil, te descubrí,* pensé para mis adentros. Buscó con las manos el primer botón de mi camisa, y la desabrochó hasta dejarla caer por detrás de mis hombros. Ella exploraba mi espalda con sus manos, y le causaba placer rasguñarla. Tomé el cierre de su vestido y comencé a bajarlo.

—¿Aeryn? —tocaron la puerta y ambos volteamos hacia el umbral al mismo tiempo—. ¿Puedo pasar?

—¡Es Martin! No puede ser... Escóndete en el baño —me reí bajito de ella. Era una ternura—. ¡¿Qué miras?! ¡Ocúltate en el baño! —hizo su mejor esfuerzo por empujarme, acción que me causó incluso más gracia—. No te muevas de aquí, no hagas ningún ruido, no pestañees, ¡no respires!

—Sí, su majestad —me burlé de ella.

Volteó los ojos y cerró la puerta. Más adelante, se abrió la puerta principal del camerino. Intenté escuchar la conversación entre Martin y ella.

—¿Con quién hablabas, Aeryn? Escuché la voz de un hombre aquí dentro —reclamó quien debía ser Martin con un poco de irritación.

—Estás loco. ¿Ves a alguien más? —Aeryn lo negó todo.

—No veo a nadie más, pero sí que veo algo más —*¿Algo más...? ¡Demonios, la camisa!*—. ¿De quién es esa camisa? No me digas que es tuya porque con eso no me vas a convencer.

—¡Claro que no es mía, completo idiota! Es de Collin.

—¿Y en qué momento tu hermano estuvo aquí?

—¿Y por qué haces tantas preguntas? ¡Vete de aquí, Martin!

—Vine a decirte que la camioneta te espera afuera. Tienes una entrevista en treinta minutos.

—Dame cinco y estoy afuera.

La puerta del camerino se cerró y yo salí del baño. La observé con ojos interrogantes.

—Ni sueñes que voy a ir a esa tonta entrevista —levanté ambas cejas cuando la chica hizo el comentario.

Se quitó los zapatos de tacón y se calzó un par de Converse. Me coloqué la camisa, y fui halado por ella hacia el exterior. Intenté llevarla por el camino que daba al interior de la discoteca, pero ella actuó de forma contraria; sin embargo, fue bastante inteligente. Su idea era salir por la puerta trasera.

Busqué las llaves de mi auto y desactivé los seguros. Ella se estaba escapando de su *manager*, y yo estaba siendo cómplice de ello.

Ya lejos del desastre, estacioné el vehículo en un callejón oscuro, en donde nadie pudiese notar nuestra presencia. El silencio reinaba en el auto y a nuestros alrededores. Estaba carcomido por el vicio, pero no podía detenerme. Saqué una caja de cigarrillos del bolsillo, y encendí uno.

Le ofrecí uno a Aeryn, y ella lo tomó con mucho gusto.

—Que vicio, ¿no, amigo? —quebró el silencio.

No respondí. Ella tenía razón. Fumar es un vicio casi incurable, te consume y te mata.

Siguió gastándoselo, hasta dejarlo de un tamaño muy pequeño. Apagué el cigarro con los dedos y miré a Aeryn. Se veía cansada, pero se negaba a lanzar el cigarrillo por la ventana antes de acabárselo.

—Aeryn, ¿cierto? —ella asintió—. Mi nombre es Jerrell —no dijo nada—. Entonces, Aeryn… —acaricié su mejilla— …creo que me debes algo.

—Eso creo —contestó, clavando sus ojos azules en los míos color café.

—Deberíamos… —inicié la oración, pero mi mano en su muslo habló por mí.

Entre besos apasionados, nos cambiamos al asiento de atrás. Aeryn se sentó a horcajadas sobre mí, y aprisionó mis caderas entre sus piernas. Estaba sediento de ella, sería imposible negarlo. Me quitó la camisa y la lanzó al suelo del auto. De alguna manera, logré darme la vuelta con rapidez y me posicioné sobre ella. Bajé su vestido y su lencería roja se burló despiadadamente de mí. Hundí mi rostro entre el cuello y su hombro. Su perfume femenino resultó ser una droga para mí, un aroma tan dulce que quise saborearlo, así que pasé mi lengua por su nuca. Aeryn suspiró ante el tacto de mi miembro. Regresé mis labios a los suyos y ella respondió a mi beso. Desabrochó mis pantalones, y los bajó con lentitud.

—Me excitas, Aeryn —entrelacé mis manos sobre su trasero.

—Calla, Jerrell —me besó de nuevo, deshaciéndose de la ropa interior de ambos.

Comportarme como un sujeto normal nunca me resultó tan divertido.

****

Abrí los ojos, tan sólo para encontrarme con una negrura espesa. Levanté un poco la mirada, y pude ver la tenue luz de los faros del callejón. Yo seguía en el asiento trasero del auto. Aeryn dormía en paz sobre mí. Acomodé su cabello de manera que cayera en ondas por su espalda desnuda. Se conmovió algo dentro de mi ser al verla tan pacífica. *Estúpidas mariposas, estúpidas sensaciones de amor... Todo eso es mentira. Tuve una noche de diversión con una chica y ya. El momento perfecto, las condiciones perfectas.* Sin embargo, algo me decía que lo que latía dentro de mí no eran las ganas de investigarle la vida, como hice con mis demás supuestos compañeros.

Busqué a tientas el pantalón y saqué el celular del bolsillo. La hora marcaba las 5:33 a.m. Activé el *flash* y le tomé una foto. *Es tan hermosa.* Apagué el aparato y lo lancé al suelo, dispuesto a dormir de nuevo, pero eso no fue lo que hice.

Un potente olor a cigarro invadió el auto. Lo sentía tan cerca que pude jurar que alguien fumaba dentro del auto. Efectivamente… así era. Levanté la cabeza por encima del asiento del piloto, y pude ver a un vagabundo en mi auto, en mi asiento, fumándose mis cigarrillos.

Saqué el arma de detrás del asiento y apunté en su dirección.

—Suelta mi caja de cigarros y bájate de mi Audi —el vagabundo miró la pistola con miedo. Buscó la manera de abrir la puerta con rapidez y corrió lejos del auto.

«Idiota». Guardé el arma en su lugar y apoyé mi cabeza de nuevo en el asiento. Cerré los ojos, pero los abrí al sentir los movimientos de Aeryn. Se estrujó los ojos con flojera, y luego los abrió. Una sonrisa apareció en su rostro. Le devolví el gesto.

—¿Qué haces despierto? —preguntó con cierta inocencia en su voz.

—No podía dormir. Y había un vago en el asiento del piloto, fumando de mi caja de cigarros. ¡No iba a permitir que se la acabara, mucho menos que siguiera postrando su asqueroso trasero en el asiento de cuero! —Aeryn se rió—. Te llevaré a tu casa.

—¿Qué? Creí que hoy íbamos a hacer algo divertido —hizo un puchero.

—Lo siento, Aeryn. Tengo trabajo.

—Pero si hoy es domingo... ¡Ni yo tengo que trabajar! —parecía una niña pequeña a la hora de hacer algún berrinche.

—Yo sí. La vida algún día hará que nos encontremos de nuevo —respondí con firmeza.

—Eso quiere decir que... Ni siquiera como amigos quedamos. Te acostaste conmigo, y ahora te vale madre lo que pase con nosotros —no contesté. Me quedé en silencio—. Claro, debí imaginarlo —se colocó la ropa interior y comenzó a subirse el vestido.

—No, Aeryn, las cosas no...

Ella me interrumpió:

—¿Entonces cómo son las cosas? ¿Nos comprometemos y mañana es la boda? Te juro que no es lo que quería, pero una amistad hubiese sido algo... decente, ¿no te parece? —bajé la mirada—. Pero ustedes, los hombres, son todos iguales. Lo único que les interesa es acostarse, y luego no les importa lo que ocurra con la chica. La mandan a volar y que haga lo que sea con su vida... la necesitaban para una sola noche —se anudó las trenzas del primer zapato—. Desgraciadamente, fui una tonta y accedí a perder mi virginidad con un extraño, y en la parte trasera de un auto —¿*virginidad? ¿Aeryn era... virgen?*—. Como tú quieras, Jerrell. Me iré y no sabrás de mí nunca más —se encajó el otro zapato. Tomó su celular y salió del auto a toda prisa. Me coloqué el pantalón y bajé del vehículo.

—¡Por lo menos, déjame llevarte a casa! —se detuvo como si hubiese escuchado el peor insulto de toda su vida—. ¿Sí?

—¡No intentes arreglarlo! ¡De todas formas, ya la regaste! —contestó desde la lejanía de ese callejón.

Subió la mirada hacia el sol del amanecer. Después, corrió fuera del callejón, cuidando que ningún *paparazzi* la fotografiara, o que algún loco intentara hacerle daño. «Lo siento, Aeryn...». Me subí al auto y conduje directo hacia mi casa.

Capítulo Siete

No tenía ánimos de nada. Era natural que no me importase el dolor de los demás, pero el recuerdo de la tristeza reflejada claramente en esos preciosos mares diáfanos que eran los ojos de Aeryn hizo que algo en mí se encarrujara. La vería por lo menos una vez más, debía ofrecerle una disculpa.

Me lancé al sofá y algo en el bolsillo trasero me lastimó. Solté un gruñido y moví la mano para sacar lo que me estaba haciendo daño. Vaya sorpresa que encontré… No recordaba que el celular de Ian Gerard estaba en mi posesión.

Rogando que la batería no estuviese muerta, apreté el botón superior. La pantalla se encendió, mostrando una imagen sorprendente, algo que jamás esperé ver. Era nada más y nada menos que una fotografía suya junto a la hermana gemela de Marion, Cambria Perry, dándose un jugoso beso. «Que ternura», susurré socarrón.

Me burlé por un buen rato. Quién diría que esa dulzura iba a caer en las garras de Ian. Ella es lo opuesto a su hermana. Es tímida, tranquila, inteligente, astuta y lucha por sus sueños; pero cambió cuando se unió al desgraciado grupo de Floyd Lancaster. *Las influencias apestan, apestan en todos los sentidos.*

Desbloqueé el celular y, para la mala suerte de Ian, no tenía contraseña. Comencé a revisar, mientras iba a la oficina.

En una carpeta, con el nombre de Ian Gerard, descargué toda la información. Comencé a leer, desesperado y deseoso de saber más, y más, y más. Anoté su dirección, en donde trabajaba, los sitios que frecuentaba, lo que solía hacer los fines de semana, cada cuanto tiempo se veía con Cambria, y otro tipo de cosas que a mí siempre me interesaron de él, además de sacar lo más que pude sobre la vida de su preciosa novia. Después de un par de horas, tiré el celular en una de mis gavetas y me di una ducha en segundos. Corrí por las escaleras y tomé las llaves del auto.

No tenía ni la menor idea de a dónde me dirigía. La casa de Ian se encontraba al otro lado de la ciudad, quizá hasta oculta en un monte.

Ensucié el auto al pasar con fuerza sobre un campo repleto de tierra y fango. «Demonios, me tocará lavarlo», grité irritado. Seguí acelerando, hasta que encontré una casa grande y cuya arquitectura mostraba paredes enteras de vidrio. Estacioné cerca, detrás de un montículo, siempre cuidando que nadie viera mi Audi.

Me asomé por una de las ventanas y fue fácil sacarle fotos al chico. Se estaba levantando, y caminaba con pereza hacia la cocina. De hecho, estaba tan sumido en su flojera que ni se tomó la molestia de voltear a ver si un loco maniático lo observaba con una cámara desde la ventana (si yo viviera en una casa de puro cristal estaría obsesionado con el tema de los fisgones). Sirvió un poco de agua y lanzó dos píldoras al vaso, las cuales se deshicieron en pocos segundos. Se quejó del dolor de cabeza, y fue entonces cuando decidió tomarse el líquido. Le tomé una foto al vaso antes de que bebiera su contenido por completo, y otra mientras se lo tomaba con desesperación. Por su rostro ceñudo en las imágenes pude deducir que el dolor de cabeza seguramente era uno de esos que te da latigazos en todo el cerebro. Me imaginé diciéndole que la noche anterior disfrutó de su bebida y que ahora le tocaba aguantar las consecuencias.

Una cabellera castaña se asomó por las escaleras. Al instante pude ver su torso. Venía vestida con nada más que una camisa de hombre. «Por lo visto, no fui el único que se divirtió anoche». Me reí en silencio. Le puse aumento al lente, y salió una perfecta foto de Cambria, sonriéndole a Ian. La seguí por toda la casa y tomé varias fotos. Una de ellas revelaba un momento comprometedor, en donde el chico posaba sus dos manos en las nalgas de la chica. *Seré buen muchacho, y no se la mostraré a nadie, mucho menos a Marion. Enloquecería si se entera que su querida hermana se entregó a este tipo.* Desayunaron juntos y se hicieron bromas mutuamente. No puedo negar que se veían lindos como pareja; sin embargo, mis comentarios nunca pasaron del «pero qué tiernos». Son una pareja común y corriente, como las demás.

—Ian... —la mirada asustada de Cambria llamó mi atención—. ¡Ian! ¡Hay alguien en la ventana!

Sabía que ella hablaba de mí, pero no podía moverme. Me mantuve estático pues el miedo de ella me fortalecía cada vez más, me hacía fuerte. *¡Corre, Jerrell, todo se va a venir abajo si te descubren!*

Me reí de ella, era asombroso verla tan aterrada. Pronto será mucho más que miedo. Querrá matarse, quitarse la vida para no seguir padeciendo. Apagué la cámara y me apresuré hacia el auto. Lo encendí y aceleré fuera de ese mugriento terreno.

Comenzaba a llegar a la civilización cuando vi una figura pequeña y sensual contonearse de un lado a otro con libertad. Esas caderas eran inconfundibles. Tenía un par de *shorts* de *jean* rotos, una blusa blanca, una chaqueta de cuero negro y unos tacones que la hacían ver de mayor altura. Un par de lentes de sol cubrían sus ojos azules y el labial rojo resaltaba sobre su piel pálida. Muchas personas la saludaban y ella contestaba con gusto a sus saludos. Disminuí la velocidad.

—¡Aeryn! —siguió caminando, e intenté ir a su ritmo—. ¡AERYN! —volteó de golpe. Hizo un gesto de fastidio y continuó con su marcha—. ¡Aeryn, por favor, no seas inmadura!

—¡Es que no se trata de ser inmadura, Jerrell! —contestó mientras seguía caminando—. ¡Se trata de que me usaste para satisfacer tus ansias de placer, y después me botaste como un perro callejero, eso pasa!

—¡Ya sé que estuvo mal, quiero disculparme contigo! —la bocina de un auto estalló en mis oídos. Saqué la mano por la ventanilla y mostré el dedo del medio al conductor—. ¡Vamos, Aeryn! ¡Hablemos!

—Si voy contigo, ¿dejarás de molestar? —asentí y, de mala gana, cruzó la calle. Se subió al asiento del copiloto. No se quitó los lentes y sus ganas de hablar eran nulas.

—No podemos hablar aquí. ¿Te parece si... vamos a otra parte? —pregunté.

—Como sea —no quitó su rostro de amargura.

Busqué algún parque cerca y le ofrecí una caminata por el mismo.

Intenté tomar su mano cuando bajamos del auto, pero la retiró de una sacudida. Era difícil contenerse, me estaba irritando. Nadie tiene peor carácter que yo, y por eso nadie puede intimidarme, NADIE.

—Mira, yo... yo sé que no estuvo bien lo que hice y... —como comenzaba a hacerse costumbre, me interrumpió:

—Ya sé que está mal. ¿Vas a agregar algo interesante a la conversación? —reclamó con voz molesta.

—¡Claro que sí! —perdí la paciencia—. ¡Quiero agregar que apenas te vi me volví loco por ti, quise tenerte en mis brazos, conmigo, y que no fueras de nadie más! ¡Quiero agregar que no lo dije en serio, no quise lastimarte y no es eso lo que siento! Quiero agregar que... —le bajé la intensidad a mi voz— ...que la pasé muy bien contigo anoche, y que no importa si no crees en lo que digo pero... por lo menos, déjame ser tu amigo —nunca antes abdiqué mi fachada altiva por alguien. Esa niñita me tenía tendido a sus pies.

—Ser amigos está bien —por primera vez desde que se subió al auto dejó ver sus ojos color celeste, esos que tanto me hipnotizaban—. Sigamos caminando. No quiero ver a mi *manager*, me va a ahorcar por lo de anoche.

Asentí y caminamos lentamente. Observé su mano, colgando como si esperara por algo, por la de alguien más. Extendí la mía y tomé la suya, deseando que no me soltara. Hice encajar nuestros dedos y ella respondió al apretar suavemente su mano con la mía. Se colocó muy cerca de mí y pasó su brazo por detrás de mi espalda.

Entonces entendí que hasta en un corazón malvado, lleno de resentimiento, ira y ansias de venganza, también hay un diminuto, minúsculo, espacio para el amor. Todos merecen amor, hasta el asesino en serie más peligroso.

Capítulo Ocho

Avanzó hasta el seis de noviembre del 2013. Ya para ese entonces me hubiese tocado estar envuelto en las averiguaciones acerca de alguno de los tres que me faltaban; pero no, eran las 3:47 a.m. y yo buscaba la manera correcta de escribir el resumen en palabras de la vida de Ian Gerard y Cambria Perry. Habían pasado dos horas y media desde que me senté frente a la *laptop* y lo único que logré fue perder la paciencia unas cuatro veces.

Por última vez, intenté escribir algo.

IAN GERARD

Un individuo normal, casi como cualquier otro. Nació en el año 1992, en Bradford, Inglaterra. Tiene veintiún años y vive en la mansión que le dejó su padre al morir misteriosamente. Es el novio de Cambria Perry, la hermana gemela de Marion Perry. Tenía un buen trabajo como contador en una oficina, pero fue desempleado debido a las falsas acusaciones de robo a la compañía. Hoy en día, se gana la vida como recepcionista en un hotel. Es el típico rubio europeo, perfecto y moldeado que cualquier chica quisiera tener a su lado; sin embargo, él se considera un tipo más del montón. Estudió en Inglaterra hasta los dieci-

séis años pues sus padres lo enviaron a los Estados Unidos en un intercambio escolar; de esta manera fue que conoció a todo su grupo de amigos populares: Floyd Lancaster, Alexandre Mallard, Gamer Redford, Irina Reeve, Marion Perry y Cambria Perry. La razón por la que los padres de Ian le obligaron a abandonar Bradford fue debido a que embarazó a una chica menor que él, en una fiesta, estando bajo los efectos del alcohol. Miriam y Spencer Gerard, sus padres, querían que mejorara su comportamiento, pero ninguno tuvo la menor idea del problema en el que se metieron al enviarlo con los estadounidenses. Ian Gerard ha tenido constantes conflictos con su hermano mayor, Nicholas Gerard. Es buena persona, pero vive de las influencias, por lo que fue una gran fuerza para el grupo de la secundaria cada vez que ellos se lo pedían. Se mantiene en contacto con su pequeña hija de cinco años. La extraña hasta morir, pero la madre no le permite acercarse, y él no lucha en contra de eso. A partir de la misteriosa muerte de su padre en la primera visita a Estados Unidos, después de que su hijo fue transferido, Ian se ha dedicado a beber cada fin de semana hasta quedar inconsciente.

Ian Gerard, ya te tengo en mi lista. Tomé un sorbo de café, y la inspiración vino a mí de golpe. Abrí otro archivo y comencé a escribir. Las oraciones salían como si tuviese dinamita en los dedos.

CAMBRIA PERRY

Cambria Perry Effere. Cuenta con veintiún años de edad. Nació en 1992, en Nueva York, pero poco tiempo después su familia se mudó a San Francisco. Es de tez blanca, con una larga melena castaña clara y un par de ojos cafés. Es tímida, inteligente, astuta y pacífica, lo opuesto a su hermana gemela, Marion Perry. Todavía no trabaja. Estudia medicina en una universidad costosa. Vive en un departamento peque- ño, pagado por sus tíos. Es la novia actual de Ian Gerard, un chico casi normal y sin muchos problemas existenciales. En casa, las situaciones comenzaron a cambiar con su hermana en cuanto la misma se inició en el grupo de los populares. Cambria le rogó a Ma- rion que los dejara, y que volviera a ser la misma, pero ella se negó; aunque prometió ser la misma de nuevo con su hermana si ella se unía también al gru- po. Esa fue la única vez que a Cambria la movió una influencia. Siempre ha estado en contra del maltrato animal y no acepta nada que le haga daño a la natu- raleza. Practica yoga tres veces a la semana, y se mata estudiando cada día por sacar su carrera ade- lante. Está en contacto con sus padres y su hermana, pero no se hablan tanto desde que ella comenzó la universidad. Es inocente y comprensiva, pero no tiene ni un cabello de tonta. Sabe el secreto de Irina y Floyd, pero mantiene su silencio al estar bajo amena- za. Es mayor que Marion por tres minutos. De peque- ña, exactamente a los once años, tuvo un accidente con sus padres y su hermana, pero fue ella quien salió disparada por el parabrisas y cayó en un coma per- manente. Los médicos no le garantizaban buenos re-

sultados a su familia, pero un día se despertó y su madre cumplió el juramento que le hizo a Dios si su hija volvía a su vida normal: se rapó la cabeza. Ella y Marion siempre fueron, y siempre serán, la luz de los ojos de sus padres. Cambria siempre fue la hija perfecta, y sus inmensas ganas de que sea así toda la vida se han convertido en una lucha donde ella puede vivir o morir. Sus trampas la han hecho tropezar repetidas veces.

Agotado, cerré la *laptop* y mi cabeza cayó de repente sobre la tapa. Pude sentir la paz recorrerme de pies a cabeza. Debo admitir que nunca había sentido tan pronunciadamente el peso del cansancio sobre mis hombros.

****

Unas manos suaves y pequeñas acariciaban la zona de mi espalda, mi cuello, mi cabello… ¡Rayos, se siente bien! «No te detengas…». Me masajeó los hombros, los cuales estaban tensos. Gemí ligeramente y una risa femenina me despertó por completo.

—Hola, cielo —me saludó con un beso en la mejilla.

—¿Co-cómo entraste? —pregunté con la cabeza dándome vueltas.

—Uh… Sí, bueno, curiosamente tenías la puerta abierta —mis ojos se abrieron de par en par.

—¿Qué? No bromees, Aeryn.

—¡No bromeo! Giré la manilla y cedió.

—Oh, rayos… Creo que se me olvidó cerrarla anoche —me enderecé para ponerme de pie, pero un dolor punzante me recorrió desde la espalda hasta el cuello—. ¡OH, RAYOS! —repetí mi expresión en un horroroso grito.

—¡¿Qué ocurre?! —Aeryn saltó de inmediato.

—Mi espalda… Me du-duele la e-espalda —no podía pararme sin ayuda—. Ayúdame a levantarme, por favor.

Mi novia pasó uno de mis brazos por encima de sus hombros y uno suyo por detrás de mi espalda. Intentó alzarme con todas sus fuerzas, pero todo eso provocó que ambos cayéramos al suelo. Aeryn hizo su mejor esfuerzo por levantarme, y logró llevarme casi a rastras hacia mi habitación. Me tumbó boca abajo en el colchón. Bajó corriendo las escaleras y regresó con paños calientes. Los colocó en mi espalda y grité de nuevo, estaban hirviendo.

—¡Qué niña eres! —Aeryn se burló de mí mientras colocaba otro paño húmedo en mi espalda—. Deberías agradecerme. Pude haberme ido y dejarte morir en esa silla, idiota —comentó con tono bromista; sin embargo, detecté algo de rabia en su expresión.

—¡No me he quejado de ti! —repliqué con las pocas fuerzas que tenía.

—Uhm… Me dio la impresión de que sí lo hiciste.

—Aeryn, debo decirte que es más que obvio que no te soporto en este momento —contesté de mala gana.

—¿Ah, sí? —vi de reojo cuando inclinaba sus caderas y se cruzaba de brazos.

—Pues sí —mala respuesta, pésima respuesta...

—Bueno, en ese caso... —tomó su bolso— ...no tengo nada que hacer aquí. Arréglatelas tú solo para levantarte de esa cama —comenzó a retirarse de la habitación.

—No, no... —la espalda comenzó a sudarme—. ¡...Aeryn, no, lo siento, no te vayas! —sus pasos se alejaban cada vez más—. ¡Maldita sea, Aeryn! ¡Quédate!

Mis gritos fueron en vano.

Aeryn se fue, dando un portazo molesto e irritado. *¿Por qué su carácter tiene que ser tan inflexible? ¿Y yo por qué tengo que ser tan directo?* Demonios, eso era lo que provocaba que discutiéramos cada vez que nos veíamos.

Miré la hora con ojos cansados. Las 8:54 a.m. «Es tarde y no tengo mucho tiempo», refunfuñé adolorido. Me quité los paños de la espalda y rodé fuera de la cama, casi con la columna con la forma de una letra C.

Arrastré los pies hasta el baño e hice un gran esfuerzo por ducharme rápido, pero no pude. Los brazos me dolían y no lograba manejarme con facilidad. Me sentía inútil e indefenso. Cerré el puño, dispuesto a descargar toda mi ira contra la pared del baño.

Fue curioso ver cómo se hundía la baldosa.

Un líquido rojo, un poco desteñido, se iba lentamente hacia los drenajes. Miré mis nudillos, y comprobé que la sangre era mía. Había roto la piel de mi mano. Era intrigante saber que podía matar a alguien en un dos por tres con mis propias manos. Era lo suficientemente fuerte, de eso no tenía duda.

Agarrándome de todo lo que se atravesara en mi camino, logré llegar a la habitación. Me quejé un par de veces mientras me vestía; no obstante, hubo algo que llamó mi atención más que el fuerte dolor que invadía cada uno de los músculos de mi espalda. Me acerqué a la ventana y observé la escena al cruzar la calle.

Un chico de pelo color castaño, con la piel no tan oscura ni tan clara y ojos verde esmeralda, caminaba de un lado a otro en su habitación. Se agarraba los largos mechones de cabello, y soltaba gritos de furia en repetidas ocasiones. Su desesperación aumentaba a medida que pasaban los minutos, hasta que perdió la paciencia por completo y destrozó todo lo que tenía a la mano. Volvió añicos la recamara. Era fuerte, y su rabia parecía hacerlo invencible. «No puedes ser tú, sucia rata», murmuré.

Esperaba estar confundiéndome.

Pero no fue así.

Tenía el mismo rostro malvado, la misma altura intimidante, al igual que los fuertes brazos que amenazaban con estrangularte en cualquier momento, la ira que lo consumía cada día y la fuerza brutal que dejaba a todos con las mandíbulas por el suelo. Seguía siendo la misma criatura paranormal que siempre fue para mí.

«Es a ti a quien torturaré con más gusto, después de Floyd Lancaster».

Busqué la cámara entre mis cosas y la encendí. Tomé algunas fotos del lugar vuelto un chiquero y de él iracundo, como una bestia. Le saqué fotos a la casa y las dejé almacenadas en la memoria.

En poco tiempo también lo tendría a él en mi poder. Todos lo que me hicieron daño estarían en mis manos, y los haría pedazos, tal cual como ellos hicieron conmigo. Este era uno más que formaba parte de mi juego macabro. Era uno más que pagaría por tantos maltratos.

«Voy a matarte, Alexandre Mallard. Lo juro».

****

Al rato lo sentí de nuevo. Me asomé a la ventana. Lo seguí con la mirada, y lo vi de silueta subiéndose a un auto. Supuse que se iba de fiesta con unos pocos amigos. ¡Era mi oportunidad! Salí de mi casa y caminé en silencio hacia la suya. Alexandre Mallard no vivía de manera lujosa, pero yo sabía que tenía unos buenos millones guardados en sus cuentas bancarias.

Forcé la cerradura y abrí la puerta con el mismo sigilo. Según mis investigaciones, Mallard vivía solo, y nunca tenía compañía en su hogar; pero debía ser cuidadoso pues encontrar a alguien desconocido en la casa me causaría muchos problemas y estaría en la estricta obligación de asesinarlo.

No encendí las luces, sino más bien activé una pequeña linterna. Subí las escaleras casi corriendo. A pesar de tener el tiempo suficiente para husmear todo lo que quisiera, no podía darme el gusto de quedarme hasta el amanecer. Yo también tenía deberes.

Fui directo a su habitación y abrí todas las gavetas. Únicamente tenía ropa, papeles de poco uso, basura y objetos que guardaba, como recuerdos de sus vacaciones infantiles. No había mucho que tomar del lugar.

Registré su armario, el baño, debajo de la cama, la sala y el cuarto de visitas. No conseguí mucha información, pero bastaba con lo poco que encontré. Tomé postales, fotos, sus horarios arrugados y las copias de sus expedientes, tanto escolar como profesional.

Revisé debajo del sofá y encontré una caja grande de condones… vacía. Me reí en voz alta. «Veo que tenemos algo en común».

—¿Quién eres? —una voz adormecida se escuchó desde la cocina.

Me di media vuelta y me encontré con un niño de unos nueve o diez años. Se sobaba los ojos con flojera. Estaba estupefacto. Mi deber era sacar el arma y dispararle, de manera que se quedara callado para siempre; pero no podía, esa criatura me debilitaba, me tumbaba, no dejaba ni un poco de fuerza de voluntad dentro de mí.

No estaba controlando la situación pues mi respiración comenzó a entrecortarse. ¿Qué le iba a decir a ese chiquillo? ¿Cómo haría que mantuviese su silencio? Estaba en problemas conmigo mismo. Nunca advertí que un menor vivía en la casa. De hecho, nunca lo vi rondar por el jardín o por la sala. Nunca lo había visto.

Me acerqué a él en silencio. Sus ojos azules, totalmente diferentes a los de Alexandre, me observaron con curiosidad y un poco de aburrimiento al mismo tiempo. Me agaché, de manera que pudiese estar a su altura y mirarlo directamente a esas cascadas celestes.

—No importa quién soy, pequeño —hablaba en un susurro—. Pero puedo prometerte que no te haré daño. ¿Me crees? —me miró fijamente por unos segundos, y luego asintió—. Bien… No puedes decirle a nadie que estuve aquí, estoy por marcharme. Vine a buscar unas cosas que… que Alexandre tomó prestadas de mi casa. Son mías.

—¿Y por qué Alexandre nunca te las devolvió? —preguntó el niño, ahora más despierto.

—Pues… se puede decir que no nos vimos después de la secundaria. Yo me largué y el también siguió su camino.

—Te pareces a los villanos de las películas animadas —cambió de tema rápidamente. Era mágica la

manera en la que el niño lograba mover mis sentimientos congelados. Nadie me había hecho sentir tan
pequeño y dominado. Nadie.

—Soy una persona común, muchacho. Aunque
muchos dicen que soy especial al mismo tiempo… —
sonreí de placer. Ya creo que era especial, diferente,
irrepetible. Miré el reloj en mi muñeca y constaté que
amanecía—. No deberías estar despierto. Es muy tarde para que un niño tan pequeño como tú esté fuera de
la cama.

—No soy un niño. ¿Cuántos años crees que tengo? Ya estoy grande —dijo, casi formando una pequeña rabieta—. Tengo diez y tres cuartos.

—Está bien, eres un chico grande. Y ya que lo
eres… —pasé las manos por detrás de mi cuello y me
quité el collar que compré hacía mucho tiempo y que
llevaba un diente de tiburón— …pienso que deberías
tener esto —le tendí el collar.

—Alexandre dice que no debo tomar objetos de
personas extrañas —susurró. Parecía triste.

—Pero si yo no soy un extraño. Soy tu amigo…
—corté de momento la oración— …y solía ser amigo
de Alexandre —mentí al respecto. Era una de las peores personas que pude conocer, siempre deseé verlo
morir—.Vamos, tómalo. Así tendrás un recuerdo mío.
Te advierto que no me verás de nuevo. Esta es la primera y última vez que charlaremos, amigo.

—Pues sí, eres mi amigo —tomó el diente de tiburón sin vacilar—. Gracias. Me gusta mucho.

—Debes guardarlo muy bien. Lo compré hace mucho tiempo, pero creo que estoy un poco viejo para tener eso colgando de mi cuello.

—¿Cuántos años tienes? —preguntó en tono curioso.

—Veintiuno —contesté con un suspiro.

—¡Alexandre también tiene veintiuno! —se vio exaltado de repente—. Mi hermano y tú son unos ancianos.

¿Hermano? ¿Ese niño era el hermano menor de Alexandre? Intenté ocultar mi sorpresa detrás de una sonrisa.

—Ni tanto… —le contesté y me senté en el suelo, las rodillas me dolían—. ¿Quieres decirme tu nombre?

—Leslie Mallard —él se rió—. Hasta a mí me da risa. Es un nombre ridículo. No sé en qué pensaba mi mamá cuando escogió mi nombre. Estoy casi seguro que creía que era una niña —reí con él hasta que el aire comenzó a faltar en mis pulmones.

—Oye, Leslie… —lamentaba tener que despedirme— …debo irme.

—¿No puedes quedarte? Me da miedo la oscuridad, y Alexandre siempre deja la casa a oscuras cuando se va, aunque le ruegue que no lo haga —la necesidad en su voz me hizo asentir en silencio.

—Nada más hasta que te duermas —dije con expresión seria.

Leslie sonrió y me invitó a seguirlo hacia su habitación.

Pasamos por la cocina, y bajamos al sótano. *¿Lo pone a dormir en el sótano? Tiene una habitación desocupada en el piso de arriba... ¿y manda a dormir a su hermano de diez años al sótano? ¡Es un cochino animal!* Seguí descendiendo las escaleras sin decir ni una palabra al respecto. Leslie parecía un niño valiente, pero pude entender sus temores. Alguna vez también sentí lo mismo.

El pequeñín empujó la puerta y una habitación no muy decorada se materializó ante mis ojos. La tenue luz de un par de bombillos alumbraba el cuarto. No se podía ver con claridad, y apestaba a humedad. Leslie vivía en un cuchitril.

—¿Esta es tu habitación? —no pude evitar la pregunta. Estaba molesto, molesto con Alexandre, con la humanidad... ¿Es así como tratan a un niño inocente?

—Sí —se tomó ambas manos frente a él—. Lo sé, no es... muy cómoda, que digamos. Alexandre no me deja dormir arriba. Debo conformarme con estar aquí abajo; de lo contrario, probablemente viviría con mi mamá... y no quiero, ella me odia... —se sentó en el borde de la cama y vi lágrimas rodar por sus mejillas.

—No llores, Leslie —me senté a su lado y lo consolé—. También tuve serios problemas con mis padres, y mírame, aquí estoy. No me ha pasado nada. Vivo solo, trabajo y... *—Basta, Jerrell. Estás hablando demasiado—.* Todo estará bien, campeón —no dijo nada al respecto. Me miró y sus ojos ya no eran azules. Se habían tornado de un color gris bastante claro—. Duerme. Puede que tu hermano se moleste si llega y se da cuenta de que no estás durmiendo; y puedo apostar que se pondrá peor si me ve aquí.

—Dijiste que no te irías hasta que me durmiera —detecté cierto terror en su voz.

—Y eso haré. No te preocupes, no me iré antes.

—¿Lo prometes?

Su pregunta me hizo fruncir el ceño. No prometía nada a nadie desde hacía mucho tiempo ya. Al único que prometía y juraba era a mí mismo, pero…

—Lo prometo.

Leslie se recostó en su viejo colchón. Acomodé las almohadas debajo de su cabeza y lo arropé con una cobija de color azul. Me apoyé sobre los codos en el colchón y bromeé unos segundos con el niño. Después de unos minutos, lo llamé por su nombre y no obtuve respuesta.

Me levanté con sumo cuidado y apagué la tenue luz… no sin antes encender la lamparilla de noche.

—Yo sí dejaré una luz encendida, amiguito. Entiendo tu miedo a la oscuridad, lo entiendo perfectamente… —comenté por lo bajo. No iba a recibir una respuesta, pero fue lo primero que salió de mí, lo primero que pasó por mi mente.

Cerré la puerta y subí los escalones con despreocupación. Me rasqué la cabeza, y esperaba escuchar nada más el sonido rasposo de mis uñas arañar el cuero cabelludo, pero algo más retumbó, a pocos metros de mí, detrás de la puerta del sótano. «Está aquí». Un impulso me hizo subir más rápido, pero abrí la puerta lentamente. Nadie se encontraba en la cocina. Tomé un cuchillo y lo empuñé con fuerza y decisión.

El silencio era aterrador, pero yo empeoraba el cuadro. Caminaba como si no tuviese pies, como si estuviese flotando. Pasé a la sala y casi corrí hacia la entrada, pero mi gran error fue no fijarme lo suficiente. La oscuridad era muy espesa; tan espesa, que no me di cuenta que Alexandre estaba parado de espaldas a la puerta. Me estrellé contra él, y un gruñido salió de su boca.

—¿Qué demonios...? —ambos nos vimos el rostro, pero reaccioné antes de que pudiera detallarme más.

Lo tomé por el cuello y clavé el cuchillo en un costado, cerca de sus costillas. Su grito llenó mis oídos. Jamás lo había escuchado aullar tan fuerte, ni siquiera cuando estaba a punto de perder la cabeza. Saqué el puñal y lancé a Alexandre al suelo. Fue la oportunidad perfecta para correr fuera de la casa.

Abrí la puerta y la brisa azotó mi cabello. No me moví hasta que observé el cuerpo moribundo de Mallard. Se quejaba y mantenía sus ojos cerrados. «Vas a estar bien, cerdo. Te necesito vivo», me agaché a murmurarle. Cerré la puerta y empecé a cruzar hacia mi casa, caminando despacio y sin levantar sospechas entre los vecinos.

CAPÍTULO NUEVE

Observaba, cámara en mano, desde la entrada de mi casa. Estaba sentado en el primer escalón y no podía despegar mis ojos de la escena.

Lo primero que se distinguía eran las dos patrullas policíacas mal estacionadas debido a la prisa de los agentes que saltaron del vehículo apenas llegaron. A lo lejos escuché las sirenas de ambulancias y bomberos acercándose a toda velocidad. Casi al instante las vi llegar y detenerse detrás de las patrullas. «Que escándalo. Ese imbécil no lo merece», murmuré con ira.

Tomé algunas fotos fingiendo ser un *paparazzi*. De la ambulancia salieron un par de enfermeros que bajaron una camilla.

Me levanté de mi lugar y cruzando la calle me acerqué para mirar de cerca. Desde donde me posicioné pude ver el gran esfuerzo que hicieron aquellos muchachos por salvarle la vida a Alexandre. Mi víctima estaba inconsciente, y no parecía que fuera a despertar pronto. Casi pude tocarlo cuando lo rodaron sobre la camilla para llevárselo hasta la camioneta.

Aproveché los pocos segundos y disparé el *flash* de la cámara varias veces. A una velocidad increíble se alejó la ambulancia llevándose el cuerpo casi inerte de Mallard.

Me quedé ahí, tan sólo para ver si el pequeño Leslie estaba bien. Un par de policías hablaban con él, y el niño parecía rogar por su hermano con todas sus fuerzas. Deseaba intervenir, pero no podía, simplemente no podía hacerlo. Tomé una última foto de esa escena y me encerré en casa.

Caminé descalzo hacia las habitaciones de arriba. Descargué las fotos en la computadora, y en el monitor de la misma se veía el rostro de Aeryn y el mío haciendo muecas raras. «Oh, no... ¡Me olvidé de Aeryn!». Busqué el celular con angustia y marqué su número. Contestó, pero no dijo ni una palabra.

—Amor, disculpa. No quise tratarte mal, no quise ser tan directo... En serio lo lamento —aún no se escuchó su voz—. Ya sé que no está bien que te haya salido con tres patadas después de que me ayudaste, pero estoy consciente que no debí hacerlo... —el silencio se mantuvo en la línea—. ¡Demonios, Aeryn! ¿En serio estás tan molesta? —a continuación, escuché una risa tierna y aniñada—. ¿Qué es tan gracioso, tonta?

—Tus desesperadas disculpas. ¿Tanto me necesitas? —replicó burlona.

—¡Claro que te necesito! Eres mi novia, Aeryn... No sabes lo mucho que odio pelear contigo.

—Pero lo haces de todas formas.

—¡Pero no importa! —grité—. Lo siento, disculpa... Sabes que hago mi mejor intento por controlarme.

—Deberías mejorar un poco tu carácter... —se rió un poco más.

—No sabes cómo te odio —mi mano se cerró con fuerza sobre el celular.

—Tú me amas, cariño —no respondí. Ella tenía razón. Decirle que la odio es una manera extraña de demostrarle lo mucho que la amo—. Oye, ¿te apetece salir a desayunar en un par de horas?

—Debo ir a trabajar, Aeryn, y lo sabes.

—¡Ugh! Bueno... ¿En la noche? —preguntó, resignada—. Debo colgar. Hablamos luego. Quizás podamos ver películas.

No me dio tiempo de responder. Aeryn cortó la llamada casi antes de terminar de escuchar su voz. Dejé caer el celular al suelo y me senté en la silla giratoria de cuero.

Imprimí imagen por imagen, y las trasladé al cuarto contiguo.

Comencé a llenar la pared correspondiente al imbécil de Alexandre Mallard. Quedó todo en perfecto orden. Esto me hizo sentir a gusto pues sólo faltaban un par de paredes. Me dediqué unas horas a pegar cada imagen, y a detallarlas una por una. Llegué al borde de la pared. Tenía espacio para colocar una más, la de mayor importancia: en donde él salía golpeándome en la secundaria.

«Quienquiera que la haya tomado, te agarró con las manos en la masa», refunfuñé con gusto.

Según mis cálculos, fue a mediados del cuarto año, cuando todavía era un *nerd* indefenso. De mi nariz borboteaba mucha sangre y apenas podía mantenerme en pie. Me burlé mentalmente de él. *Veremos quién es el más rudo ahora*. Apagué la luz y cerré la puerta de un golpe.

****

Inspeccioné la hora. Mis ojos se abrieron de par en par, era tarde. «Ay, no… ¡No, no, no! ¡Una vez más y me quitan el empleo!», grité para despabilarme.

Sin siquiera darme una ducha, me coloqué el uniforme del trabajo. Bajé corriendo las escaleras, tan rápido que di un traspié y comencé a caer por los escalones. Adolorido, me levanté y seguí mi camino. Encendí el auto y pisé el acelerador a fondo, no me importaba desobedecer la ley.

A pocos metros de la cafetería, noté a mis espaldas una patrulla. Debía detenerme, pero mis instintos me hacían acelerar cada vez más. Mi trabajo era lo fundamental en mi vida, era lo único con lo que me mantenía.

De la nada, apareció otra patrulla y se atravesó en mi camino.

«¡NO!», me enfurecí y no pisé el freno.

Seguí acelerando, hasta llevarme al auto del policía por el medio. No fue un buen plan, pero era lo de menos. Necesitaba llegar cuanto antes y estos policías eran un obstáculo.

De nuevo, otra patrulla salió de una calle lateral y me cortó el paso. Un policía se bajó y desenfundó su arma. Apreté mis manos al volante, odiándome con todas mis fuerzas por lo que hice a continuación. El vehículo se detuvo, a unos centímetros del hombre que me apuntaba.

—¡Baje del auto, en este instante! —gritó desde su lugar.

Pasé mi mano por detrás del asiento, y rebusqué un objeto en el bolsillo grande. Lo oculté detrás de mi espalda, bajo la camisa, y me salí del asiento del piloto como si nada hubiese ocurrido.

—Estoy apurado. Lamento lo del policía al que me llevé por el medio —dije—. Necesito llegar a mi trabajo.

—¡No nos importa! ¡Acaba de asesinar a un ciudadano! —uno de ellos me gritó bastante cerca del oído, y tomó una de mis muñecas, dispuesto a colocarme las esposas—. Usted está arrestado.

—Ni lo sueñes —en un susurro se percibió toda la maldad que llevo dentro.

Me levanté la camisa y saqué con gran agilidad la pistola escondida en la parte de atrás. Disparé directo al pecho del oficial, tan cerca fue la detonación que casi me rompe los tímpanos, y halé del gatillo unas tres veces más, dejando así en el suelo a los cuatro policías que me detuvieron.

Me acerqué a cada uno de ellos y confirmé que todos estaban muertos.

Tenían los ojos abiertos, y parecían asustados. ¿Por qué? ¿Es que nunca han visto un arma? ¿Nunca han presenciado un tiroteo?

Guardé la pistola y me quedé ahí, de pie, unos instantes. Observé a mi alrededor. Todos parecían estar calmados, andaban e ignoraban la escena, como si nadie estuviese ahí. Para todos era un día normal, común, corriente y rutinario.

Dejé que la sangre de los cuatro policías brotara de los orificios que provoqué y me retiré con frialdad.

Disminuí la velocidad al estacionar frente a la cafetería. No había nadie en su interior, a excepción de mi jefe, quien ya estaba a punto de salir. Cerró la puerta y le pasó la llave. Miré el reloj. *No es hora de cerrar. ¿Qué ocurre?* Bajé la ventanilla y llamé la atención del señor.

—Jefe… —mi voz salió en un tono apenas audible— …¿por qué está cerrando la cafetería? No es la hora.

—Lo siento, hijo. Sabes que este lugar es alquilado. El dueño quiere que se lo devuelva, así que… se cerró la cafetería —había un tono quedado en su voz, como si de un minuto a otro quisiera llorar—. Ya sabes lo que significa —con esto siguió su camino por la acera.

¿La cafetería? ¿Cerrada? ¿Y ahora cómo demonios voy a conseguir dinero? De hecho, no es tan complicado, pero… robar me traería ciertos problemas.

Resignado y sin muchas posibilidades, regresé a casa. Si no iba a trabajar en la cafetería, debía hacerlo desde mi computadora. *Recién comienza todo esto, debo planear hasta el más mínimo detalle.*

Antes de llegar a casa, pasé por la de mi vecino.

Estaba solitaria, como si hubiese sido abandonada siglos atrás. Esperaba ver al pequeño Leslie en algún rincón de la sala, del patio o los cuartos de arriba, pero no había señales de él, mucho menos de Alexandre. De seguro estaba en un estado crítico en el hospital.

Aparqué el auto en el garaje, sin importarme lo torcido que quedé, y encendí un cigarrillo mientras abría la puerta. Subí directo hacia las habitaciones y me senté en donde siempre: mi silla giratoria de cuero. Dejé salir el humo antes de comenzar a escribir.

ALEXANDRE MALLARD

Alexandre Gabriel Mallard, mejor conocido como "el bravucón de la secundaria". Fue el centro de atención en repetidas ocasiones a lo largo de su vida, y todavía hoy lo sigue siendo; sin embargo, detesta que todos estén encima de él. A sus veintiún años de edad, no tiene un trabajo estable, así que vive de lo que sus abuelos le envían. Tiene un hermano menor, Leslie Mallard. Alexandre tiene ojos verdes, a diferencia de su hermano que los tiene azules, la piel color canela y el cabello castaño oscuro. Curiosamente,

*es uno de los más ensañados enemigos de Jerrell Da-
vis. Es un tipo tosco y arisco, no muestra delicadeza
en nada de lo que hace. Tiene problemas con la ira, lo
cual lo vuelve una bestia malhumorada cuando lo
hacen molestar. En secreto, muy en secreto, desea con
todas sus ganas a la novia de Ian Gerard, Cambria
Perry, pero no va más allá de sus necesidades sexua-
les. En la secundaria fue la mano derecha de Floyd
Lancaster. Eran mejores amigos y se apoyaban en
cualquier situación, incluso si se trataba de algo ilegal. Mallard es rudo y muy poco detallista con las
mujeres. Consigue todo lo que quiere, así tenga que
asesinar para obtenerlo. Mantiene a su hermano en la
casa con la única condición de que sea casi invisible
a sus ojos, que no moleste, que no le hable. Los padres de estos hermanos son delincuentes. Su padre
está en la cárcel, por tráfico de blancas; y su madre
se mantiene bajo libertad condicional por maltrato de
menores. Alexandre tenía mucha fuerza de voluntad,
pero se dejaba manipular por su "mejor amigo". Hace algún tiempo, cuando todavía vivía con su mamá,
ella apareció una tarde con un hombre diferente a su
padre, y con la noticia de que se casarían. Herido y
con un gran odio por dentro, Alexandre quiso vengarse y dejar a su mamá sin su futuro marido. Intentó
violar a la hija del hombre, por lo que él salió huyendo, no sin antes amenazar con consecuencias penales.
Y así fue. Tres días después, se acusó a Alexandre
Mallard de intento de violación a una menor de edad.
Estuvo en prisión por un par de meses nada más pues
sus queridos abuelos ofrecieron dinero a cambio de
su libertad. Maltrató sin piedad a muchas personas*

mientras estuvo en la secundaria, pero con quien más se divertía era con Jerrell. Su única presencia lo hacía molestar. Robó un par de veces, debido a su crisis financiera. Esconde sus miedos y presiones detrás de ropas caras.

Aplasté la colilla del cigarro contra el cenicero y descansé mis dedos por un rato. Revisé el celular y un anuncio me indicaba que tenía un mensaje de voz. Pulsé los números indicados y me llevé el celular a la oreja.

—Hola, cielo. De seguro estás trabajando, pero… uhm, mañana es 31 de diciembre, y siempre la paso con mis padres y mi hermano. Este año quiero que sea diferente, pensaba en que fueras conmigo, y así te los presento. Son agradables, prometo que no te juzgarán. Llámame cuando hayas escuchado este mensaje, te amo.

¿Treinta y uno de diciembre? ¿De verdad? ¿Mañana es la fiesta de Año Nuevo? ¿En qué momento se pasó el tiempo tan rápido? ¡Demonios, mañana es Año Nuevo, mañana es 31 de diciembre y no he terminado la primera fase del plan! Se supone que… en enero debería comenzar la segunda etapa.

Se me acababa el tiempo, y no podía hacer nada al respecto, más que apresurarme. *Voy a matar dos pájaros de un tiro.* Lo que tenía en mente era arriesgado, pero no me quedaba otra opción.

Busqué a Aeryn en el directorio telefónico e hice la llamada.

—Veo que escuchaste mi mensaje —rió con ternura.

—Sí, linda. Me parece buena idea, pero... no tengo nada que ponerme. No sé lo que es usar un esmoquin.

—¿Te preocupas por eso? Lo que debería preocuparte es si mis padres te van a aceptar o no —su risa se intensificó—. Sólo bromeo. Yo te ayudaré a buscar uno, para eso estamos las novias. ¿A qué hora estás libre?

Pensé en lo apurado que estaba con respecto a mi venganza. No tenía el tiempo suficiente, no tenía el tiempo que necesitaba. *Y ella cree que estoy trabajando en la cafetería... Pobre Aeryn, no sabe que su novio es un asesino.* Mi pensamiento tenía un toque de verdad, pero parte del mismo era sarcasmo. *Aeryn es inteligente y hermosa, y a la vez ingenua, muy ingenua. No tiene ni la menor idea de lo que planeo hacer con esas siete personas, y lo que hice con los que intentaron impedirme que continuara.*

—En una hora, ¿te parece? —después de todo, era suficiente para ejecutar mi plan B.

—Sí, está bien. Pasaré por ti.

—Se supone que soy yo el que tiene que pasar por ti.

—Hoy lo hacemos a mi manera, mi querido Jerrell Davis —contestó socarrona y cortó la llamada.

«Como quieras», respondí al aire. Cerré la *laptop* y saqué ropa negra del armario. Una camisa ajustada oscura y unos pantalones ligeramente holgados. Me coloqué un cinturón, y en él enfundé dos armas. Metí ambas manos en un par de guantes y por último me coloqué una chaqueta del mismo color que el resto de las prendas.

Conduje fuera de la residencia, y pasé por una pista solitaria. *¿Es que todos viven alejados de la civilización?* Me aproximé a una casa lujosa. *Tiene que ser de ella.* El buzón contestó todas mis dudas. En él estaba escrito su nombre con letras rojas, decía: MARION PERRY.

Estacioné el auto alejado de la entrada, de manera que ella no anticipara mi llegada. Le tomé algunas fotos desde dentro del carro. Pasó por la cocina una y otra vez, hasta que se acostó en el mueble de la sala.

Contemplé las fotografías. «Maldita Marion, ¿por qué me traicionaste? Te amaba con todo mi corazón», murmuré irritado.

Con rabia, dejé la cámara en el asiento del copiloto y me coloqué un pasamontaña. Únicamente se veían mis ojos y el comienzo de mi nariz. Salí a plena luz del día, pero parecía que estuviese oscureciendo. Estaba nublado, el sol apenas se asomaba por detrás de las nubes.

Pasé por el angosto camino de cerámica hacia la puerta, y giré la perilla. Como era de esperarse, estaba abierta. Marion siempre tuvo la mala manía de dejar todas las puertas sin seguro. *Qué tonta. Sabe que la estoy persiguiendo a ella y a sus amigos y no hace nada por cuidarse. Pobre estúpida.*

Entré con el mayor de los silencios. Inspeccioné la casa. Tenía cualquier cantidad de aparatos electrónicos, cuadros y adornos innecesarios. Sus muebles eran caros, al igual que la elaborada cocina y ni hablar de las lámparas. Tuve una idea de cómo eran las habitaciones.

Marion estaba tendida en el sofá, de espaldas al televisor y cubierta por una manta. Me acerqué a ella con cuidado y comprobé lo que imaginaba: estaba dormida. Me puse de rodillas y extendí la mano. Rocé su mejilla con mis dedos y coloqué detrás de su oreja un mechón de cabello. Se movió un poco. Tuve cierto temor a que se despertara, pero ella se mantuvo en la misma posición, con los ojos cerrados. Acaricié su cabello, y una sonrisa apareció en su rostro. Tontamente, también esbocé una.

—Mmm… Floyd.

Escucharla nombrarlo me encolerizó. Creyó que era Floyd Lancaster. Apreté los dientes y mis venas hinchadas brotaron. Iracundo, la tomé por el cabello y la levanté del sofá. Marion se despertó repentinamente, aterrorizada. Gritó a causa del dolor que le provocaba que tirara de sus largas ondas rojas. Las lágrimas comenzaron a salir descontroladamente de sus ojos, y no era capaz de decir nada coherente. Saqué una de las pistolas y apunté a su sien. Ella estaba de espaldas a mí, no podía verme el rostro; de todas formas, el pasamontaña ocultaba mi identidad casi por completo.

—No me hagas daño, por favor… —su voz estaba ida—. Te daré lo que quieras.

—¡Más te vale! —la lancé de nuevo al sofá y apunté a su frente—. Das un movimiento no autorizado y te mato —hablaba entre dientes—. Escúchame con atención, porque no voy a repetirlo. Quiero saber todo acerca de ti y tu novio. ¡Todo! ¿Comprendes? Busca fotos, recuerdos, cartas, informes. Todo lo que me dé acceso a la vida de ambos. También quiero tu computadora —cerró los ojos en un vago intento de contener las lágrimas—. ¡¿Qué mierdas estás esperando?! ¡Levántate, niña! —descargué mi rabia en su brazo al levantarla con mucha fuerza.

Subimos las escaleras, ella avanzaba casi arrastrada por mí. La empujé dentro de la habitación y, sin mucha paciencia, esperé a que recolectara todo lo que le exigí. Estaba furioso, muy molesto. El simple hecho de que me haya llamado por el nombre de ese bastardo provocó que me hirviera la sangre. *¿Tanto lo adulas? ¿Tanto lo adoras? Te olvidaste de cómo se sienten mis caricias, te olvidaste de mí. No puedo creer que no me hayas reconocido.*

Metió todo lo que le pedí en un bolso y me lo tendió.

—Toma, pero vete ya. Te lo pido —los sollozos comenzaron de nuevo.

—¡No me des órdenes! Tengo un arma en mi mano y puedo matarte si quiero, así que cierra la boca y no repliques.

—¡Mi novio va a llegar en cualquier momento! —adoptó una postura fuerte. Cambió de humor de repente.

—¡Tu novio no me va a detener, pobre ingenua! ¡Un par de disparos y puedo acabar con los dos! Si sabes lo que te conviene, quédate callada y finge que nada ocurrió. Yo no estuve aquí, no me diste tus cosas, es un día normal como todos. Pero, antes de irme... —la tomé por la nuca y estrellé su rostro contra la pared. Marion cayó al suelo de espaldas, sumida en una fuerte inconsciencia. Tomé mi celular y activé la cámara. En la foto se podía apreciar la sangre brillante saliendo por su nariz y parte de la frente, además de expresar que se veía adormecida—. Que descanses, zorra.

Me quité el pasamontañas cuando crucé la puerta hacia la calle, lo escondí dentro del bolso. Lancé el morral rosado al maletero.

Mientras encendía el Audi, me llevé una grata y no tan grata sorpresa al mismo tiempo.

Un Ferrari rojo se estacionó frente a la casa de Marion. Como era de esperarse, del mismo se bajó aquel niño rico, ególatra y odioso: Floyd Lancaster. Saqué la cámara por la ventanilla, sin ninguna discreción, y tomé fotos de ese cretino.

Me quedé ahí. Esperaba por la reacción de Floyd al ver a su novia desangrándose en su habitación. Lo escuché llamarla varias veces pues alzó la voz. No obtuvo respuesta alguna. Más adelante, un grito masculino hizo eco en toda la casa y retumbó en el vecindario.

Floyd salió con Marion en brazos. Tomé la última foto. Si todo salía como esperaba, no usaría esa cámara nunca jamás.

Subí la ventanilla y regresé a casa, donde quizás Aeryn me estaría esperando de brazos cruzados. Había pasado más de una hora. Y no me equivocaba. Mi novia me recibió con mala cara al llegar a mi hogar.

—Yo… —comencé a hablar, iba a excusarme, pero ella me interrumpió.

—Ve a cambiarte, sólo pasaron cuarenta y cinco minutos más —se notaba el sarcasmo en su voz. Su atención hacia mí pasó a su celular.

Por fortuna, no preguntó nada con respecto al bolso rosa que llevaba en mis manos. No tenía tiempo de ducharme, así que escondí el morral bajo la cama y me coloqué ropa limpia. Rocié perfume alrededor de mi cuerpo y le di un tono oscuro a mi rostro al ponerme un par de gafas para sol.

—¿Vamos? —hablé tras ella.

Sin decir nada, se levantó y salió. *¿Por qué tenemos que pelear todos los días?,* me pregunté. La seguí hasta su auto de colección y me senté en el asiento del copiloto. Sin pensarlo demasiado, le arranqué las llaves de la mano. No chilló, pero su rostro expresó más que sorpresa.

—Devuélvemelas —me exigió.

—Lo siento…

—¿Ves que siempre tienes la culpa de nuestras peleas? —se quejó.

—¡Porque me sacas de mis casillas en muchas ocasiones! —ella dejó de mirarme, y fijó su vista hacia la ventana. Se rascó los ojos, y supe que no eran buenas noticias—. Mira, Aeryn... Estoy consciente que ninguno de los dos tiene buen carácter, pero deberíamos controlarnos. No quiero que llores —giré su rostro y la obligué a que me mirara—. Quiero que sonrías —eliminé el espacio entre nosotros y tomé sus labios entre los míos. El beso no tenía ni una pisca de lujuria. Era dulce, tranquilo. En él pude sentir a Aeryn, mi doncella tierna, pude sentir lo que experimentaba en cada ocasión. Llegué a conocerla quizá un poco más—. Vamos por nuestra ropa —sonrió y le devolví las llaves del auto.

Fuimos a un centro comercial tranquilo, en donde no había muchas personas. Tomé la mano de Aeryn y caminamos sin separarnos. Se detuvo en varias tiendas, pero no encontró nada que le interesara. A mí me daba igual qué tipo de esmoquin escogíamos, hasta podía ser usado.

A medida que avanzábamos, comencé a escuchar susurros, los cuales se intensificaron con cada paso que dábamos. Me acerqué a Aeryn y hablé cerca de su oído.

—¿Por qué todos nos miran y susurran?

—Porque estoy ganando fama, cariño. ¿Crees que sólo soy DJ en discotecas? Tengo un contrato discográfico, conciertos, un CD, dinero, fans alrededor del mundo... y un novio que ni enterado estaba que soy una celebridad —casi se me cae la mandíbula. ¿Aeryn era famosa?

—¿Eres… famosa? —pregunté confundido.

—Te mostraré —me arrastró hacia una tienda de música y buscó, sin que el vendedor se diera cuenta de su presencia, en la sección tecno. Me señaló una fila de discos, en donde sorprendentemente salía ella—. ¿Ahora me crees?

—Debes estar bromeando —me reí de mi ignorancia.

—¿Esto… —tomó un CD y lo colocó frente a mis ojos— …te parece un chiste?

—Nunca me dijiste, linda.

—Esperaba que te dieras cuenta tú solo… —se acercó un poco a mí— …pero ustedes, los hombres, son unos idiotas. Nada más piensan con la cabeza de abajo, no utilizan el cerebro.

Me dio un beso leve en los labios. Tomé el CD de sus manos y lo llevé a la caja.

El chico pareció sorprendido de vernos ahí, de seguro no nos escuchó llegar… o estaba por gritar a causa de que la famosa Aeryn Cameron se encontraba a mi lado.

—Eres Aeryn Cameron —parecía a punto de convulsionar. Mi novia asintió con cariño—. ¿Me das tu autógrafo? —puso un bolígrafo y una servilleta sobre el mostrador. Aeryn garabateó algo simple y le devolvió el papel arrugado—. Gracias, no sabes cuánto te amo. ¿Sabes qué? Llévate gratis el CD, no hace falta que lo pagues.

—De hecho, yo soy el comprador —intervine.

—Entonces, de ser así... —enarcó una ceja— ...son quince con noventa y nueve.

Dejé un billete de veinte dólares en el mostrador y me retiré, sin pedir el cambio.

Fuera de la tienda había muchas personas sacando fotos. Me sentí intimidado, y Aeryn se percató de mis sentimientos.

—No tengas miedo, sólo quieren fotos. Actúa normal, eso es todo —comenzamos a caminar entre las personas—. No me puedo dar el lujo de quedarme. Tenemos ropa que comprar.

El ruido no cesaba y eso comenzaba a molestarme. *Contrólate, Jerrell. Hazlo por tu novia.* Apreté su mano muy fuerte, y ella me devolvió el apretón. En algún momento agradecería su apoyo.

Nos adentramos a una tienda de ropa formal para ambos sexos. Era enorme y tenía cualquier tipo de atuendos. No fue difícil escoger el mío. Detallé todos y encontré uno que me gustó.

Mientras yo pagaba por el esmoquin, escuché a Aeryn quejarse dentro de los probadores. Vi sus pequeños pies descalzos debajo de la cortina. Me asomé un poco.

—¿Qué ocurre?

—No puedo cerrar el vestido. Ayúdame —hizo un puchero, y nunca he podido resistirme a ellos.

Tomé la cremallera y la deslicé hacia arriba sin problema. Verla con ese vestido verde, totalmente apretado, me calentaba. Se veía sensual y sus curvas se pronunciaban. Bajé mi rostro a su cuello y mis manos a su abdomen. Besé su punto débil, y sentí cómo dejaba caer su cabeza hacia atrás, demostrándome que los besos en esa zona la debilitaban.

—No aquí, Jerrell… —habló en voz baja.

—No me importa —mi aliento chocó contra su barbilla.

—A mí sí. Muchos *paparazzis* son unos desgraciados —lo dijo como si los mencionados estuviesen presentes.

—Está bien, amor… —*¿desde cuándo soy tan comprensivo?*—. Te ves hermosa con ese vestido, deberías comprarlo.

—Sí, eso haré. También me llevaré esa montaña de ropa —señaló una verdadera masa de ropa. Vaya… Creo que nunca entenderé a las mujeres—. Y ahora, si me permites, debo cambiarme.

—Qué tonta, como si nunca te hubiese visto desnuda.

—¡Salte! —me empujó fuera del probador.

Ayudé a Aeryn con todas las bolsas.

Mientras me llevaba a casa, hablamos sobre su carrera musical. Le iba excelente y es por eso que muchas personas la reconocían en la calle. Bueno… Debo admitir que fui un zoquete. Si no conocía detalles de su carrera, debe ser porque no estuve pendiente de ella.

—…y pronto daré un concierto en Islandia. Es a beneficio. No es la primera vez, pero todavía me asusta un poco subirme al escenario —siguió hablándome.

—No lo entiendo… Te ves muy libre en la tarima.

—Y lo soy, pero debo fumar un cigarrillo antes de salir.

—Entiendo tu adicción —no podía reclamarle si yo fumaba el doble que ella.

—Bueno, pequeño monstruo… —frenó y se giró un poco— …hasta aquí llegamos, esta es su parada.

—Nos vemos mañana. Yo pasaré por ti.

—A las nueve de la noche. Iremos directo a un hotel, a cenar. Mis padres nos estarán esperando ahí.

—Entendido. Te amo —la besé y me bajé del auto.

La tarde comenzaba a caer, el cielo estaba de un precioso color naranja. «Los detalles de la vida diaria también cuentan», me dije a manera de explicación. Tomé una botella de *whisky* y la subí conmigo. Busqué la *laptop* de Marion, una Vaio de las primeras en salir. Estaba vieja y dañada, pero tenía la esperanza de que aún funcionara. Subí la tapa y me encontré con que tenía clave.

«¡Y pensó que esta porquería me iba a detener!», exclamé vanidoso.

Mi actitud sobrada mientras apretaba las teclas me delataba. Estaba *hackeando.* En unos pocos instantes tuve acceso a todos y cada uno de los archivos almacenados en la memoria.

Fui a la carpeta de los documentos y sonreí con malicia al encontrarme con lo que buscaba: Su diario.

Uno de los grandes secretos de Marion era que escribía lo que sentía en su computadora. Nadie podía saberlo pues sólo sus amigos íntimos tenían la contraseña que les permitía acceso directo a la máquina.

«No confíes en todos, Marion, alguien te puede traicionar».

Me encontré con un mar de archivos. Tecleé la flecha en dirección hacia abajo, hasta llegar al final, y una carpeta me llamó la atención. Tenía escrito en mayúsculas la palabra IMPORTANTE. Le di al botón derecho un par de veces seguidas y otra carpeta con archivos se abrió ante mis ojos. No había más de diez, pero… ¿qué escondía?

No me importaba, quería saberlo todo. Le di doble *click* al primero, y no me detendría hasta leerlos todos.

CAPÍTULO DIEZ

10 de agosto de 1998.

Querido diario,

Es la primera vez que tengo una computadora propia. Me siento bien con ella, y espero conservarla por mucho tiempo. Es una Vaio. He decidido que aquí voy a escribir todo lo que siento cada día; pero habrá archivos incluso más importantes que guardaré en otra carpeta, llamada IMPORTANTE.

En fin, estoy dispuesta a contarte todo, y eso significa que tengo que decirte lo que ocurrió hoy. Tengo nuevos vecinos, y ellos tienen un hijo de mi edad. Se llama Jerrell Davis. Es bastante raro, pero me agrada, es el tipo de persona con la que se pasa un buen rato. Fuimos a jugar al parque y nos conocimos un poco. No habla mucho, creo que es un poco tímido. Espero poder verlo a diario, quizá nos convirtamos en muy buenos amigos, hasta que seamos viejos.

12 de marzo del 2003.

Querido diario,

Esto ha sido una terrible agonía. Han pasado dos meses del accidente, y Cambria todavía no despierta. Me siento sola, es ella quien siempre me apoya en los peores momentos, y este es uno de ellos... Sólo me queda una persona en quien confío y que nunca me ha abandonado: mi mejor amigo, Jerrell. En este mismo instante, lo tengo a mi lado, dormido encima de mi hombro. Insistí en que se fuera a casa, pero no quiere dejarme sola... Ojalá existieran amigos como él en el resto del mundo.

19 de abril del 2003.

Querido diario,

Fue una gran noticia para la familia saber que Cambria despertó del coma. Después de tantas lágrimas, por fin aparecen las sonrisas. Pronto regresará a la escuela y nuestras vidas serán normales de nuevo. La tengo otra vez a mi lado, y por eso agradezco mucho a Dios. Si estás leyendo esto, Cambria, debo decirte que, a pesar de que discutimos todos los días y a veces nos ponemos insoportables la una con la otra, te amo con todo mi corazón, eres mi hermana, mi ejemplo a seguir. Vivir sin ti sería como morir, a pesar de estar respirando.

28 de junio del 2007.

Querido diario,

Hoy es el cumpleaños de Cambria y mío. Estamos cumpliendo quince años, y nuestros padres decidieron hacer una fiesta latina en la que celebran que las muchachas cumplen quince. Jamás había escuchado de ella, pero... ¡qué más da! Debería confiar en las raras costumbres de mis padres.

Faltan unos diez minutos para que ambas salgamos a bailar el... ¿Cómo es que se llama? ¿Vals? Bueno, faltan diez minutos para que ambas salgamos a bailar lo que sea con nuestro papá. Tenemos vestidos bonitos, similares y diferentes al mismo tiempo. Nos maquillaron y peinaron a nuestra preferencia.

Si soy honesta, sólo espero ver a una persona allá afuera, aparte de mi familia: a Jerrell. El hecho de que no estuviese me devastaría, aunque lo dudo, es un gran amigo. Lo amo, lo amo tanto como a mi hermana, o quizá un poco más... ¡quién sabe! Es el mejor.

14 de octubre del 2008.

Querido diario,

Hoy la emoción me recorrió las venas. El magnífico y perfecto Floyd Lancaster me habló, y me ofreció un espacio en su grupo de amigos populares. Qué estupidez, ¿no? Pero no pude negarme, esperé mucho tiempo para que llegara ese momento.

Pero tampoco fue el mejor de los días. Jerrell se enojó, y expresó el odio que le tenía a ese tipo y a sus amigos. Jamás lo había visto tan molesto. Habló sobre... uhm... maltrato, insultos, entre otras cosas, pero no logré entenderle todo. ¡Bah! Que importa. Se le pasará en cualquier momento.

2 de noviembre del 2008.

Querido diario,

Floyd y yo estamos saliendo. Nuestros planes son formalizar quizá un poco más nuestra relación. Siento que estoy en las nubes, pero me caigo de ellas al recordar que hay muchas tipas que lo desean entre sus piernas. ¡Qué perras!

Es un magnífico novio, a pesar de volverse tan iracundo de un minuto a otro. Es comprensivo, y me respeta, pero me prohibió en su totalidad hablarle a Jerrell; por el contrario, debo molestarlo, golpearlo, insultarlo y hacerlo sentir mal, como siempre lo hicieron los chicos de ese grupo. Ahora entendía por qué mi amigo se quejaba de ellos.

No quiero separarme de él, pero mi amor por Floyd es más fuerte. De hecho, estoy comenzando a olvidar que alguna vez tuve un mejor amigo.

23 de mayo del 2010.

Querido diario,

Ya casi no recuerdo a Jerrell. Lo aborrezco, lo odio, su presencia me provoca ganas de escupirle. Suena cruel, pero te dije que expresaría todo lo que siento. Hoy le rompió la pierna a mi novio, con sus propias manos, y me abofeteó. ¡Me golpeó! Ese imbécil jamás me había puesto una mano encima, nunca lo hizo, y todo porque le pedí que se quedara... ¡A quién quiero engañar! No me he olvidado de él, y extraño sus abrazos, su apoyo... Pero no puedo. Le hice una promesa a Floyd, y la voy a cumplir, sin importar que tenga que fingir tanto odio hacia mi me… digo, hacia Jerrell Davis.

21 de febrero del 2013.

Querido diario,

Hoy me enteré que Jerrell se encuentra en una institución mental. Fui a visitarlo y… está completamente diferente. Sus rarezas aumentaron, pero ahora parece una bestia. Físicamente, es todo un galán, pero su mente está destrozada… Jerrell Davis enloqueció, y tiene malos planes para el grupo que le hizo la vida imposible en la secundaria… y eso me incluye a mí también. Se volvió un hombre peligroso, sin escrúpulos. Ninguno de mis amigos tiene la menor idea de lo que es capaz… Ninguno.

30 de agosto del 2013.

Querido diario,

Estoy aterrada. Irina me llamó hace unas horas, con voz temblorosa. Jerrell salió de la institución mental, y tiene planes malos para todos. La amenazó de muerte, y le advirtió que también lo haría con el resto de nosotros. No tengo idea de lo que ocurrirá, no lo sé… El futuro es muy incierto, pero puedo imaginar todo lo que nos puede pasar, lo puedo ver con claridad en mi mente. No sé si vuelva a escribir, no sé si vuelva a salir, no sé si vuelva a ver a Floyd, simplemente estoy dejando mi vida a manos del azar…

aunque puede que con eso muera más rápido de lo esperado.

Los archivos iniciaron con toques dulces, pero luego se tornaron en lo peor que he leído en toda mi vida.

La rabia y el alcohol se aliaron para hacerme sentir peor. Estaba mareado y puede que no pensara con mucha coherencia; sin embargo, estaba en mis mejores momentos para seguir buscando y culminar la parte final de mi investigación.

Hurgaba en los demás archivos, en las imágenes, en la música, en todo lo que se atravesara en mi camino. Imprimía imágenes e información importante de ese par. Volví mi escritorio un completo desastre, lleno de papeles, los cuales comencé a pegar en la siguiente habitación.

Presionaba las fotos contra la pared con furia. Ellos dos, en especial, me descontrolaban, me volvían un animal. Les tenía tanto odio que podría dejarlos sufrir por meses y luego, después de un grato momento de diversión, asesinarlos con mis dos manos. «¡Me las van a pagar! Sobre todo ustedes dos, malditos», bramé.

Al pegar la última foto, sonreí con suficiencia.

El cuarto estaba lleno, repleto, de las fotos de cada uno. Sólo tenía cuatro paredes, y ellos eran siete, así que opté por pegar en el techo, el suelo y la parte de atrás de la puerta. «Magnífico», me aplaudí. Estaba dentro de un cuarto mágico, en donde cada imagen contaba una historia diferente. Cerré los ojos y tomé una fuerte bocanada de aire. Fue mala idea pues me iba de los lados. *Estoy borracho, muy borracho.* Arrastré los pies fuera del cuarto y cerré la puerta tras de mí.

Me senté nuevamente en la silla de cuero y tomé mi *laptop* esta vez. La encendí y sonreí muy tonto al ver el fondo de pantalla. Ahí permanecía la foto de ambos, Aeryn y yo juntos, contentos. Será difícil de creer, pero sí tengo corazón, y sí tengo sentimientos, aunque... de una manera diferente, todo es muy diferente desde mi punto de vista. Todo lo es.

Deslicé mi dedo por el *mouse* y dejé el cursor sobre la aplicación de Microsoft Word. Una vez abierta la hoja en blanco, presioné las teclas con rapidez.

FLOYD LANCASTER

Floyd Andreé Lancaster nació en California, y se mudó a San Francisco a los cinco años. Tiene una empresa de aviones recién inaugurada, pero está ganando dinero con rapidez. Lleva cinco años de noviazgo con Marion Perry; sin embargo, eso no es suficiente para él pues quiere tener relaciones y ella no se lo permite, por lo que la engaña con su mejor amiga, Irina Reeve. Lancaster es bastante mujeriego y se puede percibir al apenas mirarlo a los ojos. Su ego parece aumentar a medida que le crece el cabello. Es bastante manipulador y no acepta órdenes de los demás. Dejó de hablar con sus padres hace mucho tiem-

po ya, cuando se enteró de la peor manera que era adoptado; desde entonces, no se ha dedicado a buscar a sus verdaderos padres sino a vivir por su cuenta. Hace algunos años, solía ser el nerd de la clase, pero lo molestaron tanto que se propuso la meta de ser el más popular y el más temido. La primera vez que consumió drogas experimentó malas consecuencias; sin embargo, no sirvieron de lección pues siguió drogándose. No tenía buena reputación dentro de la escuela. Hacía lo que quería, tal como lo quería, en el lugar donde quería y a la hora que quería; y si no se lo permitían él aplicaba medidas drásticas. Solía provocar a sus amigos para que atormentaran a un niño, Jerrell Davis. A medida que fueron creciendo todos, las burlas y golpes aumentaron. Jerrell se defendía, pero ellos eran siete, y él nada más que uno. Jerrell le quebró la pierna a Floyd en el último año de la secundaria, descargando a través de esa acción parte de la rabia acumulada. Muchas personas lo tienen en la mira hoy en día, a los veintiún años de edad. Es buen negociante, pero como persona es la peor escoria. De vez en cuando, al perder la paciencia, golpea a Marion.

«Ya que la golpeas, yo también haré lo mismo contigo», decidí victorioso. Y es que, a pesar de sentir tanto resentimiento hacia Marion, aún podía percibir un poco de sentido protector hacia ella en mi interior. Olvidarse de alguien no es tan sencillo. Hablo por mí, porque ella me borró de su vida en cuestión de semanas… pero no por mucho, todos los recuerdos regresarán y a ella le dolerá tanto como me dolió a mí.

MARION PERRY

Marion Joelle Perry Effere, ese es su nombre completo. Tiene veintiuno, cumplidos hace más o menos unos seis meses. Nació el 28 de junio de 1992. Marion es blanca, casi pálida, con ojos oscuros y un cabello largo, color rojo carmesí. Naturalmente era castaño claro, igual al de su hermana gemela, Cambria Perry, pero se lo tiñó unos meses antes de abandonar a su mejor amigo, a quien por cierto le encantaba verla con el cabello casi en llamas. Marion estudia Ciencias Políticas, y está aprendiendo a hablar francés. Después de cinco años, sigue saliendo con Floyd Lancaster, de quien aguanta muchas cosas, como los golpes. A los dieciséis años se unió al grupo de Floyd, y por obligación dejó de hablar con Jerrell Davis, su mejor amigo y confidente. Poco a poco, se fue olvidando de él, hasta quizá no recordar nada. Luchó en contra de los recuerdos, los momentos vividos con él, luchó por sacarlo de su vida. Marion cambió totalmente. Se volvió chillona e intolerante, aunque en el fondo, a pesar de que nadie lo vea, le queda un poco de lo que solía ser. Ella es la razón por la que muchos hombres peleaban en la escuela. Mantiene sus buenas calificaciones, pero antes era más dedicada. Conserva un fuerte compromiso consigo misma de permanecer virgen hasta el matrimonio. A Floyd no le agrada ese juramento, por lo que busca las maneras de conseguir placer con otras mujeres, sobre todo con Irina Reeve, la mejor amiga de Marion. Es un poco ingenua, pero no es tonta. Jerrell Davis solía verla como algo más, y considera que su peor error fue nunca decírselo. Hoy en día, la ve co-

mo una más que le hizo daño, alguien a quien hay que eliminar. Era bastante unida con su hermana gemela, pero las cosas cambiaron cuando entró al grupo popular. La única manera de que todo fuera igual de nuevo era que Cambria también se uniera a ellos. A partir de entonces, Marion fue la típica chica mala y plástica de las películas americanas. Todo cambió drásticamente para ella y su hermana, pero quien más lo sufrió fue su ahora olvidado amigo, Jerrell Davis.

Y con eso finalicé la etapa de investigaciones. Lo único que me quedaba ahora era actuar, nada más… Me la iba a pasar muy bien.

CAPÍTULO ONCE

El cerebro me iba a explotar, pero debía estar listo en poco tiempo. No haría esperar tanto a Aeryn. Mientras me abotonaba la camisa, giré la cabeza hacia la casa de Alexandre, como si alguien me estuviese llamando.

Desde la ventana, pude ver a Leslie caminar de un lado a otro, igual a su hermano, con cierta desesperación. Sentí curiosidad y un instinto paternal me recorrió las venas.

Bajé las escaleras, con la camisa a medio abotonar, y crucé el jardín hasta llegar a la casa de los Mallard.

Pensé un poco en mi decisión.

Le dije al niño que no me volvería a ver... pero ahí estaba, ese niño tocó mi corazón con sus buenos sentimientos y... no me tenía miedo. Era reconfortante el hecho de que un extraño me viera por fin como alguien normal.

Cerré el puño y di varios golpes suaves a la puerta. En un tiempo corto, se abrió la misma y vi a Leslie desde arriba. Estaba vestido con ropas sucias y apestaba. Sus ojos se entrecerraron un poco y me observaron de cerca. Fue entonces cuando el chico se sorprendió.

—¡Jerrell! ¡Dijiste que no te volvería a ver! —se abrazó a mi cintura, apretando muy fuerte los brazos, como si necesitara un poco de apoyo con urgencia—. ¿Qué haces aquí?

—Estem… bueno, te vi dando vueltas en la casa. Parecías desesperado, así que vine a ver qué te ocurre.

—¿Quieres pasar? —me ofreció la entrada a su casa.

—No puedo, tengo prisa. Pero… dime qué te ocurre.

—Mi hermano está en el hospital, en estado crítico, la policía intentó sacarme de aquí para que un orfanato me cuidara mientras tanto y hoy es la fiesta de Año Nuevo. La vida no me tiene mucho aprecio que digamos… —bajó la cabeza y se rascó los cabellos.

Me sentí apenado. Era un dulce niño, sin culpa de nada. Estaba pasando por un mal momento, no podía dejarlo solo.

—Ven conmigo, pasaremos Año Nuevo juntos, ¿te parece?

—¿Hablas en serio, Jerrell?

—Sí, amigo. ¿Por qué no? Mi novia y sus padres entenderán —le sonreí con amabilidad—. Busca algo de ropa.

En el rostro de Leslie se dibujó una sonrisa de oreja a oreja, antes de salir disparado hacia el sótano. Qué encanto… ¿Para qué quiero un hijo si tengo a un pequeño como él?

De pie en la puerta, giré la muñeca para revisar la hora: 8:23 p.m. ¡Demonios!

—¡Leslie! ¡Vamos, es suficiente!

—Ya voy —se escuchó su voz desde lejos. Corría a medias, con un morral en la mano que quizá pesaba más que él—. Aquí estoy —tomé la mochila y corrimos juntos a mi casa.

Leslie se bañó lo más rápido que pudo, mientras yo terminaba de arreglarme. Se abotonó la camisa y se peinó en mi habitación. Estaba maravillado, era muy independiente a pesar de su edad. Le rocié un poco de mi perfume y ambos salimos en el Audi.

Estábamos justos de tiempo, pero no pretendía acelerar más. La última vez maté a cuatro policías por intentar detenerme. No quería hacer lo mismo frente a Leslie, no arruinaría las buenas conclusiones que sacó de mí.

El niño miraba por la ventana con cierto aburrimiento. Tomé mi celular y se lo lancé a las piernas.

—Juega un rato —Leslie sonrió y comenzó a manipular el teléfono con una increíble rapidez.

Busqué el nombre de mi novia en cada buzón de aquel conjunto residencial. Según ella, nadie tenía ni la menor idea de su estadía en ese vecindario; no obstante, no podía hacerles preguntas al respecto a los vecinos.

Bajé a la mínima velocidad en cuanto vi a Aeryn sentada en el sofá, dentro de una casa de aspecto antiguo. Presioné la bocina de forma que llamara su atención. Ella sonrió y salió con lentitud, cuidando que sus tacones no se atoraran entre las piedras del camino.

—Leslie, siéntate atrás —le ordené.

Puso sus pies en el asiento del copiloto y se dio impulso hacia la parte de atrás, sin replicar. Nunca se quejaba de nada, no frente a un adulto. ¿Es que su hermano nunca le permitió dar su punto de vista? No me sorprendería. Para ese imbécil, Leslie no era más que una patética sombra que dormía en el sótano.

Aeryn abrió la puerta a mi lado y tomó asiento. Me dio un cálido beso antes de sonreír como tonta. Se veía hermosa, incluso mejor que todos los días. Se había puesto el mismo vestido verde provocativo que intenté quitarle en el probador de la tienda, unos zapatos altos con flores decorativas y había hecho énfasis en su parte inocente y aniñada al trenzar una tiara de fresias en su cabello.

—Te ves tan... tú, tan Aeryn —le dije y ella sonrió.

—Y tú te ves tan diferente. Pareces muñeco de torta —se burló.

—Qué agradable —encendí el auto y lo puse en marcha.

Aeryn se distrajo con su teléfono y yo mantuve los ojos en la vía; pero mis manos temblaron cuando la escuché gritar.

—¡Jerrell, hay un niño en el auto! —ella se pegó un poco a la puerta.

—Ah, sí. Pasará Año Nuevo con nosotros. No te molesta, ¿cierto? —contesté sin despegar los ojos de la carretera. Era de noche y se puede asumir que no sabía manejar con mucha conciencia.

—¿Quién es? —preguntó un poco más relajada.

—Leslie Mallard —el niño contestó por mí. Se presentó, extendiendo su mano—. A su servicio, señorita—. Aeryn permanecía seria, pero de un instante a otro sonrió con dulzura y algo de confusión. Estrechó la mano del niño—. Supondré que eres la novia de mi amigo.

—Uhm… sí. ¿Ustedes dos son amigos? —Aeryn volvió a su posición normal, pero sin girar la cabeza. Todavía miraba hacia atrás.

—¡Sí! Jerrell es muy buen amigo, y me cuida como si fuera mi hermano, aunque nada más nos hemos visto un par de veces… —bajó un poco el tono de la voz—. ¡Pero qué importa! Ni Alexandre me presta tanta atención como él, y se supone que somos parientes.

—¿Quién es Alexandre? —Aeryn parecía querer saber más. Leslie le había agradado.

—Mi hermano mayor, pero no lo considero como tal. Parecemos un par de desconocidos. En fin, ahora él está en el hospital, sin muchas esperanzas de vivir, así que Jerrell me ofreció pasar Año Nuevo con ustedes. Espero no te moleste, porque puedo irme a mi casa y… —Aeryn lo interrumpió.

—¡No! Eres todo un encanto —su voz expresaba lo emocionada que estaba por seguir hablando con el niño—. Será un placer pasar Año Nuevo contigo, pequeño caballero.

Frené de repente, sobresaltando a mis dos pasajeros. Aeryn me dio una nalgada desde su asiento cuando bajé del auto. Quise reprenderla, pero no tenía ni el menor de los derechos. *No sé de qué me quejo, yo soy el primero que le agarra las nalgas en el momento que quiero.*

Abrí la puerta de Aeryn y le tomé la mano al salir. *Debo de estar fingiendo sin darme cuenta. Nunca he sido un caballero con las mujeres.* Su brazo se enroscó con el mío y esperó un momento a que Leslie caminara delante de nosotros.

En el restaurante del hotel pude ver a una pareja de señores en muy buen estado para su edad y a un muchacho de unos dieciséis años. Se vestían tan bien que parecían sacados de una película americana. Seguí caminando con actitud relajada. Sus miradas gélidas no me intimidaban; por otra parte, tuve la leve impresión de que no le agradé a su madre desde que crucé la entrada.

—Mamá, papá, Collin… —Aeryn parecía nerviosa—. Él es Jerrell, mi novio.

—Es un placer —tomé la mano del señor con fuerza, al igual que la del adolescente, y besé la de la señora, quien no sonrió ni pareció agradarle mi gesto.

—Y él es Leslie. Lo estoy cuidando por esta noche —el chico saludó sin pena alguna.

Nadie dijo nada. Aeryn susurró un «disculpa a mi madre», antes de sentarse a mi lado.

Cada uno pidió el plato navideño más caro, exceptuando a Leslie. No brindamos y apenas pude hablar con mi novia sin sentir la frialdad de la mirada de su madre encima de mí. Comenzaba a sentirme presionado y molesto, pero eso no me haría abandonar a Aeryn ahí. Le dije que pasaría Año Nuevo con ella y sus padres, debía cumplir con mi palabra.

Una canción movida e irreconocible para mí irrumpió en las cómodas conversaciones del resto de los clientes. Había una pista de baile y unas pocas parejas se levantaron a bailar.

—¡Bailemos! —Aeryn tomó mi mano e intentó levantarme de la silla.

—Cielo, no tengo idea de cómo se baila eso.

—Yo sí. Se llama *salsa*. ¡Vamos! Hazme feliz —insistió—. Te enseñaré.

No tenía ánimos, y mi humor estaba por el suelo. Bastaba un comentario fuera de lugar para que alguien saliese herido; pero no iba a arrastrar a mi novia conmigo, no había razón de pagar con ella mis problemas psicológicos y sentimentales.

Me dejé llevar por Aeryn y sus pasos de baile. Ella sabía mover las caderas, y yo… bueno, yo no hacía más que pisarla. Se quejó varias veces, pero no le importó. Siguió bailando conmigo, a pesar de que fuese un desastre moviendo los pies.

Así como las parejas entraron a la pista de baile, también se fueron, dejándonos a nosotros solos. Las pegajosas canciones se convirtieron en baladas profundas y con letras sin mucho sentido para mí. Seguía de pie para darle el gusto a Aeryn.

Ella me abrazó y apoyó su cabeza en mi pecho. Moví mis manos hacia la parte baja de su espalda y apoyé el mentón sobre su cabeza. Ella se separó de mí por un momento y acercó sus labios a mi oreja.

—Te amo, Jerrell —sus palabras provocaron un nudo en mi estómago.

—Algo se movió dentro de mí... —comenté mirando al vacío— ...¿es así como se siente estar enamorado?

—Eso creo —rió en voz baja.

—Nunca... nunca lo había experimentado.

—No conmigo, Jerrell. Eso se acabó —pasó su mano por detrás de mi cuello y me acercó a ella.

Apenas sentí sus labios suaves sobre los míos, quise probarlos aún más, así que la atraje hacia mí. *No te enamores, Jerrell. Todo puede salir mal, y tú... tú no tienes corazón, eres un asesino, un loco.* Quería acallar mis pensamientos. Eran necios y egoístas. Quería sentir que alguien me valoraba.

—Necesito hablar contigo... —una voz femenina se escuchó frente a mí, y a espaldas de Aeryn. Abrí los ojos, mientras continuaba besándola, para encontrarme con su madre arruinándonos el momento— ...a solas.

—¡Mamá! —replicó Aeryn.

—Está bien. Vayan —accedí.

¿Creen que me rendí tan fácil? No tenía duda que esa anciana quería alejarla de mí. Ella no me quitaría a Aeryn, nadie lo haría.

Las vi desaparecer por la puerta del baño de mujeres. Con disimulo, me recosté en la pared frente al sanitario. Me dispuse a escuchar todo. No estaba a la vista de nadie, podría quedarme ahí todo el tiempo que quisiera.

—¡Me dijiste que tu novio era una persona agradable y preparada! —estaba iracunda.

—Y si no lo es, ¿cuál es el problema? ¡Lo amo, y no pienso dejarlo nunca! ¡No todo es dinero en esta vida, mamá!

—¡Aeryn, entiende, por amor a Dios! No es únicamente eso... Ese niño vivía en el mismo vecindario que nosotros. Apenas lo vi estuve segura de que era él. Todos creían que era muy extraño. Tenía sólo una amiga y sus acciones no eran propias de un niño pequeño. ¡Es peligroso! —¿*es eso lo que se traía entre manos? No... ¡NO!*

—¡Mamá, por favor! Búscate una mejor excusa.

—¿Crees que es una excusa?

—No sólo lo creo, estoy segura de que lo es.

—¡Cómo es posible que pienses eso de mí!

—¡Es lo normal después de haberme mentido tantos años! —un golpe seco se escuchó. Quise entrar y defender a Aeryn, pero ellas no tenían idea de que estaba escuchando—. Una cachetada no me hará terminar con él, ni nada de lo que digas o hagas. Soy más fuerte que tú, mamá —la mujer no dijo nada más—. Deja de fruncir el ceño. Si mi papá te ve así, sabrá que discutimos… otra vez.

Los pasos de Aeryn hicieron eco dentro del baño. Me escondí detrás de una columna, y esperé a que siguiera de largo. Una vez más, observé que nadie me estuviese mirando, pero esta vez pasé al baño de damas.

La madre de Aeryn todavía se encontraba ahí y apretaba los puños sobre la cerámica de los lavamanos con rabia, como si estuviese estrangulando a alguien. Sintió mi presencia y me miró directo a los ojos.

—¿Por qué mi hija? ¡Te ordeno que termines con ella! —me señaló con un dedo.

—Puedo asegurarle que nunca la vi, aunque usted sí a mí, por lo que pude escuchar —ella se vio sorprendida. Parecía que se arrepentía de lo que había dicho—. No tengo malas intenciones con su hija.

Ella rió sarcástica.

—¿Crees que eso me importa? ¡Te estoy diciendo que lo termines! ¡Sal y dile que todo se acabó! —me mantuve de pie, erguido y con la frente arrugada. La ira comenzaba a acumularse—. ¡Ve y acaba con la relación! ¡No te quiero cerca de ella, no quiero que su vida se arruine como la tuya, maldito bastardo!

Me empujó y golpeé mi espalda contra la pared. Nunca una mujer había logrado moverme al darme un empujón; el hecho de que esa tipa provocase que retrocediera me volvió un animal. ¡Nadie es más fuerte que yo! ¡Nadie!

La tomé por los hombros, envuelto en una gran rabia. La empujé hacia el espejo, y este se rompió un poco cuando su frente se detuvo sobre el cristal. La mujer cayó al suelo, casi inconsciente. La tomé por ambas muñecas y la arrastré hacia un cubículo. Cerré la puerta de una patada y puse de rodillas a la mujer, frente al retrete.

—No me va a separar de Aeryn —le dije con voz molesta.

Empujé su cabeza sin piedad hacia el interior del inodoro. Sus brazos se movieron desesperadamente, intentando apartarme de ella. Hice más presión y sus gritos aumentaron. Apreté los dientes en un vago intento de no maldecir. Estaba encima de su espalda, por lo que supe cuando su cuerpo comenzaba a quedarse sin vida. Ambos brazos cayeron a los lados como si fueran de trapo, y no movía ni un solo músculo del cuerpo.

La tomé por el cabello y le alcé la cabeza. Tenía los ojos cerrados y los labios se le comenzaban a poner morados.

Con asco, le solté el cabello oxigenado. Me daba repugnancia esa mujer. Salí del cubículo y lo cerré con cuidado.

Me llevé una sorpresa al mirarme al espejo. Una línea gruesa de sangre corría desde mis fosas nasales hasta mi labio inferior. Enarqué una ceja. *¿Qué es esto?* No le presté mucha atención, sólo abrí el grifo y me quité el líquido rojo del rostro. Sequé los restos de agua y salí con toda la calma del baño de mujeres. *Le hice un favor a mi novia*, fue en lo único que pensé mientras iba de camino a la mesa.

Tomé la mano de Aeryn al sentarme y fingí una sonrisa. Hablé un rato con su padre. Era un tipo agradable, pero muy afeminado para mi gusto. Estaba bebiendo una copa de vino cuando una punzada de dolor atravesó mi cerebro. Me llevé una mano a la cabeza.

—Amor, ¿qué tienes? —supe que era Aeryn. Sólo podía saber que era ella por la voz, no podía verla, tenía los ojos cerrados por la fuerza del dolor—. Jerrell, ¡dime algo!

—Estoy bien, fue nada más... —el dolor comenzaba a aliviarse— ...un mareo.

—¿Seguro? Podemos llevarte a un médico.

—No, no, estoy bien. No voy a arruinarles la fiesta. Y... ya casi son las doce.

Aeryn iba a besarme, pero una muchacha, más o menos de su edad llegó corriendo y con lágrimas en los ojos.

—¿Eres Aeryn Cameron? —mi novia asintió con preocupación—. Encontraron el cuerpo de tu madre en el baño.

—¿QUÉ? —los ojos de Aeryn se volvieron cristalinos, y toda la felicidad reflejada se convirtió en tristeza y confusión—. ¡No puede ser ella! Hablamos hace… —y fue cuando comprendió que había pasado mucho tiempo sin verla— …hace una hora —sus mejillas se humedecieron, producto de las lágrimas—. Mamá… ¡Mamá!

Aeryn corrió lo más rápido que pudo sobre sus tacones de aguja. El resto de su familia se levantó de la mesa y la siguieron hacia el baño. Me puse de pie, intentando parecer alarmado, y caminé con rapidez detrás de ella, no sin antes exigirle a Leslie que no se moviera de su lugar. Busqué a Aeryn entre tantas personas, y la encontré abriendo todos los cubículos. Intenté detenerla, pero ya era muy tarde, únicamente faltaba abrir la puerta del último. Apoyó una mano en la pared y la otra se la llevó a la boca.

Frenética, se arrodilló y sacó la cabeza de Celine, su mamá, del excusado.

—¡Mamá! ¡Ay, por Dios! ¿Quién hizo esto? ¿Quién mató a mi mamá? —jamás la había visto tan devastada. *¿No se odiaban?* —. ¡Mamá, despierta, por favor! Tiene que ser una broma… —el maquillaje comenzó a correr junto con sus lágrimas—. ¡Váyanse, no la vean! ¡Lárguense todos! —las personas comenzaron a desalojar el lugar, a excepción de Collin y Mathew, quienes parecían estáticos. No se movían. Me acerqué a Aeryn e intenté levantarla del suelo—. ¡No, no! ¡Déjame!

—Ven, Aeryn. No te hagas más daño —se resistía, pero no tenía suficiente fuerza. La muerte de Celine la había debilitado mucho, podía sentir que su corazón latía con una lentitud anormal.

—Fue mi culpa, Jerrell… —las palabras se atoraban en su garganta—. Peleé con ella y la dejé sola.

—Basta. Ven conmigo —la levanté del suelo. Fue un progreso, pero no dejaba de voltear hacia el cadáver.

Senté a Aeryn en mis piernas, como si de una niña pequeña se tratase, y le hice cariños en el cabello hasta que se quedó dormida.

Sonaron las doce campanadas indicando el final del año. Fuera del hotel, muchas personas celebraban; pero no siempre todos estarían felices, nunca… Miré a Leslie, quien también dormía a un lado del sofá. Desvié la mirada hacia la chica en mis piernas. Se veía pacífica, viajaba en un mundo de sueños que claramente no existe dentro de mí; pero ella era diferente, éramos polos opuestos, y es por eso que había tanta atracción entre ambos. Retiré el cabello de su rostro y la besé en la mejilla.

—Feliz Año Nuevo, Aeryn.

Año Nuevo, Año Nuevo, Año Nuevo… Bienvenido, 2014. Que comience la fiesta.

CAPÍTULO DOCE

Eran siete hojas, siete hojas con doble historia. En una cara, plasmé todo mi aburrimiento mientras estuve en el sanatorio; del otro lado, tracé muchas líneas, líneas que a los ojos de muchos no serían más que garabatos. Pero para el conocedor, bastaba una mirada de cerca para darle forma a tanto grafito junto. Para mí, eran una obra maestra, perfectos, inigualables; no me importaba que el resto del mundo los viera como un arma asesina.

Me ensucié las manos al quitarles el polvo. Habían pasados meses desde que los guardé en una gaveta. Los distribuí a lo largo de la mesa de madera y los detallé. Cada uno tenía un nombre diferente en la parte superior de la hoja. Tomé cinta adhesiva, arranqué unos pedazos y los pegué al escritorio. «Poco a poco disminuirá la cantidad», califiqué.

Cerré la puerta del estudio y avancé por el pasillo del piso de arriba. Abrí la puerta de la habitación de Leslie, quien ahora vivía conmigo. Se había quedado dormido con su videojuego en la mano y la lámpara de noche encendida. Me acerqué, en una extraña y no muy conveniente figura paternal, guardé el videojuego y apagué la luz. Me retiré, dejando la puerta entreabierta.

Empujé la puerta de mi habitación, en donde ahora también dormía Aeryn. Me senté a la orilla y la observé un minuto completo. Los surcos de las lágrimas oscurecían su rostro. Habían pasado un par de semanas desde la muerte de su madre y ella seguía afectada. *Lo lamento, Aeryn. No iba a permitir que te alejara de mi lado.* Le besé el cabello y subí un poco el edredón, hasta los hombros.

Tomé un gorro de color negro y lo ajusté a mi cabeza, intentando ocultar cada mechón de cabello rebelde debajo del mismo. Metí mis manos en guantes de un color similar y utilicé lentes oscuros. Era medianoche, pero no estaba en mis planes que me reconocieran antes de lo esperado. Miré a Aeryn una vez más antes de partir. *Lamento si algún día te decepciono.*

El Audi hizo un ruido bestial apenas giré la llave. Un instinto oculto me obligó a voltear, pero no había nadie; quizás sólo fue la incertidumbre que me provocó el saber que dos personas que amaba dormían en el piso de arriba, dos personas que no sabían nada de lo que hice por meses y de lo que estaba a punto de hacer, dos personas que no tenían idea de mi demencia. Presioné el acelerador y salí a toda prisa del vecindario. *Y es aquí cuando yo comienzo a divertirme.*

Fue fácil recordar el camino a la casa de Gamer Redford. De hecho, se me hace totalmente sencillo recordar cada detalle de las vidas de esos siete. Los investigué a fondo, los conocí más que sus propias familias y podía destrozarlos incluso con las armas que ellos mismos crearon: sus miedos y debilidades.

No vi indicios de policías dando su vuelta nocturna. Me bajé del auto y tomé un bate de metal de la cajuela. Lo sostuve con fuerza, ansioso por dejar inconsciente a Redford al primer golpe.

Salté la cerca que daba hacia el patio trasero y rompí la ventana de la puerta de la cocina. Me agarré del marco e impulsé mi cuerpo hacia dentro de la casa.

Todo se mantuvo en completo silencio por un corto tiempo, pero pronto se escucharon pasos en las escaleras. Me escondí del otro lado de la mesa y esperé impaciente por su llegada.

Observé de reojo una sombra, y poco después una figura masculina, ejercitada y bien formada. Estaba avanzando con miedo hacia donde yo me encontraba. Retrocedí, aún acuclillado. Le di la vuelta a la mesa, hasta estar a la altura de la base de los cuchillos. Gamer estaba de espaldas a mí, y eso me dio mucha ventaja pues tuve la oportunidad de tomar uno de los cuchillos más filosos.

Gateé, todavía con el bate en una mano y la filuda arma blanca en la otra, hasta donde se encontraba Gamer. Estaba apoyado con ambas manos en la mesa, con la cabeza gacha y los ojos cerrados.

Te tengo.

Subí el brazo sin dudar y con el cuchillo le atravesé la mano a Gamer Redford. Gritó de dolor, no podía dejar de mirar su propia sangre correr por las líneas de la madera. Tomé el bate del suelo e intenté estamparlo contra su cráneo, pero él atravesó su musculoso brazo. El bate rebotó, al igual que mi carácter. No soportaba que algo saliera mal.

Gamer sacó el cuchillo de su mano y me volteó la quijada con un puñetazo, sin importarle ni un comino que estuviese manchando la cocina con chorros de sangre. Alcé el bate de nuevo, pero fallé una vez más. Caí al suelo boca abajo, soltando el bate. Pude ver la luz centelleante de algo plateado y brillante a pocos centímetros de mi cabeza; sin embargo, antes de que el objeto pudiera atravesarme, sostuve el bate con fuerza y golpeé su estómago. Soltó el arma y pasó ambos brazos por su abdomen. Mi último movimiento fue directo hacia donde quise pegar desde que llegué: la cabeza. Demostré mi fuerza bruta con el golpe.

Gamer seguía moviéndose, estaba consciente y su sangre corría por el suelo. Lo agarré por el tobillo y lo arrastré hasta el auto.

La espera terminó, pensé antes de conducir de vuelta a casa.

Repetí el mismo proceso al llegar a casa. Tanta calma y oscuridad me indicaron que Leslie y Aeryn seguían durmiendo.

Gamer había dejado de quejarse a mitad de camino, cuando cayó en una profunda inconsciencia. Sus gemidos de dolor no me afectaban, esa era la idea de todo. «Es así como yo me sentía cuando me golpeaban ustedes. Ahora es tu turno», le expliqué. Incluso cuando sabía que no me escuchaba, decirle mi plan en voz alta me hacía sentir omnipotente.

Bajé al sótano, el lugar más despreciable y vencido de la casa. Estaba mohoso y lo atravesaba un apestoso aroma húmedo, sin contar que la pintura de las paredes se caía a pedazos. Apenas me mudé hice un intento de arreglarlo, pero no sirvió de mucho, todo mi trabajo se fue por la borda.

Tomé la cinta aislante y até a Gamer a una silla. Se veía indefenso, se veía igual a mí mientras estuvimos en la secundaria. Necesité ayuda, y nadie me la ofreció. Ahora veríamos quién lo salvaba de mí.

—Gamer —le di unas leves palmadas en la mejilla—. ¡Despierta, Redford! —lo golpeé más fuerte, y él se despertó sobresaltado.

Por la manera en que miraba todo, yo estaba seguro que se sentía mareado y su vista estaba borrosa; sin embargo, pude percibir que logró identificar algunas cosas del lugar.

El malestar, la confusión y la rabia se apoderaron de él. Comenzó a lastimarse con la cinta, a forcejear y hacerse heridas en sus muñecas y tobillos.

—¿Qué demonios quieres de mí? —su voz salió como un fuerte ronquido—. ¡¿Qué quieres de mí, maldito cerdo?! ¡No seas cobarde y quítate todo lo que oculta tu identidad! —me mantuve de brazos cruzados, disfrutando de tan excelente espectáculo—. ¡Demuestra que eres valiente, idiota!

Me burlé de él.

Cuando me sentí cómodo, arranqué el gorro de mi cabeza, los lentes y los guantes, quedándome solamente con el suéter negro de manga larga. Sus ojos casi se salen de sus órbitas, no lograba asimilar que era yo quien se encontraba frente a él.

—Te crees muy valiente, ¿no? —mi rostro no tenía otra expresión más que de indiferencia.

—Irina tenía razón... —dijo más para sí mismo que para mí.

—Claro que tenía razón. ¿Por qué no le creerían? —me volví sarcástico—. ¡Oh, cierto! Tiene una mala fama de mentirosa. Entiendo que nunca le crean lo que dice —comencé a dar vueltas a su alrededor—. Recuerdo cada momento en el que me avergonzó y humilló con sus mentiras —paré cuando estuve frente a él de nuevo—. Sí, es una zorra.

—Basta... —susurró.

—¿Perdón? ¿Dijiste algo? —fruncí el ceño con gracia.

—¡Que te detengas! ¡Ella es mi amiga! —gritó con ira.

—¡Ella no es amiga de nadie! —respondí tres veces más fuerte—. ¡Le encanta aprovecharse de todos y nada más piensa en sí misma, no le importa lo mucho que sufran los demás, con la única condición de que ella se divierta! —su respiración agitada chocaba contra mi nariz. Construí una fuerte pared de compostura y regresé a mi posición original—. Te hago un favor diciéndote que no grites, no servirá de nada. No gastes tu saliva, nadie vendrá a buscarte, Gamer —después de cerrar la puerta con un seguro resistente, subí las escaleras que daban hacia la sala.

Viajé al piso de arriba con gran pesadez. Era como si bloques de hierro estuviesen encadenados a mis tobillos, y alguien martillara con violencia la parte posterior de mi cabeza.

Me quité la camisa negra a mitad de camino, y seguí hacia la recámara con el tronco desnudo.

Mi reflejo me recibió al poner un pie dentro de la habitación, mi sucio y blanco reflejo. Tenía el ceño fruncido y los hombros rectos, la mirada impregnada de odio y las manos cerradas fuertemente, con deseos de destruirlo todo. Puedo decir que hasta podía ver mi corazón, podrido de dolor, rencor y venganza. *¿Me convertí en una bestia, en alguien irracional? ¿Siempre lo fui?* No hice más que mofarme de mis pensamientos absurdos. *Buen chiste, Jerrell. Muy valiente de tu parte en echarte la culpa de todo lo que pasó.*

Recosté mi cuerpo al lado de Aeryn, rogando para que no se despertara. Se movió de lado y, sumida en sus sueños, hizo su cuerpo una pequeña bola e intentó sentir protección bajo mis brazos. La apretujé levemente contra mi pecho y su respiración agitada volvió a la normalidad.

Saqué un cigarro de su caja y lo dejé entre mis labios. Agité el yesquero un par de veces, hasta que la tapa se abrió y una llama débil, apenas de colores vivos, apareció de repente. Llevé el encendedor casi hasta el inicio de mi boca, con la intención de volver al vicio. Aspiré todo el humo hacia mis pulmones, incitando a mi organismo a pedir más, y más.

A pesar de la poca luz que la luna brindaba, podía ver el humo expulsado alejarse con dirección hacia la ventana, dibujando imágenes abstractas y extrañamente fascinantes en el aire.

CAPÍTULO TRECE

La alarma del reloj digital me aturdió, como suele hacerlo de lunes a viernes. Aeryn se quejó en voz alta, lo cual me indicó que estaba despierta. Se sentó en la cama con flojera y me miró sin ningún propósito. La imité, pero forcé una sonrisa ladeada. No se había arreglado el cabello en días, dejó de ejercitarse y cada mañana amanecía con un par de bolsas oscuras debajo de sus ojos. La depresión estaba devorándole la carne.

Se acercó a mí un poco más, con la curiosidad desprendiéndose de sus ojos.

—¿Qué te ocurrió en la mandíbula? —me tocó la quijada y yo quité su mano con brusquedad—. ¿Te duele? Deberías mirarte en un espejo.

Bajé de la cama casi de un salto, y entonces sentí que toda la habitación se convirtió en un torbellino. Los objetos se movieron de sus respectivos puestos y el suelo parecía rotar en círculos. Mis rodillas se debi- litaron, causándome una caída repentina de frente. Los mareos estaban cesando, pero dejaron como secuela fuertes punzadas en mis sienes. Me halé los cabellos con impaciencia. *¿Qué está ocurriéndome?*

—Jerrell… ¿te sientes bien? —Aeryn se agachó a mi lado. Yo asentía con seguridad, aunque no estaba convencido de ello—. No es la primera vez que te mareas. ¿No estarás enfer...? —no le permití continuar.

—¡Ni te atrevas a mencionarlo! —grité mirando hacia el suelo—. ¡No estoy enfermo, no tengo nada! —Aeryn parecía tenerle terror a mis gritos—. No descansé lo suficiente, eso es todo, así que sácate esos pensamientos estúpidos de la mente, ¿entendido?

—¡Me preocupo por ti! —contestó en su defensa—. Pero eres tan necio y terco que no te das cuenta que intento ayudar —la fulminé con la mirada a medida que me ponía en pie—. ¡Por amor a Dios, Jerrell! ¡Ve a un médico!

—¡DIJE QUE ESTOY BIEN! —presioné su mentón con fuerza—. ¡No insistas más! —quitó mi mano masculina de su rostro en un arrebato de rabia.

—Vete al demonio —salió de la habitación con los ojos hinchados de enfado.

Agarré lo primero que se me atravesó y lo volví añicos con mis manos. Para mi mala suerte, era un vaso, un vaso de vidrio fino y tallado. Los cristales cayeron sobre mis pies y algunos pedazos se me incrustaron en las palmas; pero no sentía ni una pizca de dolor, estaba oculto detrás de una capa dura de iracunda tensión. *Las mujeres creen que siempre tienen la razón en todo; y si no se la das, te contestan con un «vete al demonio». No son más que niñas malcriadas.*

De lejos, me vi en el espejo. Podía apreciar a una larga distancia el estridente moretón debajo de mis labios, el cual parecía extenderse por todo mi rostro como tinta negra en un vaso de agua. Ese asqueroso golpe se burlaba miserablemente de mí; no obstante, podía imaginarme a Gamer riendo aún más fuerte.

Incliné el cuello hacia abajo, haciendo caso omiso a las ideas que tenía de Gamer Redford.

Aún seguía molesto con Aeryn, pero estuve a punto de perder el control, a punto de que mis nervios explotaran. La lastimé y seguí actuando como un soberano cretino. *¿Por qué no puedo comportarme como una persona normal? Supongo que mi mal genio es lo único que merezco.*

Se escuchó de repente el gotear de un grifo. El agua caía y caía, y no se detenía. Volteé hacia todas direcciones; me asomé al baño más cercano, pero no vi señales de que alguna llave estuviese mal cerrada.

Al regresar a la habitación, mi atención fue captada por un camino de sangre formado por pequeños fragmentos espesos del líquido rojo. Caminé cerca del sendero, y descubrí de dónde provenía la sangre: de mi nariz. El dichoso goteo era producto de mi sangre al chocar contra el suelo. Una última gota aterrizó en el pulgar de mi pie derecho. Pasé ambas manos por debajo de las fosas nasales. No sólo goteaba de mi nariz, ahora se deslizaba por mi boca y bajaba hacia mi barbilla.

Con las manos resbalosas y bañadas con el plasma rojo oscuro, giré la manilla del lavamanos y me estrujé los dedos y las palmas debajo del agua, que luego se iba por el drenaje con un color rosado claro, y se oscurecía con los fluidos que seguían chorreando de mis cavidades.

—¡Adiós, Jerrell! —Leslie se iba a la escuela más temprano de lo exigido. Era responsable y le emocionaba la idea de reencontrarse con sus amigos y compañeros de lunes a viernes.

Le contesté de vuelta, pero no pareció escucharme debido a que tenía una toalla cubriendo la mitad de mi rostro. Lancé la toalla al cesto de la ropa sucia. Estaba húmeda y manchada. Desagradable para muchos, lo sé.

Aeryn y Leslie no se encontraban en casa. Era el mejor momento para bajar al sótano y vigilar a Gamer. Siempre fue un chico inocente, pero su fuerza era casi tan anormal como la mía. Era un animal descontrolado.

Quité el candado que bloqueaba la puerta y la empujé con poca delicadeza. Gamer me recibió con una mirada de pocos amigos, queriendo enterrarme vivo o simplemente golpearme hasta que dejara de respirar. *No esta vez. Es mi turno.* Me recosté en el marco de la puerta, esperando a que dijera algo.

—¿Qué pasa, Redford? ¿Te tragaste tu propia lengua? —mi rostro no cambió su expresión de seriedad.

—Ya desearías que ocurriera, necio hijo de perra —contestó arisco.

—Bueno… pensándolo bien, no es mala idea. Tienes una brillante mente psicópata, Gamer. Eres tan… —busqué la palabra correcta— …tan parecido a mí.

—Te equivocas, Jerrell. Soy mejor que tú, siempre lo fui.

Apreté los dientes.

Sus palabras se volvieron un gran eco en mi mente. «Soy mejor que tú, soy mejor que tú, soy mejor que tú…». ¡Nadie es mejor que yo, nadie lo es!

Pateé la silla con fuerza, haciendo que se fuera hacia atrás, junto con ese bastardo. Se golpeó la cabeza y pude sentir dentro de mí la fuerza y energía que su miedo y dolor me generaban. Me hacían sentir más vivo y poderoso que nunca.

—¡Nadie es mejor que yo! ¡No me conocen, y por esa razón no saben de lo que soy capaz! ¡Eres un simple y ordinario sobreviviente en esta porquería de mundo! —me agaché y susurré cerca de su oreja—. Más vale que no me hagas perder incluso más la paciencia porque puedo alargar tu condena, autista abominable.

Lo enfureció que lo llamara de esa forma. Forzó las manos, intentando liberarse. Gritaba groserías y me maldecía repetidas veces. *Actitud propia de la mezcla entre autismo e infinita desesperación.* Lo observé con curiosidad. Estaba enloquecido, cambió por completo. El cabello se le sacudía de un lado a otro y la sangre parecía cambiar de tonalidad con cada estremecimiento. *Actitud propia de una alimaña.*

Salí del cuartucho, dejando atrás los gritos feroces de Gamer. Cerré la puerta y la aseguré con el candando colocado anteriormente. Pegué la frente a la puerta sin hacer ruido y mantuve los ojos cerrados con fuerza. Es una clara expresión de rabia, preocupación, malestar, entre otros; sin embargo, no era mi caso. Una sonrisa malvada se delineó y amenizó mi semblante. *Está sufriendo, está recordando las constantes burlas de sus familiares y compañeros de clases.* Debía aceptar el hecho de que estuve cerca de perder el poco juicio que me quedaba. Sus alaridos entraban en mis oídos y pasaban por mis tímpanos como si un gato estuviese arañando una pizarra de tiza, pero él comenzaba a pasarla mal, ese era el objetivo de todo. *De todas formas, en algún momento te asesinaré.* Abrí los ojos y me despegué de la puerta. Subí las escaleras, juguetón, y tapé el primer portón con una alfombra.

Encendí el televisor y busqué el canal de las noticias. Sólo esperaba ver una cosa, algo que probablemente me mantendría todo el día de buen humor. Me senté en el sofá, subí los pies a la mesa y esperé de brazos cruzados.

—Buenas tardes a todos los ciudadanos de San Francisco y del mundo entero, les habla Ellina Paige. En el noticiero de hoy se encuentran informes bastante alarmantes, entre ellos se destaca el horrible y misterioso caso de la desaparición de un ciudadano reconocido: Gamer Redford —*era eso lo que quería escuchar*—. Este muchacho forma parte de un conocido bufete de abogados, y está entre los diez mejores de San Francisco. A continuación, una fotografía del joven —la cara de Ellina Paige fue reemplazada por una imagen de Gamer, sonriendo y vestido con un traje de marca. El retrato desapareció en cuestión de segundos—. Se espera poder recuperarlo lo más pronto posible. Se están haciendo cadenas de oración por... —presioné el botón rojo y la televisión quedó completamente en negro.

La puerta principal de la casa se abrió, haciendo un ruido irritante. La pequeña y curvada figura de Aeryn pasó por la misma, ignorando olímpicamente mi presencia. Por su manera de caminar, era fácil descifrar que todavía estaba molesta. Se fue directo a las escaleras y las subió con prisa, mientras atendía una llamada.

Mis pies descalzos se movieron automáticamente. Caminé detrás de ella, dando pasos largos y silenciosos. La seguí y me detuve un segundo cuando cruzó hacia la habitación de ambos.

Miré de reojo, impactado por la escena. Había sacado una maleta vacía y la abrió sobre la cama. *¿Me va a abandonar?* Contuve mis ganas de entrar y abofetearla. Después de todo lo que hice por ella, ¿se iba a largar así nomás?

—Martin, no... ¡Te estoy diciendo que no! ¡Nadie se dignó a comunicarse conmigo! ¿...Se supone que debería estar viendo las noticias? ¡Tengo veinte años y una carrera que requiere de mucha dedicación y tiempo! ¿Pretendes que me siente a ver las noticias por las mañanas? ¿...Sabes algo? No vale de nada hablar contigo, crees que siempre tengo la culpa de todo y... ¡No, Martin, no es simplemente eso! ¡Jerrell y yo también cuidamos a un niño de diez años, es como tener un hijo! ...Ya, basta. Deja de discutir conmigo y ven a buscarme, antes de que me arrepienta, porque me siento en todo mi derecho de hacerlo y... ¡En este instante, eres el que menos me importa! ¡Voy por los pobladores de Islandia y nada más! ¡Y ruega que mi novio no se enfurezca al saber que me voy antes porque a todos ustedes se les ocurrió la brillante idea de abordar el avión ya mismo, «no vaya a pasar que se inicien disturbios por la desaparición de Gamer Redford»!

Aeryn estaba muy enfadada. Lanzó el celular a la cama y comenzó a sacar ropa en exageradas cantidades del armario y las gavetas. Todo lo arrojaba a la maleta, sin importar que tan desordenadas se encontraran todas sus prendas. Caminaba de un lado a otro, y hacía ejercicios de respiración.

Su intento de recobrar la compostura fue fallido. Hablaba sola y se quejaba en voz alta, parecía tener la certeza de que nadie la escuchaba.

Casi corrió hacia la puerta y la abrió de un jalón. Intentó bajar las escaleras, pero más fueron sus impulsos. No miró hacia el frente, razón por la que se llevó un buen golpe contra mi pecho. Se cayó hacia atrás, lastimándose la espalda. No hice nada por ayudarla. Ella estaba enojada, yo estaba enojado y nada nos ablandaría el corazón a ambos por unos días. Esperé a que se pusiera de pie y comencé con las típicas preguntas de hombre.

—¿Con quién hablabas? —pregunté con recelo.

—No me veas la cara de idiota, ¿sí? Estoy más que segura que estabas detrás de la puerta escuchando la conversación, pero, por si no te da la materia gris, estaba hablando con mi *manager*. Me voy a Islandia, y quizá vaya a un par de países más. Regreso en dos semanas.

—No me puedes dejar solo con Leslie, no puedes —demandé.

—¡Pues lo lamento! —alzó la voz—. ¡Sabes que amo a ese pequeño, pero tengo responsabilidades, y una de ellas es mi trabajo! ¡Tengo que seguir a favor de mi música! Ya verás cómo te las arreglas —intentó pasar por un lado, pero yo la detuve y la tomé de la nuca. Un eco sordo se escuchó por el pasillo. La había estampado contra la pared.

—¡No me puedes dejar solo! ¡No puedes! ¡TE DIJE QUE NO PUEDES! ¡Si dejo que te vayas, más nunca vas a regresar! ¡MÁS NUNCA! ¡NO VOY A DEJAR QUE TE MARCHES! —ni yo mismo podía creer lo que le estaba haciendo. Mi voz se había transformado y una fuerza externa me obligaba a hacer presión alrededor de su cuello. Clavé mis uñas cortas en su piel.

—Jerrell… —mi nombre entre sus labios salió casi como un fino silbido del viento—. ¡Jerrell, me estás ahorcando! —no hice caso a lo que dijo—. ¡JERRELL!

Como si hubiese pasado corriente eléctrica por mi mano, la solté rápidamente. Aeryn cayó al suelo, entre jadeos. Mi pecho subía y bajaba, agitado por lo que acababa de ocurrir. Me pasé una mano por el cabello, nervioso. *Yo no quería, no quería hacerle daño*.... Los ojos azules de Aeryn Cameron me miraron fijamente, y no fueron necesarias las palabras para darme cuenta del gran desprecio y asco que sentía por mí. Se levantó del suelo, con una mano masajeando su cuello, y desapareció de mi vista, para luego lanzar la puerta de la recámara.

Quise tocar, pero no serviría de nada. La traté como si fuera una persona más del montón, cuando realmente no lo es. Ella es especial, es única, es mi novia, y en los últimos días me había olvidado de lo que significaba eso para mí.

Permanecí ahí, de pie, intentando asimilar lo sucedido. La puerta se abrió nuevamente. Aeryn salía a toda prisa con una maleta grande y un morral. Me ofreció una última mirada dolorosa. Su ira se vio reflejada en su forma de casi lanzar las valijas escaleras abajo. *Dile algo, Jerrell.*

—Aeryn, no quería… —estaba a un par de metros de ella.

—¡No me dirijas la palabra, demonios! —soltó su equipaje con brusquedad—. ¡Estaba esperando a que abrieras la boca para gritarte y decirte lo mucho que me decepcionas! —subió hasta la mitad de las escaleras para quedar a mi altura—. ¡Me levantaste la mano, Jerrell! —cerró los puños y comenzó a golpearme. Su fuerza era inútil, pero no hice más que dejarme apalear por ella—. ¡Eres un maldito infeliz! ¡No te mereces el amor de ninguna mujer! —elevó el codo y lo hundió justo donde se encontraban los moretones que Gamer había provocado. La tomé por las muñecas e hice presión alrededor de las mismas—. ¡Mírate! ¡Te vuelves un engendro cuando te disgustas! —tiró de sus brazos hacia ella—. No quiero que me toques de nuevo. ¡En mi vida quiero volver a sentir tus manos sobre mi cuerpo! —aquellas palabras fueron como un golpe bajo para mí. Me hicieron sentir como la horrible escoria que era.

La vi tomar sus cosas de nuevo y retirarse. De repente, la casa se sintió extrañamente vacía y desolada.

Percibí el chorreo dentro de mi nariz. Un hilo rojo cayó en el mueble desde el piso de arriba, y pronto no fue uno, sino tres. *Otra vez no*.... Me tapé la nariz con una de mis manos y corrí al baño.

La sangre no paraba de salir, y cada vez brotaba con más abundancia. Esto comenzaba a preocuparme, pero no imaginé que fuera algo peor a una crisis nerviosa. Metí un par de papeles en mis orificios nasales y los mantuve dentro hasta que pasó la hemorragia.

Inicié la ruta hacia el sótano. Antes de abrir la puerta, lancé los papelillos manchados al suelo y me aseguré de que no siguiera manando nada fuera de lo común de mi nariz.

Quité el candado, y noté que Gamer estaba descomunalmente pálido, ni siquiera estaba consciente. Empuñé un pedazo de cabello y le elevé la cabeza. Tenía los labios morados, podría jurar que estaba muerto; sin embargo, sabía que vivía por el movimiento lento de su pecho.

Dejé a Gamer donde lo encontré y me dirigí a inspeccionar las armas que solían ser de John Davis. La piel mugrienta de mis dedos acarició cada puñal, cada revólver, cada arma capaz de aniquilar. *Delicioso*. Tomé el arma de fuego más pequeña y acallada.

La balanceé entre mis dedos con aires divertidos. Me intrigaba saber qué tan mortal podía llegar a ser...

Mantuve en mis manos una pistola pequeña, plateada, de calibre veinte y dos y algo diminuta para mis enormes manos. *Veamos qué puedes hacer.*

Me dirigí de nuevo hacia donde estaba Gamer, todavía con su apariencia de cadáver. Apunté hacia uno de sus hombros, retiré el seguro y tiré del gatillo. El no tan sonoro disparo y un penetrante dolor en el hombro derecho despertaron al muchacho de su inconsciencia. Chilló con lo poco que daban sus pulmones y vociferó cualquier cantidad de groserías, antes de intentar suprimirme con la mirada.

—Es bastante buena, ¿no es así? —pregunté, inspeccionando el arma desde varios ángulos. Gamer siguió berreando—. ¡Oye, necesitaba probarla en alguien! —musitó algo sin mucho sentido, ininteligible—. ¿No vas a hablar nunca más?

—Me... estoy... desangrando lentamente, a-animal —contestó con voz ahogada, pero a la vez mantenía su exasperación y frenesí—. N-no me que-quedan fuerzas...

—Pues tienes que aguantar, esto no se acaba así de fácil —mi calma era aterradora. Yo percibía que aquello significaba que en cualquier momento estallaría—. Mira que estoy considerando la idea de traerte comida, pero no creo que te la merezcas.

—Me-metete tus buenas a-acciones po-por atrás, asno.

Me encogí de hombros y le puse el cerrojo una vez más a la puerta. En definitiva, él quería alargar su estadía en el sótano... Aunque, pensándolo bien, no duraría mucho si de alguna u otra forma yo seguía abriendo agujeros en su cuerpo. De hecho, era sorprendente pensar que Gamer estaba vivo a esas alturas.

CAPÍTULO CATORCE

Intenté reparar el antiguo televisor del sótano. Estaba viejo, lleno de polvo y le faltaban botones a los costados. Animé a esa chatarra a ofrecer una buena imagen cuando junté muchos cables.

Feliz con nuestra primera interacción, le propicié un golpazo, y los colores se perfeccionaron en cuestión de segundos.

Cambié los canales con una gran sonrisa hasta que gente enloquecida, humo, luces y un ambiente nocturno fue lo único que se proyectó en la pantalla. Una chica alta, hermosa y de apariencia poderosa salió desde el suelo, impulsada por una máquina. Hizo el típico gesto de silencio, para luego gritar desde lo más profundo de sí.

—¡*MAKE SOME NOISE!* —todos parecieron morir de emoción. Estaban eufóricos. Saltaban al ritmo de las perfectas mezclas.

—Mírala, Redford. Es preciosa —Gamer apenas podía mantener los ojos abiertos—. Esa es mi novia —me recosté en el respaldar de la silla—. No puedo perderme su concierto, y tú tampoco. Traeré una cerveza para mí.

Fui casi corriendo hacia la cocina. Ver a Aeryn en acción, creando nuevas canciones y formando sonrisas en los rostros de los pobladores de Islandia, era asombrosamente único. Su pasión podía percibirse a través de cada canción. Era puro deleite, capaz de hipnotizar a cualquiera. «Ella es mi novia, mía», murmuré mirando la cerveza.

Separé la tapa de metal de la botella y vacié una cuarta parte del recipiente en mi boca. La bebida alcohólica se esparció por toda mi cavidad bucal, pasó por la garganta con un frío abrasador y contaminó mi organismo. «Divino placer, uno de muchos».

De camino al sótano, me topé con Leslie. Miraba hacia mí, con los brazos detrás de la espalda y una sonrisa que hablaba por sí sola.

—¿Qué hiciste? —aquella pregunta se escuchó más como un reproche, originando intimidación en el niño.

—Uhm… ¿Recuerdas a Roger? —se peinó el cabello con las manos.

—¿El fenómeno cobarde que intentó derrumbarme con una patada la primera vez que te llevé a la escuela? —Leslie asintió—. Sí, lo recuerdo. ¿Qué ocurre con él?

—Nos invitó a una fiesta en su casa, pero para quedarnos con él hasta el día siguiente. ¿Cómo es que le llaman las niñas? —deliberó por un momento, mirando hacia la nada—. ¡Fiesta de pijamas! Creo que así le dicen.

—No, Leslie, lo siento. No conozco a la mamá de ese niño, y sólo vi al mocoso una vez —negué con la cabeza.

—¡Por favor, Jerrell! Prometo que voy a portarme bien —sus ojos se tornaron del mismo color gris que el día en que lo conocí, en la casa de Alexandre—. Por favor… ¡Te llamaré si por alguna razón no quiero seguir ahí!

—Yo no… —titubeé—. Bueno, sí, como quieras —puse los ojos en blanco—. ¿A qué hora?

—¡En un par de horas! —Leslie me abrazó, y yo se lo brindé de vuelta. Parecía envuelto y asfixiado por los prominentes músculos en mis brazos—. Te quiero, Jerrell.

—Sabes que no me gusta tanto cariño junto, Leslie… —el chiquillo frunció los labios—. Pero yo también te quiero —sonreí de lado—. Ve a ducharte y arregla un bolso. Te agradezco, enano, mantengas el celular con batería hasta mañana.

—Entendido —de improvisto, arrugó el entrecejo y miró con curiosidad hacia uno de mis costados—. Oye, Jerrell… ¿Por qué te está sangrando el oído? —instantáneamente acerqué una de mis manos a la oreja señalada con la mirada por Leslie—. ¿Estás bien?

—Sí, Leslie. Ve a bañarte —no dejaba de observarme con preocupación—. ¡AHORA! —mordisqueó su labio inferior y se fue a su habitación, aún con la preocupación enmarcada en la expresión de su rostro.

Me miré en el espejo de la sala, un gran cristal de forma ovalada. Visiblemente un líquido rojo, espeso y caliente se expandía con lentitud por la parte exterior de mi oreja izquierda. Bufé con furia e inserté mi dedo meñique en la cavidad, limpiando cualquier rastro de sangre. Utilicé otro dedo para limpiar la oreja por fuera.

Parte de mi mano estaba manchada, producto de la brusquedad con la que eliminé mis fluidos internos.

Me daba rabia saber que algo andaba mal conmigo; de hecho, comenzaba a pensar que, si continuaba haciendo pedazos mi vida, todo lo construido durante veintiún años se iría por un barranco.

Rezongué y le di otro sorbo a mi cerveza. «Mi vida es tan confusa... El destino debe de tenerme mucho resentimiento», resoplé.

Me dirigí de nuevo al cuarto del sótano. Me percaté que todavía desprendía un olor repugnante. Arrugué la nariz, gesto que a cualquier fémina le parecería tierno. Abrí la puerta con tranquilidad.

—No me perdí de nada, ¿cierto, Red...? —no culminé la oración.

Solté la botella de cerveza, dejando que el suelo la hiciera pedazos, al ver la silla de hierro vacía. Tenía pedazos de cinta aislante en los apoyabrazos y en las patas delanteras, además de sangre seca en varias esquinas, pero lo más importante era que Gamer no se encontraba ahí. Redford se había liberado, y estaba en algún lado de la ratonera.

Tomé un puñal, filoso y brillante a la luz artificial del bombillo, y lo sujeté con fuerza en mi mano derecha. Paseé mis ojos, ahora ensombrecidos con la cólera, por la zona. Todo parecía estar en perfecto estado, aunque no fuese así.

Un instinto me indicó que mirara hacia arriba.

Eso hice.

Se me tensó cada músculo del cuerpo cuando mis ojos se encontraron con las casi negras cuencas de Gamer. Lanzó un grito violento antes de soltarse y caer sobre mí. Sus manos rodearon mi cuello y presionaron con firmeza. Me estaba ahorcando, pronto acabaría conmigo si no me defendía. Encajé mi rodilla en su entrepierna, debilitándolo por completo. Se retorció en el suelo por treinta segundos, tiempo suficiente para tomar de nuevo el puñal y subirme sobre la espalda de Gamer.

Su intento de asesinarme me hizo explotar, me volvió más violento de lo normal y causó una fuerte reacción dentro de mí. Quería hacerlo pagar, quería que se hiciera justicia y, por qué no, también deseaba con todas mis ganas vengarme del muy imbécil.

Como hice hacía unos días, tiré de sus cabellos, de manera que la cabeza se le fuera hacia atrás inmediatamente. Tomé el cuchillo con fuerza y sin remordimientos. Coloqué la filuda punta en su frente, abriendo un pequeño orificio. Luego lo empuñé como si se tratase de un bolígrafo y lo moví sobre su piel con fuerza, en mi mente imaginaba que el material que cortaba era de acero. Comencé a trazar la primera letra.

—¡Nadie puede ganarme, Gamer Redford! ¡Nadie puede hacerlo, aunque su fuerza se asemeje a la mía! —terminé la letra L y proseguí con la A—. Veo que no te tomaste ni un momento para pensar que, aunque escaparas, te iba a encontrar y me darían más ganas de asesinarte —ejercí más presión al delinear la línea intermedia de la vocal. Sus gritos se intensificaron—. ¡Grita más fuerte! ¡Hazlo! —seguí rompiendo su frente, esta vez con una D—. ¿Sabes lo que estoy haciendo? —parecía que sus ojos lagrimeaban—. ¡Contesta! —negó con la cabeza desesperadamente—. Ah, bueno... Pues estoy dibujando, estoy divirtiéndome con tu frente. Estoy diciendo todo de ti en una sola palabra... —la letra R era la siguiente, su escritura fue más dolorosa que las demás—. De seguro recuerdas tu pasado, cuanto tenías que robar porque tú y tu familia eran unos pobres miserables —apretó los dientes ante el recuerdo y un gruñido gutural salió desde lo más profundo de su garganta—. Eso que hacías estaba mal, y estabas consciente de ello, ¿no, Gamer? —rompí un círculo casi al final de su frente, indicando la letra O—. ¡Al igual que estuvo muy mal lo que tus amigos me hicieron! Y... lo peor de todo, sucia sanguijuela, es que tú te uniste a ellos. ¡Los apoyaste! —por último, pasé el filo del cuchillo por su sien y dibujé tres líneas que formaban una letra N—. Y, mira, para que lo tengas presente, lo que se hace en la Tierra, se paga en la Tierra —lancé el cuchillo a un lado, empapado de sangre, y giré la cabeza de Gamer por completo hacia atrás, quitándole la vida en un instante.

Me levanté y contemplé el cuerpo inerte de Gamer Redford. Su torso, piernas y brazos quedaron boca abajo, mientras que su rostro estaba de frente a mí. Sus ojos comenzaban a perder vitalidad y brillo, y parecían mirarme con mucha ira; pero, más que eso, había algo que llamaría la atención de cualquiera: su frente. Se la había destrozado. La poca sangre que le quedaba en el organismo salía borboteando por cada raja abierta en la parte alta de su semblante, humedeciéndole el resto de sus facciones.

A pesar de que estaba desfigurado, la palabra escrita con un puñal se entendía a la perfección. En letras grandes y sanguinolentas se leía LADRÓN. «Eso es lo que siempre fuiste, Gamer Redford», le grité mientras lo pateaba.

Cubrí el cadáver con una manta y lo cargué en mi hombro hasta llegar a la cocina. Eché un vistazo. Leslie no se encontraba por ningún lado. Caminé con pasos más suaves que un susurro hasta la cochera, en donde lancé el cuerpo envuelto, frío y grasiento, a la maletera. Después de dejar al niño en la casa de su amigo, me encargaría de los restos del abogado.

Me di una ducha larga, en donde dejé que el agua se llevara cada pedazo de lo que me desagradaba: preocupaciones, el ADN de mi ex compañero de secundaria… y los recuerdos de la última vez que hablé con Aeryn. *Cómo la extraño*, pensé y llegó hasta mí la frase que todos dicen: «Nadie sabe lo que tiene hasta que lo pierde».

Me sacudí el cabello con la toalla, salpicando agua por todo el baño, en especial hacia el espejo. Lo limpié con mi puño envuelto en felpa y examiné mi reflejo.

Mi piel estaba más pálida de lo normal, al igual que mis labios. Tenía ojeras y sentía que parte de mi fuerza se alejaba. El hematoma provocado por Gamer todavía no desaparecía; por el contrario, su tamaño parecía haber aumentado en esos días. *El cansancio me está consumiendo.*

—¡Jerrell! Estoy listo —gritó Leslie desde su habitación.

—¡Dame un momento! —respondí de la misma forma.

Me vestí de manera acelerada, y luego me quedé de pie en medio de la habitación, como si estuviese esperando por algo o alguien. Y vaya que sí lo hacía. Tuve la sensación de que un volcán erupcionaba en mi estómago, arrojando por mi esófago mi desayuno y las porquerías que consumí en el transcurso del día. Me llevé una mano a la boca y aguanté el vómito hasta llegar al baño. Me abracé al excusado, expulsando cada partícula alimenticia.

—Jerrell... —Leslie se había asomado al baño—. ¿Te sientes bien?

—Sí, Leslie. El desayuno me cayó mal —mentí.

—¡Pero yo comí lo mismo que tú y no he vomitado! —su rostro se deformó en una mueca de frustración.

—¡Tenemos organismos diferentes, Leslie! ¡Me cayó mal el desayuno, no hay otra explicación! —el agua se llevó con ella los restos de comida hacia las cañerías—. Busca tu bolso y ya olvida el tema —me cepillé los dientes mientras sentía un horrible malestar en la garganta.

Tomé un par de guantes de cuero y los escondí en el bolsillo trasero del pantalón. Los necesitaría.

Bajé después de Leslie, quien ya no reflejaba tanta emoción. Apreté su hombro con una sonrisa. Entendía su preocupación, pero no quería ni merecía la lástima de nadie. Nunca me ayudaron; salí de un pozo hondo y negro por mi cuenta, ahora no necesito la colaboración del mundo entero.

Llevé a Leslie a la fiesta de su amigo Roger, en donde me recibió una señora poco amable y tan anticuada que con seguridad espantaba a los hombres. Le indiqué al niño todas las reglas que debía cumplir, imitando a mi padre en sus charlas eternas de hacía unos doce años ya. Mi pequeño amigo corrió dentro del hogar entre risas y pasos rápidos.

Emprendí mi camino hacia la estación de policía. Era un lugar más o menos alejado de la ciudad. Cuando llegué, podía escuchar viniendo de dentro del edificio la radio a todo volumen del agente encargado de la recepción. Se ubicaba en una edificación casi arruinada, pero con comodidades básicas; tenía una tonalidad grisácea, que le daba el verdadero aspecto de una cárcel mortal; y, por último, contaba con ventanas a prueba de balas y resguardadas con barrotes de hierro.

Metí ambas manos en las fundas negras de cuero y abrí la maletera. Me sentí impactado una vez más por la expresión física de Gamer. Lo cargué sin ningún impedimento y lancé el frío cadáver a la acera, justo frente a la puerta de madera destrozada, como si de un trapo sucio se tratase. *Pronto abrirán la puerta y se van a percatar de que está ahí.*

Retorné de nuevo a los suburbios, recibiendo órdenes del GPS, el dichoso aparato que te obliga a olvidar todas las direcciones.

Me desvié hacia una de las universidades más afamadas del Estado. No tenía muchas razones para merodear por sus alrededores, pero uno de los motivos era incalculablemente valioso y apreciable.

Disminuí la velocidad al reconocer una cabellera castaña, espesa y perfectamente arreglada en una media cola. Sus mechones ondulados se movían de un lado a otro a medida que caminaba por los estacionamientos. Unas tres o cuatros amigas se despidieron de ella con un «adiós» amigable, mientras la muchacha repetía la misma acción. Caminó solitaria por una de las calles de la universidad y esperó con paciencia en la parada de autobús. Me acerqué con el Audi y bajé la ventanilla al detenerme a su lado.

—¡Oye! ¿Quieres un aventón? —pregunté con un toque de inseguridad en mi voz. *¿Me reconocería?*

—No, gracias. Estoy esperando el autobús —se abrazó con firmeza a sus libros de texto.

—¡Oh, vamos! No seas aguafiestas. Una chica tan bonita y en tacones no puede tomar el autobús —ella se rió con inocencia—. Acepta mi oferta. Anda, sube.

—Uhm... está bien. ¡Pero si intentas algo voy a...! —levantó su dedo índice, como si fuese una madre regañando a su hijo—. ¡Voy a...! —se quedó pensativa—. Olvídalo, sólo... no hagas nada malo.

—¿Tengo cara de asesino, secuestrador, violador, o algo por el estilo? —ella negó. Por dentro, yo me reía con todas mis fuerzas. Era una simple niña ingenua—. Entonces, ¿qué daño podría hacerte?

—Supongo que... —frunció un poco los labios— ...no me harás daño —enarqué una ceja.

—Te dije que no lo haría. Ven —desactivé los seguros automáticos y permití que ella se sentara en el puesto del copiloto. La vi sonreir con timidez y puse el auto en marcha—. Y... ¿cómo es tú nombre?

—Cambria —jugueteó con sus dedos—. Cambria Perry —desgasté parte de mi labio inferior con mis dientes.

—Bonito nombre, Cambria. Es hermoso —una fibra de perversa sed de justicia vengativa se reflejó en mi tono de voz—. ¿Hacia dónde?

—Derecho, y a la izquierda después del tercer semáforo. A partir de ahí en adelante, siempre de frente —Cambria se mantuvo en silencio de momento y luego preguntó—: ¿Cuál es el tuyo, misterioso chico que se ofreció a darme un aventón? —sonrió divertida. No contesté a su pregunta; por el contrario, mantuve mis ojos fijos en la vía, con una línea recta manifestada en el puesto de mis labios—. Oye… Creo que te equivocaste. Debías cruzar a la izquierda —una vez más, el silencio perduró—. Devuélvete, por favor —Cambria parecía notar que no nos dirigíamos a su casa—. ¡Detente, déjame bajar! —antes de que pudiese abrir la puerta, activé los pasadores de las puertas—. ¡Por favor, quiero irme a casa!

—Cambria, Cambria… —susurré sin mirarla—. ¿Tus padres nunca te enseñaron a no confiar en extraños?

—¡Dijiste que no me harías daño! Por favor… No le diré a nadie de lo ocurrido —suplicaba con voz entrecortada.

—Lo siento, pero ahora las cosas se hacen a mi manera —me quité los lentes negros y miré de reojo su expresión. Se había quedado sin palabras—. Durante mucho tiempo fue como a ustedes se les vino en gana. Ahora es mi turno —aplasté con violencia el acelerador.

—Jerrell, yo no… ¡No tuve opción!

—Sabes que te quiero, Cambria… Lo sabes, ¿no? Pero… —ella me interrumpió.

—No me lastimes, Jerrell… —las lágrimas comenzaron a salir de sus ojos precipitadamente.

—…pero, por desgracia, eras parte de ese grupo, y me hiciste tanto daño como ellos —continué sin prestar atención a sus súplicas—. Es momento de saldar cuentas.

Cambria no dijo nada más. Se pasó la mano por el cabello repetidas veces, nerviosa. Su maquillaje perfecto comenzaba a correrse y ella palidecía más a cada minuto.

Al bajar del auto, la amenacé con provocarle una muerte lenta y dolorosa si no me obedecía. Caminé tras ella, siguiéndole de cerca. Tenía la espalda rígida, y apenas podía caminar sin tambalearse. *Y a esos les llamas "amigos", quienes te arrastraron directo a un agujero negro.* Posé ambas manos sobre sus hombros. Una corriente eléctrica le recorrió la columna vertebral, haciéndola estremecer de pies a cabeza. Le exigí que bajara al sótano. Con pasos temblorosos, nos introdujo en la negrura del húmedo lugar. Abrí la puerta, y escuché un minúsculo chillido.

—Siéntate —señalé la silla de hierro, recientemente abandonada por mi otra víctima. Cambria se mantuvo inmóvil—. Dije que te sientes —la halé por la muñeca, haciendo tronar uno de sus huesos y la dejé caer en la silla metálica.

Tomé la cinta aislante, plateada y pegajosa, y giré alrededor de Cambria, mientras que el objeto se desenrollaba y ajustaba a su abdomen. La escuchaba llorar en silencio, y lamentarse por subirse al auto. Pasé a unir sus muñecas y tobillos al asiento. Cuando decidí que era suficiente, lancé la cinta a un lado y me acuclillé frente a ella. Quité los cabellos despeinados que le cubrían el rostro y los dejé caer por su espalda.

—¿Ves toda esa sangre? —señalé el suelo y parte de las paredes—. Es de Gamer Redford —sus labios se entreabrieron con indignación—. Y, por si te lo preguntas, está muerto. Me vengué y lo asesiné —su garganta se cerró mientras yo hablaba—. ¿Ves lo que le ocurre a las personas malas?

—¿Eso... eso es lo que me va a suceder? —bajé la mirada, y contemplé los zapatos altos de Cambria.

—Querida Cambria... —acerqué mi mano a su rostro y le acaricié la mejilla— ...eso es lo que les va a pasar a todos ustedes.

Una lágrima del color de la noche salió despedida de su ojo. Tanto miedo, tanta tensión, tanta exasperación sólo le causaban llanto a la pequeña niña.

Me puse de pie nuevamente, esta vez para salir del sótano. A mitad de camino escuché un aullido femenino desgarrador, seguido de sollozos imparables.

—¡Sáquenme de aquí! ¡SÁQUENME DE AQUÍ, POR DIOS!

Una sonrisa macabra apareció en mi rostro.

Esto comenzaba a ponerse más emocionante.

CAPÍTULO QUINCE

Eran las 4:32 a.m. y no lograba conciliar el sueño. Hacía calor y la cabeza me latía con tanta fuerza que pensé que se reventaría en el momento menos esperado.

Como de costumbre, saqué un cigarrillo de la caja y lo encendí, estimulando e incitando a mi organismo a pedir más, a intoxicarlo y minarlo de nicotina. *Cochina adicción al cigarro, qué placentera eres.* Expulsé el humo hacia el techo, recordando la última vez que fumé en la madrugada. Tenía a Aeryn en mis brazos, durmiendo profundamente y vuelta un ovillo. Mi preciosa Aeryn… La echaba de menos, aunque de seguro mi nombre ni se había cruzado por su mente.

La pantalla de mi celular se iluminó, mostrando la llamada entrante de un número desconocido. Pasmado, atendí, pero sin siquiera mencionar una palabra. El auricular permanecía en mi oreja, esperando a transmitirme algún mensaje.

—Era de suponer que estabas despierto —una voz reconocible en cualquier parte sonó firme y harta—. El diablo nunca duerme.

—¿Debería ofenderme con eso? —contesté con infamia.

—Sólo te decía la verdad, por si no estabas enterado.

—¿Qué mierdas quieres? Estás en peligro y sigues buscándome. Únicamente una tonta de primera hace ese tipo de cosas.

—¡Quiero que me devuelvas a mi hermana, sucia rata! —toda su dulzura se esfumó.

—Sí, claro que te la devolveré —repliqué con una ridícula voz sarcástica—. Te la devolveré, Marion... cuando la haya asesinado —reí con malicia—. ¿Te parece si cuelgas, y así puedo terminarme mi cigarro?

—¡Basta, Jerrell! ¡Basta ya de tanto rencor, por favor! —levantaba la voz y al mismo tiempo intentaba hacerme recapacitar aplicando un fino campaneo agudo a sus palabras—. ¡La secundaria terminó hace casi cuatro años, supéralo de una buena vez!

—¡Tú, Marion Perry, no tienes ni idea de lo que se siente ser un marginado por culpa de alguien, ni mucho menos sabes el dolor que provoca que te den palizas por el hecho de que les asquea tu presencia! ¡NO LO SABES! ¡Si me pongo a contarte todo el tiempo que invirtieron torturándome, no terminaría nunca! Aunque, pensándolo mejor, de seguro tú te recuerdas de cada instante por el que me arrastraron hacia el mismísimo infierno, porque estabas presente, traidora, y no hacías nada por detenerlos —Marion intentó hablar, pero de inmediato la interrumpí—. ¿Sabes qué deberías superar tú? ¡Esto!

Apagué el cigarro contra un cenicero de vidrio y furibundo bajé al sótano mientras mantenía a Marion en la línea. Pateé la puerta, rompiendo el debilitado candado. Cambria saltó de la silla, confundida por tantos gritos histéricos juntos. Dejé el celular sobre el televisor de antena y activé el altavoz.

—¡A ver, Marion! ¡Vamos a averiguar si conservas la fuerza con la que me gritaste al llamar a mi celular!

—¿Marion? —Cambria pareció despertarse del todo—. ¡Marion!

Con pasos decididos, me dirigí hacia donde se encontraba la hermana gemela de la pelirroja. Arranqué la cinta aislante y lancé a Cambria al suelo.

Levanté mi mano con fuerza, y marqué cinco dedos en la mejilla de la chica. A partir de entonces, los golpes aumentaron en intensidad. Tomé una tabla de madera vieja y maloliente, con clavos incrustados en ella, y la abatí sobre las piernas al aire de la muchacha con cabello castaño. Sus gritos eran ensordecedores; tanto, que podrían provocar la pérdida de paciencia de un individuo en su sano juicio. Para mí, sólo funcionaban para alimentar mi fuerza y mis ganas de seguir golpeando.

Patadas, manotazos, cachetadas, cortaduras, puñetazos. Todo se entremezcló en mi mente y comencé a actuar por pura rabia.

—¡Marion, ayúdame, por favor, que no me siga golpeando! —Cambria gritaba desde sus entrañas; parecía como si fuese a expulsar las cuerdas vocales por la boca.

—¡Sí, Marion, ayúdala, no dejes que la siga golpeando! —exclamé socarrón.

—¡No! ¡Jerrell, detente, te lo ruego! ¡No la lastimes más! —imploró Marion desde la otra línea.

—¡Entonces más vale que te calles esa tremenda boca que tienes y espera lo peor! Buenas noches, mejor amiga —pulsé el botón rojo, cortando la llamada al instante.

Me encogí al lado de Cambria, un cuerpo ahora casi deforme y sangriento. Acerqué mis labios a su oreja.

—Tu hermana acaba de traicionarte —apoyé mis manos en su enmarañado cabello—. Firmó tu sentencia de muerte, tu lenta y violenta muerte, Cambria Perry.

La recogí del suelo y deposité su débil cuerpo en la silla de metal, manchándola de sangre fresca. Esta vez, no utilicé la cinta plateada. Dejé que sintiera el dolor desde lo más profundo de su ser.

—Jerrell... —su voz cansada me llamó por mi nombre. Sin voltear esperé por lo que quisiera decirme— ...no te vayas.

—¿Por qué debería quedarme? —escupí con asco—. Por mí, podrías morirte ahí: desangrada y sola.

—No te... —tosió y escupió un poco de sangre— ...no te creo.

—Deberías comenzar a convencerte de lo contrario.

—No siempre... fuiste... así. Debe quedar algo bueno dentro de ti —el aire se iba de sus pulmones con cada palabra. Parecía asmática.

—Siempre fui el mismo. La diferencia es que nadie aprendió a conocerme por completo. Toda mi vida he estado igual de loco, cariño —mi tono despreocupado tomó forma en mis palabras—. Eso sí: ustedes lo empeoraron. Por cierto, deberías dormir, mañana será un día duro.

—¿Qué quieres... decir?

—Quiero decir muchas cosas con eso. No esperes lo mejor de mí.

Me retiré a la sala y recosté mi cuerpo agotado en el sofá. ¿Creyeron que había dejado la puerta del sótano abierta sin darme cuenta? Gran error. Rompí el seguro, sería inútil intentar colocarle el ya desecho candado.

Luché contra el sueño por un par de minutos, pero Morfeo se encargó de hacerme dormir cuando mis ojos oscuros, cual noche sin estrellas, no observaron más que el vacío.

Horas después, escuché leves quejidos, los cuales parecían ser ahogados con algún tipo de objeto que yo desconocía. Cada segundo se escuchaban más fuertes, y con ellos pasos de pies descalzos.

Entreabrí los ojos impulsado por la curiosidad. Me levanté de golpe al ver pisadas marcadas con sangre sobre el parqué. Las seguí con rapidez, para encontrarme a Cambria a punto de salir por la puerta principal. Me miró con terror e intentó, todavía con más ganas, abrir la cerradura.

—¿Qué crees que estás haciendo, niña? —la subí a mi hombro cual saco de papas.

—¡Déjame ir! ¡Ya es suficiente tortura!

—¡Yo soy quien decide cuándo es suficiente tortura, no tú, tonta insignificante!

—Si vas a asesinarme, hazlo ya. Te lo suplico, Jerrell —parecía como si fuese a llorar de nuevo.

—Todo a su tiempo, querida Cambria.

Busqué unas cadenas entre todo lo que le quité a John y me las coloqué, colgando de mi hombro, mientras me dirigía hacia una de las habitaciones vacías del segundo piso.

Dejé caer a Cambria boca abajo sobre el colchón. Enrosqué las pesadas cadenas de acero oxidado a sus muñecas; y, al mismo tiempo, a la cabecera de la cama matrimonial.

—Intentaste escapar... ¿Sabes lo que significa? —ella negó entre lágrimas—. El castigo es diez, quince, quizá veinte veces peor —movió las cadenas con ímpetu y frenesí, intentando sin resultado zafarse de ellas.

Busqué en una montaña de herramientas y armas una caja de tornillos, puntiagudos y rugosos, y los guardé en el bolsillo del pantalón deportivo que utilizaba, al igual que una engrapadora para madera.

Arrastré el martillo de mayor tamaño por el suelo, creando un ruido intranquilo y desagradable para mí, Cambria y el resto de mis ancianos vecinos.

Me senté sobre las nalgas de la gemela y comencé a rasgarle la camiseta con mis propias manos. Su piel se puso de gallina ante mi tacto, y se erizó incluso más cuando desabroché su sujetador negro. Vi una gran mordida, justo en el centro, rojiza y con apariencia reciente.

—Ian disfrutó de ti anoche —comenté con picardía.

—¿Quién... es Ian?

—¡No mientas! —clavé mis uñas en su poca carne—. ¿Recuerdas al tipo de la ventana, quien los estaba vigilando desde fuera de la cocina?

—Sí… —lo meditó por un momento—. Eras tú. ¡Imbécil, eras tú! —se retorció bajo mi peso—. ¡¿Qué rayos hacías ahí?!

—¡No es asunto tuyo! Y… ¿Cambria? —su silencio me cedió el permiso de continuar con la conversación—. Grita fuerte, con todas tus ganas. ¡Quiero escuchar tus dolorosos y penetrantes alaridos!

Presioné la engrapadora contra la piel desnuda de la joven. Como deseaba, dejó salir un grito magnífico, que me motivó a continuar con mi trabajo. Vacié la caja del material de construcción sobre la cama y tomé un par de cosas. Después de haber encajado nuevamente una grapa en diagonal, casi unida a la primera, posicioné el tornillo al lado de la segunda grapa y lo hundí con un simple golpe del martillo.

Excitado, continué abriéndole la piel con los filosos objetos. Luego de un rato de gritos y lágrimas amargas por su parte, y risas divertidas de mi lado, culminé con mi plan.

Cambria no podía moverse. Había atacado todos los nervios de su espalda, obligándola a mantenerse inmóvil. No obstante, su espalda todavía subía y bajaba acompasadamente con su respiración.

Me lavé las manos y activé la cámara fotográfica del celular.

—A Marion le encantará ver esto, es maravilloso —apunté más para mí mismo.

Antes de enviarla, la detallé. La delicada espalda de Cambria Perry presentaba variaciones de luz, dándole un aspecto más real. Alrededor de los tornillos y las grapas se apreciaba un contorno rojizo y ligeramente salpicado de sangre; sin embargo, para quien conocía la clave Morse, sería sencillo descubrir la palabra que intentaba transmitir:

—¿Qué diablos me hiciste? —habló por fin después de una interminable hora de silencio.

—Grabé algo en tu espalda, algo que te describe con verdadera exactitud —sonreí con satisfacción—. Raya... Punto, raya, punto... Punto, raya... —me pausé, fascinado por la belleza de tan magnífico arte—. Raya, raya… Punto, raya, raya, punto… Raya, raya, raya… Punto, punto, punto… Punto, raya.

—¿Tra-tramposa? —su voz angelical y cerrada hizo eco en mis oídos—. Clave Morse. Me sé el… abecedario.

—Qué inteligente, niña prodigio —mencioné con sentimientos de antipatía.

—¿Por qué… «tramposa»? —preguntó con demora en las palabras.

—Cuestiónatelo tú misma —acaricié la perfecta línea de tornillos y grapas—. Deberías verlo, Cambria. Me aplaudirías, hice un gran trabajo —acerqué el móvil a su rostro, el cual se iluminó con una potente luz blanca—. ¿Lo ves? Es… admirable.

—Es… tan retorcido —una lágrima descendió hasta reposar en la superficie suave—. ¡Hiciste lo mismo con Gamer!

—Fue más doloroso, te quedaste con la mejor parte —mi calidez le proporcionaba al momento falsos aires de tranquilidad.

—¡Vas a arder en el infierno, por asesino! —las lágrimas de Cambria se convirtieron en gimoteos de odio—. ¡Loco, animal, eres una alimaña!

Delirante y con infinito desenfreno, halé de sus brazos hacia mí, con una fuerza paranormal. Las manos de Cambria se liberaron de inmediato, dejando pedazos de piel alrededor de sus frías ataduras. Ella profirió un aullido agudo.

—¡La policía va a encontrarte! —amenazó. Me doblé de risa.

—¡La policía es el menor de mis problemas! ¡Puedo acabar con ellos, como estoy a punto de hacerlo contigo!

Capturé su largo y ya opaco cabello entre mis manos, y lo utilicé como impulso para llevarla a rastras por el pasillo. Lloriqueaba cual niña de cinco años, mientras soltaba insultos al aire. Su fiereza y poca paciencia me hacían esbozar sonrisas de vez en cuando. Cambria alimentaba mi instinto asesino, lo nutría con sus rabietas, gritos y groserías dirigidas hacia mí.

Aferré a mis dedos dos armas, cargadas con seis balas cada una. Posicioné una en la sien de Cambria Perry y otra bajo su quijada.

—¿Algunas palabras finales? —la tenté a dirigirme algún tipo de palabra u oración que me hicieran sentir incluso más poderoso.

—Púdrete —entrecerró los ojos, de manera que me fulminó con la peor mirada, llena de decepción y creciente ira.

Una vez más le mostré mis dientes blancos, deslumbrantes y perfectamente alineados uno junto al otro.

Disparé ambos revólveres, ocasionando un sonoro ruido explosivo en el sótano.

El cuerpo de Cambria se meneó por unos momentos, justo antes de caer hacia un lado, sin vida, ensangrentado. Tenía los ojos cafés cerrados y una línea inexpresiva en sus labios. Parecía como si durmiese y disfrutara de ello, pero el plasma amarillento que manaba a chorros de su cabeza delataba su evidente muerte.

Dejé el cuerpo de la castaña en el mismo lugar y sin mover ni un centímetro de su postura, y hui del sótano, dejando el estático cuerpo en un proceso de rápida descomposición.

Me desvestí y guardé la ropa manchada en una bolsa negra. La cerré con un nudo ajustado y, desde la ventana, dejé caer ese peso justo en la abertura trasera del camión de aseo vial.

Abrí la puerta de la habitación en la que no había puesto un pie en semanas. Su ambiente estaba impregnado de un fuerte olor a cigarro. Aspiré lo más profundo que pude, sintiéndome a gusto en el lugar. Visualicé mi silla giratoria de cuero negro, cómoda y perfecta para pasar horas frente a un escritorio. Pese a las ganas que tenía de desempolvarla, me fijé primero en mis grandes habilidades para el dibujo, y lo mucho que puedo lograr con un lápiz y papel. Arranqué dos del buró, con los nombres de Gamer Redford y Cambria Perry, y los guardé bajo llave. Quizá no los volvería a ver jamás. «Dos de siete», comenté con orgullo.

Me sentí como rey en su trono al estar frente a la repisa de madera pulida. Saqué un bolígrafo del portalápices, al igual que una hoja tamaño oficio en blanco. Con la punta del lapicero apoyada en el papel, inicié la redacción de una carta, con poco contenido y mucho significado. La pluma se enredó entre mis manos cubiertas con guantes de látex; seguí garabateando con mi letra masculina, no obstante:

Querida y dulce Marion,

Te dije que iba a devolverte a tu preciada herma- na. No te fallé, he ahí, en la entrada de tu costosísima casa, a Cambria Perry. ¿Muerta? Me parece haberlo mencionado también. Espero hayas empezado a darte cuenta de que formo parte de ese diminuto grupo de personas que cumplen con su palabra.

Mantente alerta y ni te atrevas a denunciarme con la policía porque, misteriosamente, puede que el resto de tus amigos, incluyendo a tu novio, comiencen a desaparecer más rápido de lo que puedes imaginar. Rebobina la última conversación que tuvimos y re- cuerda mi ronca e inestable voz al decirte «espera lo peor».

Esto recién comienza.

Jerrell Davis.

Doblé la nota en innumerables partes y la até con una cuerda a la muñeca de la gemela mayor.

Distribuí un poco el peso de la muchacha entre mis hombros, y la coloqué en el maletero del Audi, encima de la hedionda sangre seca de Gamer Redford.

Acrecenté la velocidad con la que iba conducien- do, sin importar lo mucho que les irritó a varios con- ductores. Me encontraba fuera de los parámetros legales, iba a una rapidez mayor a ciento ochenta kilómetros por hora.

De manera inesperada, sentí que mi cerebro empezó a rebotar contra mi cráneo, hasta convertir los fuertes latidos en dolores punzantes y angustiosos cada poco tiempo. Tras tomar una decisión precipitada, solté el volante, para llevarme ambas manos a la cabeza y gritar por el horroroso sufrimiento. Mis ojos permanecieron cerrados, como si de eso dependiera el alivio que tanto anhelaba.

Abrí los ojos en un ataque de histeria, sólo para percatarme de que estaba a punto de volver el auto en pedazos al estrellarlo contra un vehículo de carga pesada. Pisé el freno con fuerza; tanta, que el auto obedeció y se detuvo, pero mi cuerpo siguió viajando hacia adelante, reventando sobre el timón. Presioné la bocina con el peso generado por mi frente. Era un sonido impertinente que no cesó hasta que me incorporé.

—Diablos… —los párpados me pesaban y parecían negarse a brindarme una visión periférica de lo que se encontraba a mi alrededor.

El vacío hogar de Marion se hallaba a pocos metros de donde había ocurrido, o casi ocurrió, el accidente. Apenas podía hacer presión sobre el pedal a la altura de mis pies, pero no me detuve por ninguna razón hasta frenar justo al lado del buzón identificado con letras carmesí. Fue una terrible agonía pues la frente me sangraba y no podía controlarme. Estaba mareado y tenía muchas probabilidades de devolver el estómago por la boca. *Esto es jodidamente repugnante.*

Dejé a Cambria en la entrada, frente a la puerta blanca perfectamente pintada. Marion se llevaría una gran sorpresa. Estaría devastada, dominada por la tristeza, y eso me causaría una oleada pasajera de regodeo.

El asiento del copiloto se encargó de sostener todo mi peso. Estaba cansado, cadavérico, y con una apariencia bastante enferma. Era asqueroso observarme de esa manera, teniendo en cuenta que, a pesar de mi triste y miserable vida, siempre mantuve una buena apariencia, dentro de ciertos límites.

Te necesito, Aeryn.

Busqué a tientas mi teléfono celular en el suelo de la parte trasera. Marqué su número con tremendo agotamiento y esperé cuatro repiques a que descolgara la llamada.

—¿Hola? —se escuchaba atareada y sin poseer un intervalo de tiempo libre.

—Uhm… hola —*No cuelgues, por favor*, rogué para mis adentros.

—Ah, eres tú.

—No te alegra saber de mí, ¿verdad? —pregunté con cierta desilusión.

—Jerrell… —suspiró del otro lado de la línea— …es lindo escucharte y saber que estás bien… —una sonrisa majadera marcó su presencia en mi rostro—.

Pero no se me olvida lo que ocurrió. Te comportaste como un zoquete.

—Lo sé, estoy consciente de lo que pasó entre nosotros. Te dije que lo sentía.

—Decir que lo sientes no va a hacer cambiar mis últimas impresiones sobre ti…

Sus palabras me hacían daño. Me lastimaban, a pesar de admitir internamente que ella tenía la razón y estaba en todo su derecho de hablarme de esa manera.

—¿Cuándo regresas? La casa se siente vacía sin ti —expuse a su vista una gran parte de mi no tan sentimental corazón.

—Eh… uhm… —dudó antes de responder—. Mañana —ninguno de los dos quebró el hilo silencioso que se atravesó entre las líneas—. Hablamos luego. Aquí es de noche y la entrega de premios está por comenzar.

—De seguro te ves hermosa —hablé en voz baja.

No recibí respuesta de su parte. Unos cinco pitidos seguidos me indicaron que la llamada había finalizado. Había colgado. *No dudo de tu belleza, Aeryn.*

El reciente dolor regresó, ahora de golpe y con una extraña fuerza, como si el mismo tuviese vida propia. Mis pantalones de *jean* se bañaron en sangre, la cual caía desde mi rostro y se esparcía en cuestión de segundos. *¡¿Qué ocurre?!* La nariz no paraba su hemorragia y la incuestionable fiebre amenazaba con quemarme las neuronas.

Con medio ojo abierto, y una de mis dos manos dominando el volante, busqué el primer hospital que apareciera en el camino. *Debí hacerle caso a Aeryn.* Ese asunto se me había salido de las manos, no dudaba que algo en mi cuerpo no funcionaba como era debido, y esa complicación se agravaba con espeluznante rapidez.

Empecé a ver doble cuando bajé del auto. Caminé a duras penas hasta la recepción, donde la secretaria me observó con suma preocupación. Me apoyé en su escritorio de granito, intentando normalizar mi lenta respiración. Ella se levantó de su silla de plástico y se ofreció como ayuda.

—¡Chico caucásico, veinte años aproximadamente, herido y con hemorragia nasal! —hablaba por un teléfono gigante—. ¡Un médico en la planta baja, ahora!

Después de escucharla pedir ayuda, conmigo casi encima de ella, todo perdió su color original, hasta no ser más que un panorama totalmente ennegrecido.

****

Cuando desperté, todo parecía estar en calma. Ya nada me dolía y el olor putrefacto de la sangre se había desvanecido. Mi cuerpo reposaba sobre una superficie lisa, suave, cómoda. A pesar de estar tan a la medida, mis pies parecían sobresalir un poco. Estiré las piernas, estaban entumecidas, y comencé a recobrar poco a poco el conocimiento.

—¿Jerrell? —por la nitidez de la voz, sabía que, fuera quien fuera, estaba de pie junto a la cama—. ¿Te sientes mejor? —asentí, sin saber realmente si decía la verdad—. ¿Necesitas algo? ¿Tienes hambre? Puedo ir a la casa por tus cosas, si es que las quieres, sabes que ya estoy grande y puedo ir solo, no tengo pro... —me atravesé en sus oraciones al enarcar a medias una ceja—. Está bien, tomaré eso como un «no, cállate y no molestes».

—Yo no... soy como tu hermano —dije. Abrí los ojos y lo encontré con un radiante brillo en su cara pecosa.

—No, no lo eres —cambió el canal de la televisión—. Eres mejor que él —siguió pasando los canales—. ¿Quieres ver Bob Esponja? —negué en silencio—. Entonces... ¡Uh, mira! ¡Están pasando Transformers!

La puerta de la habitación se abrió de golpe, mostrando a un hombre mayor que llevaba puestos unos lentes. Por su expresión y la forma profesional en la que analizaba el contenido de su carpeta, estuve seguro de que era un médico.

—Buenas noches, Jerrell. Soy el doctor Jim Toadley. ¿Cómo te sientes? —preguntó con una tonalidad profunda.

—Bien, supongo... Estoy cansando, muy agotado y débil —hacía un esfuerzo por mantenerme consciente.

—Con respecto a eso... —hizo una pausa, guiando sus ojos verdes de nuevo hacia la carpeta— ...debo conversar contigo, a solas —Leslie saltó del sillón directo hacia la salida en cuanto la exigente mirada del médico se posó sobre él—. Debido a tu desmayo en la recepción, y al mal estado en el que te encontrabas, te practicamos diferentes tipos de exámenes. Muchos revelaron que siempre, o la mayoría de las veces, cuidas tu salud.

—¿Pero...? —quería la verdad, sin muchas vueltas.

—Pero... descubrimos que últimamente has estado sufriendo de fuertes mareos, náuseas, vómitos, decaimientos, hemorragias sin motivos aparentes, palidez, entre otros, ¿estoy en lo cierto?

—Sí —mordí mis labios resecos.

—Bueno, se te hicieron exámenes sanguíneos y... no nos agradó ver los resultados.

—Sólo quiero la verdad, necesito saber que está ocurriéndome.

—Jerrell...—tragó en seco—. Hijo, tienes leucemia.

CAPÍTULO DIECISÉIS

Mantuve una expresión neutral, ocultando realmente lo anonadado que estaba.

¿Leucemia?

Nunca entendí la gravedad del asunto, estaba cegado por el cochino orgullo y no le hice caso a quien más se preocupaba por mí, aunque yo siempre fui una verdadera porquería con ella: Aeryn Cameron. ¿Cómo le iba a decir? ¿Cómo diablos le iba a decir que tengo cáncer, que probablemente me moriría antes de que tuviéramos la oportunidad de formar juntos una familia, lo que ella tanto desea? ¿Qué iba a ocurrir con Leslie? ¿Se quedaría solo?

—Voy a asumir que no me queda mucho tiempo de vida —el médico asintió con pesar.

—Un año, como máximo —expuso mi condena mientras trataba de esconder su frustración mirando hacia el techo de la habitación.

Un año de vida... ¿Es así como se desgasta el ser humano... en tan poco tiempo? Fue difícil procesar cada palabra. Esa sentencia a morir era inesperada, pero no me quedaba otra opción que... ¿aceptarlo?

—Se pueden aplicar quimioterapias, y radiotera-
pias, quizá para alargar un poco tu período vital, pero…

Lo corté:

—¿Es ese su método? ¿Les dan falsas esperanzas
a sus pacientes, diciéndoles que se puede aplicar quimioterapias para alargarles la vida, cuando saben perfectamente que morirán de un momento a otro?

—Jerrell, la vida es corta, y para las personas con
cáncer una quimioterapia significa un tiempo, aunque
corto, junto a sus familiares queridos, amigos y conocidos, disfrutando de cada momento. ¿No te suena
lógico? —el doctor Jim Toadley se cruzó de brazos

—Quizá sí —me senté en la cama—. Quizá no.
Opino que ustedes los persuaden, y ellos también se
martirizan, y son egoístas con los que aman. Los obli-
gan a verlos sufrir, a someterse a múltiples tratamien-
tos químicos, y luego a contemplarlos en un cama,
pereciendo. Después, los parientes de esa persona
lloran cada día y cada noche, hasta que el dolor se
aplaque un poco, en unos ocho meses o más —solté
un suspiro—. Es lo que yo opino, no sé cuál sea su
argumento sobre el tema.

—Las admiro —su voz se endureció.

—Yo también, créame —asentí ante lo que dije—.
Pero únicamente provocan dolor. Saben que van a
morir, y alargan la dura espera —me sentía bastante
capaz de seguir debatiendo con el doctor Jim sobre el
dichoso y tan polémico tema, pero sus ojos cambiaron
de color cuando las lágrimas comenzaron a agolparse

en sus cuencas—. Espero haya comprendido con mi punto de vista que no quiero quimioterapias, ni radio-terapias, ni ningún tratamiento invasivo, no invasivo, o como ustedes prefieran llamarlo. Le pido, por favor, me deje ir. Estoy en perfecto estado —el médico tomó una exagerada bocanada de aire—. Y... ¿Doctor Scott? No le diga nada a Leslie, no quiero hacerlo sufrir más —me miró con fijeza, sin entender por qué.

—Voy a firmar tu salida. Leslie dejó ropa en el baño —expresó el médico y salió cabizbajo de la habitación.

Los minutos transcurrieron como pesadas horas, días, semanas, meses o quizá hasta interminables años. Las palabras del doctor Jim se repetían dentro de mí. «Hijo, tienes leucemia». Consideré la idea de decirle a Leslie, pero... ¿de qué serviría? Era nada más que un niño, con casi once años, un pasado oscuro y necesitado de amor, no iba a crearle preocupaciones. Era mejor mantener mi silencio.

Estaba decidido a continuar actuando como planeado, como si nunca hubiesen aparecido esos síntomas, como si no estuviese enterado de que padecía de un cáncer terminal. No dejaría de lado los asuntos pendientes y cumpliría con mi palabra, a pesar de estar enfermo, según me acababan de informar.

Cubrí mis ojeras con lentes de sol, y me levanté de la camilla mientras recogía mis pertenencias.

De camino al ascensor, sentí las miradas de todos encima de mí. Me señalaban y acusaban con la vista, y no dejaban de destrozarme, despotricarme con sus comentarios internos. Podía escucharlos.

«Es él, Jerrell Davis, el asesino». «Por fin obtiene lo que merece, está contaminado con cáncer». «Ahí va la peor plaga del mundo».

—¡Basta! —la sala de espera se giró con perplejidad ante mi comentario, el cual parecía fuera de lugar entre tanta paz. Varios fruncieron el ceño, otros me ignoraron, y el resto se dedicó a mirarme con rareza.

—No sé qué ocurre contigo, pero es mejor que nos larguemos de aquí, antes de que sigan observándote de esa manera —Leslie tiró de mí con fuerza, cualidad en él que yo desconocía hasta ese instante.

Curiosamente, mi Audi se encontraba en el mismo lugar donde lo estacioné mal. Leslie sacó un objeto pequeño y colgante de su bolsillo, y lo tendió en el aire frente a mí. Desactivé la alarma con dedos temblorosos. Ocupé el asiento del piloto. Me fijé en la sangre podrida adherida al volante. Presté más atención a la mancha, inmortalizando el momento en el que lastimé mi frente.

—¡Vaya, aquí apesta! Huele a muerto —rezongó Leslie, llevándose una mano al rostro, cubriendo su boca y nariz—. De seguro es la sangre en el volante, ya está bien seca.

—Sí, seguro es eso —mentí. Sabía sin duda alguna de donde venía el olor: de la maletera—. ¿Quieres acompañarme a la joyería?

—¿A la joyería? ¿Para qué?

—Ya lo verás, pero… necesito que, por hoy, te quedes en la casa de Roger —le pedí el gran favor.

—No hay problema —sacó su teléfono celular, más moderno que mi aparato electrónico, y marcó el número de quien ahora consideraba su mejor amigo, mientras me dirigía hacia una joyería ubicada dentro del centro comercial.

Incrementé el volumen de la radio. La buena música se interrumpió, siendo reemplazada por la voz preocupada de un hombre.

—*Ciudad de San Francisco, acabamos de recibir un archivo, enviado por la policía. Un segundo cadáver apareció ayer por la mañana, y fue reportado en la tarde. Les pedimos a todos se resguarden en sus hogares, y no salgan, a menos que sea necesario. Curiosamente, ambas víctimas eran amigos, Gamer Redford y Cambria Perry. No obstante, también fueron asesinadas las personas que se atravesaron en el camino del criminal. Esto no es más que una advertencia de su parte, para que nadie lo moleste, y siga con su trabajo. Se le está buscando en cada rincón, es un asesino en serie. Mantengan la calma, pero no se expongan al peligro.*

¿Y se supone que me van a encontrar en algún momento?

Cambié la emisora cuando aparcaba frente a un lujoso Camaro negro. *Quizá algún día tenga uno, si vivo para trabajar y comprarlo.*

Leslie caminaba junto a mí, distraído con los juegos de su móvil. Lo ayudé a esquivar a varios niños, quienes realizaban la misma actividad que el pequeño.

Hice sonar la campanilla de la entrada al empujar la puerta de cristal. La joyería estaba desierta, reflexioné que se encontraba totalmente propensa a ser robada. *Únicamente en ocasiones de necesidad, Jerrell. Controla tus impulsos.* Senté a Leslie en una silla, y me acerqué a la trabajadora, una señora de edad avanzada que leía el periódico con entusiasmo. Carraspeé un poco, haciendo notar mi presencia. Sus ojos se achinaron al sonreír, y delgadas arrugas se formaron alrededor de su piel agrietada.

—¿Te puedo ayudar en algo, cariño? —apoyó sus manos sobre el mostrador.

En un resumen corto y sin palabras técnicas, expresé lo que planeaba. Con emoción, sacó cada piedra preciosa que guardaba bajo llave. Eran reales, oro, cobre, plata, diamantes y más en una extensa lista, creada por ella misma.

Escogí un aro de plata, con incrustaciones de diminutos diamantes y uno de mayor tamaño en el centro. Era exquisito, elegante, se ajustaba con perfección a lo que buscaba. La vendedora lo guardó dentro de una caja pequeña, del tamaño de mi bolsillo, forrada de gamuza azul, y me cobró lo acordado.

—¿Y ahora? —Leslie se puso a hablar después de media hora con sus juegos.

—Vamos a la casa de Roger.

—¡Pero no tengo ropa! —se excusó.

—Estoy seguro que no tendrá problema en prestarte de la suya.

La noche comenzaba a asomarse detrás de las escasas nubes que cubrían el cielo. El sol se ocultaba y la luna se apresuraba en salir cuando me planté frente al destino de ambos. Alboroté el cabello castaño claro de Leslie antes de que corriera fuera del vehículo.

Cuando regresé a casa, saqué las velas del baño para visitas. Eran blancas y rojas, con una variación de tamaños. Las distribuí en el espacio del salón: en las repisas, en el suelo y sobre varios escalones. Arranqué pétalos de rosas rojas y los esparcí sobre el colchón cubierto por sábanas blancas. Coloqué velas en ambas mesas de noche, también frente al televisor. Sonreí, encendiendo cada lamparilla con una llama de fuego. «Le gustará», afirmé.

Saqué el esmoquin del armario, y me lo coloqué. No pesaba, como la primera vez que me lo puse. Peiné mi cabello de lado, parecido al estilo que solía usar de vez en cuando en la adolescencia. Me calcé con zapatos de marca que mostraban su lustre y, como toque final, me rocié con perfume. «No puedo esperar». Tomé la caja de gamuza del *jean* sucio y la guardé en el bolsillo de la chaqueta.

Al bajar las escaleras, lo único que me logró mantener en calma fue el fresco aroma de las velas posadas en mi entorno. Me senté en el mueble, de brazos cruzados, y esperé.

Miraba el reloj, y el tiempo no parecía ceder con rapidez. Me cambié de posición, le di una vuelta completa a la mansión, me preparé un par de chuletas y miré la televisión. Habían pasado alrededor de cinco horas y media, casi seis. Opté por permanecer despierto más tiempo. A las 2:30 a.m. me dije: «En algún momento cruzará esa puerta y la podré hacer una mujer feliz».

Las velas se derretían, y comenzaban a apagarse. El olor a frescura desaparecía, al igual que mis desdeñosas ganas de estar sentado en el sofá. Me encogí en mi puesto, apoyando el cuello en el principio del mueble. Las esperanzas habían muerto, a pesar de que el cofre llameaba dentro del saco, indicándome que persistiera; sin embargo, no me sentía motivado.

Decepcionado y con resignación, apagué las velas restantes y arrojé los pétalos al suelo, dándome espacio para dormir en la cama. Mientras cerraba los ojos, incómodo, caí en cuenta de que había trabajado para mantener la farsa en mi corazón pues Aeryn no llegó, y era probable que nunca viniera.

CAPÍTULO DIECISIETE

A pesar del frío mañanero en el aeropuerto de San Francisco, las manos me sudaban dentro de las mangas del suéter. ¿Nervios? No lo creo. Estaba ansioso, eufórico y deseoso por verla. No me hacía falta pararme de puntillas, como muchas mujeres y niños lo hacían; mi estatura era suficiente para ver más allá de las puertas automáticas.

Un grupo de chicas y chicos de diferentes edades, entre los trece y veinte años, se apoyaban en el barandal, abrigados con gorros, chaquetas, pantalones largos y zapatos de goma. Tenían en sus manos pancartas con letras de colores que le daban la bienvenida a Aeryn Cameron, su ídolo.

—¡Miren, ahí está! —señalaron hacia una figura bajita, cubierta por prendas de algodón—. ¡Te amamos, Aeryn!

Ella los saludó con la mano, acción que hizo enloquecer a sus fanáticos. Tenía camarógrafos alrededor. Sonreía e intentaba contestar un par de preguntas, pero Martin la obligaba a seguir su camino. Con desasosiego, empujé a las personas. Tomé su muñeca por detrás. Aeryn se volteó, y su sonrisa pareció perderse en una expresión de sorpresa.

—Necesito que hablemos —murmuré cerca de ella. Tanto ruido no nos permitía comunicarnos con facilidad. Aeryn pareció dudar, al igual que Martin—. Por favor, es importante —la chica se volteó hacia su *manager* y asintió convencida.

Enredó sus dedos entre los míos con intensidad. Caminamos a paso rápido, evadiendo las preguntas de los periodistas. Nos fotografiaron y filmaron juntos. *Estás de nuevo conmigo, Aeryn. Al fin.*

Nos subimos al Audi y enrumbamos a casa. En el salón todavía se encontraban las velas derretidas. La cera se había secado sobre el parqué y los veinticinco escalones en donde las acomodé con tanto entusiasmo la noche anterior. Aeryn las observó con curiosidad, y pidió respuestas sólo con dirigir sus ojos azules hacia los míos.

—Quería... sorprenderte anoche —me quité el gorro y lo dejé sobre el televisor—. ¿Por qué me mentiste? —de ser otra ocasión, me hubiese salido de control—. No voy... a reaccionar, nada más quiero saberlo.

—No te mentí. Se suponía que me regresaba anoche, pero cambiaron de planes sin consultarme, como de costumbre —agachó la cabeza—. Créeme, por favor —su tono suplicante me certificó que decía la verdad.

—Sí, está bien, te creo —tomé su muñeca con delicadeza—. Ven, siéntate, tengo... que platicar contigo —Aeryn se sentó sobre mis piernas. Le sobé con cariño el cabello. Extrañaba todo de ella—. Estás hermosa, ¿no lo crees?

—Yo... —se rió con vergüenza— ...me veo igual que todos los días.

—Para mí, te verás cada día más bonita—sonreí a la par con ella—. Uhm... necesito que escuches lo que te voy a decir —tomé una bocanada de aire—. Tuve un... accidente —estuvo a punto de hablar, pero la silencié al colocar mis manos en sus brazos—. Estoy bien, Aeryn, no me afectó, pero... entre tantos exámenes clínicos, descubrieron la causa de mis mareos y el sangrado.

—¿Y? ¿Qué te dijeron? —las palabras apenas salían de mi boca, era todo un reto para mí—. ¡Jerrell, contesta! ¿Qué tienes?

—Aeryn, yo... —*Vamos, díselo ahora*— ...tengo leucemia.

Fue como si el corazón de Aeryn dejase de latir por unos momentos. Las lágrimas salieron disparadas de sus ojos, y sus gestos dejaron de tener coherencia. Negaba en silencio, mientras su rostro se enrojecía de dolor.

—¡No, Jerrell! ¡No puedes tener leucemia! ¡No me abandones tú también! —me agarró el rostro—. No me dejes, por favor, te lo suplico... —apoyó su cabeza en mi hombro y lloró con vehemencia. Mi mejilla percibió un líquido caliente. *¿Estoy llorando?*—. Tienes que hacer algo al respecto, tiene que haber una solución... —espetó.

—Mírame, Aeryn… —intenté separarla con cuidado—. ¡Mírame! —sus ojos azules se veían desamparados—. Tienes que ser fuerte. No… no hay solución, tengo cáncer terminal —un chillido espeluznante salió de su garganta—. ¡Escúchame! No quiero hacerme ningún tipo de tratamiento, pero... te necesito, necesito que permanezcas conmigo. ¿Me vas a seguir amando, a pesar de mi enfermedad?

—¡Sí, claro que sí, por el resto de mi vida, Jerrell! —prometió mientras lloraba y tiritaba de los nervios.

—Entonces… —busqué mi bolsillo y saqué algo de él— ¿...te casarías conmigo? —mis manos temblorosas sostenían la cajita abierta, mostrándole a ella un brillante anillo de compromiso. Se llevó ambas manos a su boca—. Aeryn Marielle Cameron, ¿quisieras casarte conmigo?

—¡Sí, Jerrell Davis! Acepto casarme contigo… —las palabras se cortaban a medida que los sentimientos la aprisionaban. Deslicé el aro por su dedo anular—. No me importa lo que esté ocurriendo, voy a permanecer contigo hasta que… bueno, hasta que mueras.

—Suena feo si lo dices de esa manera —fruncí el ceño.

—Eso es lo que ocurrirá...

—Es ley de vida, Aeryn —apreté mi mano en su cintura—. Pero, mientras estemos vivos, hay que disfrutar. ¿Te parece buena idea?

Asintió, dándome un jugoso beso en los labios. Le correspondí al instante, acariciando su cintura con mis manos. Exploré su espalda por debajo de la blusa; estaba suave y helada.

—Estás fría —afirmé entre ansias.

—Sí, un poco —me besó de nuevo.

—Yo me encargo —se mordió el labio inferior, luciendo muy provocativa.

Y he ahí ambos, reviviendo el momento en el que nos conocimos.

****

El aroma del alcohol mezclado con el humo del cigarrillo y el sudor de los borrachos me provocaba jaqueca, un continuo latido en la parte posterior del cráneo. No obstante, mantenía mi presencia en ese lugar en busca de cobrar una vida más.

Mi tiempo de vida se había recortado al diagnosticarme con leucemia, razón por la que también disminuyó el período que tendría para hacer justicia, no iba a desperdiciar lo poco que me quedaba.

Una cabellera rubia natural, peinada desaliñadamente hacia arriba, se hizo notar por encima de todas las cabezas calvas de los hombres que se encontraban bebiendo en la barra. Lo vigilé a la distancia. Estaba borracho, a punto de desmayarse sobre los brazos de su mejor amigo, quien también parecía no tener ni la menor idea de lo que sucedía a su alrededor o cuánto tiempo se les escurría en ese estado.

En cuanto el tipejo alto de cabello negro azabache se alejó de Ian Gerard, me bajé del banco de madera pulida y me dirigí con pasos prudentes hacia el rubio.

Cada mínimo ruido era absorbido por la estruendosa música que se tragaba cualquier carcajada, cualquier aullido.

Me detuve a su lado y lo tomé por el hombro, sin siquiera esperar a que volteara a mirarme. A empujones, lo conduje al baño para hombres. Era incapaz de mantenerse en pie por sí solo, no tenía noción alguna de lo que estaba ocurriendo con él.

Un par de hombres, quienes me llevaban ventaja por unos diez años, me acribillaron con la mirada al entrar. Se lavaban las manos; sin embargo, no decidieron quitar sus penetrantes ojos de mi persona.

—¿Qué miran? ¿Nunca han ayudado a un amigo a vomitar? No sé si lo ven, pero él está ebrio, casi inconsciente —puse de frente el rostro de Ian. Desprendía baba, y podía apostar que se había quedado dormido de pie.

No contestaron, se mantuvieron serios hasta que abandonaron el sanitario. Tiré a Ian lejos de mí, me daba arcadas su olor a sudor y aguardiente. Se quedó inmóvil en el suelo de cerámica desgastada. Hinqué la punta de mi tenis en el centro de su médula espinal. Profirió un sonido áspero, estrangulado por su propia garganta seca.

—¡Por favor, idiota! —dije en voz alta. El eco de mi voz retumbó por las paredes del pequeño lugar—. Eres Ian Gerard. Has aguantado peores borracheras, hombre —apenas pudo abrir los ojos, opacados por un verde sin brillo.

—¿Quién e-eres? —su voz gruesa y entrecortada bajó varias tonalidades.

—¿Es que no me recuerdas? Voltea y mírame bien —obediente, giró sobre su abdomen y cayó de espaldas. Entrecerró un poco los ojos y miró más de cerca—. ¿Necesitas ayuda? —apoyé mi peso sobre las rodillas—. ¿Todavía no adivinas? —negó, tronando los huesos de su cuello—. ¡Mira mis ojos! —lo acerqué más a mí, furibundo—. ¿No ves el dolor de un niño indefenso y la ira de un hombre muy rencoroso? —pestañeó unas tres veces, intentando aclarar su visión borrosa.

—Davis... —su energía pareció aumentar a mil por ciento. Comenzó a retroceder, hasta chocar con la pared—. ¡No te a-acerques!

—¿Tienes idea de por qué te traje aquí? —no contestó. Asumí que los nervios lo dominaban—. Le llaman venganza, Ian. *Vendetta* en italiano.

Dicho esto, sostuve hábilmente un puñal diminuto entre dos dedos, y lo giré sin ocasionar ni una cortada. Lo lancé hacia Ian, encajándolo con crueldad en su clavícula. Se arqueó de dolor. La yugular se brotó en su cuello, y yo sólo pude reaccionar de la manera más burlona posible. Saqué otra navaja similar a la anterior y una vez más la abatí en contra de la corriente de aire que entraba desde la ventana superior. El sonido rasgado de una vena en su muslo estalló en lo más profundo de mi tímpano, lanzando una agradable corriente eléctrica por mi espalda. La sangre se desparramó por el suelo.

—¿Sabes, Ian? —caminé de un lado a otro dando traspiés—. Quizá... te entienda un poco. Eso de torturar a las personas produce muy buenas sensaciones, sobre todo cuando se merecen lo peor.

—¿Qué in-insinúas, a-animal? —gritó una barbaridad entre dientes—. Nunca le he hecho da-daño a nadie...

—¡No finjas que olvidaste todo lo que pasó en la secundaria! —pateé el cesto de la basura con refriega—. Se siente feo, ¿verdad, Ian? ¿Se siente pésimo que te torturen?

—Nada más eran bro-bromas, Jerrell —se tomó la pierna con una mano.

—Aprendí algo muy valioso: un suceso gracioso es considerado como broma cuando todos se ríen, al igual que se toma como maltrato cuando uno, hasta la persona más insignificante, se enoja o suelta una lágrima —hubo un silencio—. No me digas que eran "bromas" —hice énfasis en las comillas—. Ah, Ian... —metí la mano en el bolsillo trasero, sacando otra cuchilla y lanzándola directo hacia su estómago. Se quejó con un aullido y rogó con sus manos para que no siguiera—. La noche apenas comienza, amigo.

Continué acribillando al siguiente en mi lista con objetos filosos, los cuales se hundían fácilmente en su piel blanca. Ian comenzaba a sufrir fuertes dolores, haciéndolo sudar e hiperventilarse. Apagué la luz del baño y, al azar, seguí clavando diminutas guillotinas. El baño acabó por saturarse con un espeso olor a sangre.

En la oscuridad, apenas podía ver el cabello dorado del chico británico, humedecido con su propia sangre. Sin decir ni una palabra, sólo con sus acciones, suplicó por un poco de aire, por un pedazo de vida que le hiciera continuar su existencia de bar en bar.

—¿No te cansas de rogar y rogar, y que nunca nadie te haga caso, que te ignoren y te dejen morir en el suelo? Porque yo sí. Esto demuestra lo agotado que estuve durante mucho tiempo —sentando en el piso, casi le hablé al aire, a pesar de tener la esperanza de que Ian Gerard me escuchara—. Sé que todavía puedes hablar. Es hora de que te confieses, antes de que te mueras. Estás a tiempo —escuché una respuesta rezongona; sin embargo, no logré entender más que un par de palabras—. ¿Engatusaste a Cambria? ¿En verdad te importa tu hija o lo haces para dártelas de padre preocupado? ¿Nunca te sentiste manipulado por Floyd Lancaster? Y la mejor de todas… —me reí tontamente— …¿asesinaste a tu padre?

—¡Cállate, idiota! —su estado de ebriedad había desaparecido unos minutos antes—. Fue un… accidente.

—Entonces sí lo asesinaste —afirmé.

—¡Fue un accidente!

—¡Pero está muerto, y encontraron entre tus cosas el arma homicida, estúpido Ian!

—A todas estas… —su voz se normalizó— ¿…qué demonios te importa a ti? Enfócate en tu vida —de alguna extraña y sorprendente manera logró sentarse—. ¡Preocúpate en irte a un sanatorio otra vez, a ver si te sacan toda esa porquería que tienes en la cabeza! ¡Puedo apostar que tu demencia está tan avanzada que crees que matándome vas a resolver tus problemas! Date cuenta que no todo es así, me sabe a pura mierda; en algún momento me voy a morir, de todas formas, ya sea ahorita o dentro de cien años.

—Sé cuál es tu punto débil, y así como a ti no te importa que te asesine ahorita o después, a mí tampoco me importa si lo que voy a decir te reduce a un pequeño pedazo insignificante de humanidad en el mundo o simplemente te da igual —encendí la luz, cegándolo—. Sé mucho sobre Cambria Perry.

—No sabes nada sobre ella —liberó con notable cólera.

—Lo sé todo…—lo contradije—. Sé que nació en Nueva York y luego se mudó a San Francisco. Sé lo buena que es en los estudios y en su carrera de medicina. Sé que fuiste su primer novio, a quien se entregó totalmente. Sé sobre el chantaje de Marion. Sé la conexión que siempre tuvo con su hermana gemela, sobre su accidente y el milagroso despertar del coma. Sé que Irina y Floyd la tenían bajo amenaza. Sé que es astuta e inteligente… —hice una pausa—…pero nada más preciado que su inocencia y timidez —Ian hizo un ademán de levantarse y partirme en dos con un bate que encontró en una esquina del baño, pero las guillotinas adheridas a todo su cuerpo se lo impidieron—. Sin embargo, Ian, sus ganas de siempre ser la niña perfecta, de nunca fallar, la llevaron a morir de la peor manera… —recordé la forma en la que los sesos de Cambria salieron disparados por los agujeros en su sien y bajo la mandíbula—. Tenerla en mi sótano por tres días fue genial, un verdadero éxito.

—Fuiste tú... —la furia interna le dio un gran empujón hacia arriba. Ian se había puesto de pie—. ¡Tú mataste a Cambria, a mi novia! ¡Eres un miserable! ¡Ella nunca tuvo nada que ver con lo que te pasó en la secundaria! —lanzaba puñetazos al aire, en un desdichado intento de golpearme—. ¡Ella nunca te tocó ni un solo cabello!

—¡Estaba con todos ustedes! —mi rostro comenzó a calentarse y a enrojecerse de rabia—. ¡Eso la hace igual de culpable! ¡No la defiendas, era una más de ustedes!

—Eres... eres un desgraciado. ¡Infeliz! ¡Ahora entiendo por qué Marion se alejó de ti! —se sintió peor que un golpe directo en la entrepierna—. ¡De seguro nunca quiso estar con psicópata como tú! ¡Por eso te abandonó!

Me llevé ambas manos a los bolsillos traseros, sacando las dos últimas cuchillas que quedaban. Envuelto en un manto grueso de rabia, ira, enojo y sed de venganza, lancé las navajas con fuerza.

Encendí la luz para ver mi obra. Detrás de Ian, en la blanca pared, se vieron salpicaduras de sangre y unos delgados chorros escurriéndose hacia abajo. Desvié la mirada hacia el muchacho, quien todavía se mantenía en pie, balanceándose, con un par de aristas atravesando su frente. El líquido rojo y brillante se deslizaba rápidamente por sus ojos, nariz, boca, manchando el suelo y luego sus zapatos. El verde de su iris pareció perder el color, hasta opacarse y terminar en una tonalidad negruzca. El latir de su corazón se detuvo poco después, lo cual le brindó a su piel un tono más claro que su blanco natural.

El individuo cayó involuntariamente de rodillas, con la mirada vacía y sin control alguno de su cuerpo. Se fue de bruces con el rostro de cara a la cerámica. Hundió más las filosas armas cuando su frente aterrizó en el suelo, atravesándole la parte trasera de la cabeza.

Lo volteé, de cara a mí, y escribí con su propia sangre la palabra ASESINO en su cuello. Su boca entreabierta parecía querer reclamarme, pero no eran más que alucinaciones mías. Ian Gerard estaba muerto, y así se quedaría.

Enjuagué mis manos, arrancando la sangre y restos de metal de mi piel. Sequé mis manos en el pantalón negro y las encogí dentro del oscuro suéter grueso.

Fuera del baño, pude percibir que nadie notó que Ian desapareció. Los pocos que quedaban en el bar bebían o bailaban. Cerré la puerta tras de mí, dejando el cuerpo muerto del británico y millonario Ian Gerard tendido en el suelo.

CAPÍTULO DIECIOCHO

Eran las 4:41 a.m. Pasé a un lado de muchas chicas delirantes; más allá de estar embriagadas, parecían haber añadido a sus bebidas alcohólicas una buena dosis de drogas, sin contar el hecho de que estaban fumando marihuana. *Qué cerdas.*

Seguí mi camino hacia la salida. A juzgar por la hora, me tocaba pasar por Aeryn a una discoteca cerca de donde me encontraba; pero una joven morena, con el cabello castaño largo, un poco por debajo de sus senos, y vestida con ropas lujosas captó mi atención. Me aparté de la puerta y caminé en dirección a la chiquilla. *¿Eres quien creo que eres, zorra?*

Asomé la cabeza un poco, cerca de sus pómulos. Hice sangrar mi labio inferior al morderlo de la emoción. *Eres tú, Irina Reeve.*

—Hola, cariño —engrosé la voz, más de lo normal—. ¿Estás sola?

—Sí, pero… —buscó el pitillo de su vaso con la boca y sorbió un poco— …no vine a buscar chicos. Hoy es un día… bueno, noche, día, o lo que sea, exclusivamente para mí.

—No me desprecies, amor. Vine con la mejor de las intenciones —enarcó una ceja a medias, haciendo su mejor esfuerzo mientras se mantenía en un crudo estado de borrachera. *¿Es que aquí nadie se sabe controlar?*—. Oye... tengo un secreto para brindarle más sabor a las bebidas, ¿sabes de lo que te hablo? —ella negó, esta vez con una sonrisa. Metí mi mano en el bolsillo del suéter y saqué un sobre pequeño, con polvo blanco en su interior—. ¿Te apetece? —lo meditó, y se limitó a asentir.

Vacié la mitad dentro de su vaso, que venía cargado con ron puro. Lo mezcló con el mismo pitillo, y probó un poco. *Piensa que lo sabe todo, pero en realidad es tan inexperta y crédula.* Su rostro, a pesar de estar manchado con restos de maquillaje, pareció mostrar una expresión agradable, dulzona.

—Vaya, esto sí que sabe... sabe excelente —de un trago, disminuyó el líquido hasta el fondo—. Quisiera conseguir un poco para cada vez que asista a una discoteca, sabes, porque... —ella misma entorpeció sus palabras. Cerró los ojos con pereza y se los sobó— ...porque... —se levantó del asiento, y noté que el cuerpo se le descompuso. Mareada, cayó entre mis brazos y empezó a manotear tratando de balancearse. La disfruté convertida en una muñeca de trapo que perdía la energía con rapidez. Ya estaba seguro de que el polvillo había hecho efecto—. Eso no era un simple saborizante... ¿Qué me diste?

—Incauta. Eso es lo que eres, Irina Reeve, además de zorra y ofrecida —la cargué mientras le quedaba una pizca de consciencia.

La dejé con poca delicadeza en la maletera y le advertí en voz alta, justo antes de que perdiera el conocimiento:

—Voy a buscar a mi novia. Haces un solo ruido y te mataré sanguinariamente, ¿entiendes? Entre mejor te comportes, menor será tu tortura.

Buscar a Aeryn fue un proceso corto. Aceleré un poco, y la tuve en pocos minutos sentada en el asiento del copiloto. Estaba agotada y dispuesta a dormir apoyada en la ventanilla. Tiritaba de frío. Le pasé mi suéter por los hombros descubiertos. Una sonrisa ligera se reflejó en su perfecto rostro.

El camino a casa fue largo, incluso para mí. Mis ojos no deseaban colaborar mientras conducía. Frené un par de veces en la carretera, esperando que el resto de la vía no fuese tan complicada. Le subí un poco a la música tecno que tocaban en la radio. De casualidad, el mayor éxito de Aeryn.

Disfrutaba de tan maravillosa melodía, cuando el vehículo se zarandeó. El impulso se percibió desde atrás hacia adelante. Aeryn se despertó de súbito, asustada por tan brusco golpe.

—¿Qué fue eso? —se aferró al suéter.

—Sólo… un bache —mentí.

Eso no había sido una falla de la carretera ni nada por el estilo. Indudablemente esa abatida fue provocada por Irina en la maletera, desesperada por salir y escapar. Presioné los dedos sobre el volante, liberando a través de ellos parte de mi ira. *Le va a ir muy mal.*

Cargué a Aeryn hasta nuestra habitación, y tumbada sobre la cama la despojé de su ropa humedecida por el sudor del baileteo. La dejé con la ropa interior, como a ella le gustaba. Arropé su cuerpo. Descansaba con placer. Sonreí pensando que de seguro no despertaría hasta la mañana del día siguiente.

De vuelta en la cochera, vi el auto moverse de arriba abajo, impulsado por una fuerza que venía de su interior. De ser un extraño, pensaría que una pareja se la estaba pasando de maravilla en el asiento trasero; pero sabía que no era así. Irina seguía golpeteando la puerta de la cajuela con los pies y gritaba de forma chillona.

—Te pedí silencio —me apoyé a ambos lados de la maletera, con una de mis cejas enarcada.

—¡No me rindo tan fácil, Jerrell! Voy a salir de este embrollo a como dé lugar.

—¡Vaya, qué sorpresa tan grata! Recuerdas mi nombre —posé un arma en su frente mientras la sacaba de la maletera. Se estremeció e intentó retroceder un poco—. Camina hacia el sótano.

Irina estaba aterrada. Temblaba y escuchaba su rápida respiración.

—¿Qué ocurre, Irina? ¿Tienes miedo? —bajamos las resbalosas escaleras hacia el sótano—. No te preocupes, quizá me compadezca y la tuya sea más rápida que las otras muertes.

—Los mataste… A Gamer, a Cambria… —se silenció, y yo continué con la charla.

—Y a Ian —se paró en seco, intentando procesar las palabras—. ¿Te ordené que pararas? ¡Continúa!

No hice nada importante por retenerla en ese oscuro lugar; sin embargo, existía algo peor que las ataduras de cinta aislante a una silla.

Irina no se movió de su lugar, paralizada de pavor. Su nariz se ruborizó, y sus mejillas parecían refulgir a la luz artificial del bombillo. *Irina Reeve nunca llora, es imposible.* Presionaba la piel de sus palmas con las filosas uñas cortadas en pico.

Sin quitarle la mirada de encima, busqué una tijera larga y con un gran filo. Me coloqué tras ella, observando sus bien elaborados rizos. Caían liberalmente por su espalda, apenas cubierta por una diminuta chaqueta negra de cuero. Acaricié sus puntas, acondicionadas y empapadas en un jaquecoso aroma a jazmines. Las tomé en mi puño y cerré las tijeras justo por encima de mi mano.

Irina gritó, impactada por mis acciones. Estiró las manos hacia atrás y clavó sus apuntadas uñas en mi nuca. Presionó con deliberada fuerza y las traspasó hasta el interior de mi musculatura. Mis reflejos me obligaron a ahorcarla con uno de mis brazos. El hecho de forcejear nos dejó a ambos en el suelo. Enrosqué mis piernas alrededor de su abdomen plano, impidiendo que se moviera casi en su totalidad.

Continué mutilando su cabello. Los mechones caían como tiras gruesas de espagueti, y a medida que seguían cayendo ella se doblaba de malestar.

—¡Basta, detente! —su cabello ahora no pasaba por debajo de sus hombros—. ¡No sigas cortándolo!

—¡Me encanta jugar con tu punto débil, así como tú jugaste con el mío por mucho tiempo, perra sin corazón! —corté la poca maraña que quedaba, aumentando la montaña de cabellos en el suelo.

Irina carecía de fuerzas. Dejó de luchar en cuanto no sintió el cosquilleo de su espesa melena en su espalda, su cuello y parte de su rostro. La dejé a un lado, con depresivas lágrimas calientes manchando sus mejillas.

—Te odio, no sabes cuánto —susurró por lo bajo.

—Tu odio fortalece mi ego —agarré su cabeza y la reventé contra el suelo. Perdió el conocimiento en escasos dos segundos—. Así te ves mejor. Perfecta, toda una lindura.

La luz mañanera me pegó con dureza al pasar a la sala. Los repentinos dolores de cabeza reaparecieron, cada vez arremetían contra mi cerebro con mayor vigor. Me senté en el sofá, desfallecido y débil. *Fue mi decisión permanecer así, no voy a retractarme.* La nariz me sangró, lo cual se había vuelto bastante tradicional. *Es mejor saber lo que me pasa y no vivir con la incertidumbre.*

Me trasladé a la cocina, con los brazos colgando, decaído. Serví jugo de naranja en un vaso, esperando que tanta azúcar en una sustancia pasteurizada colaborara un poco con mis pocas ganas de mantenerme en pie.

Mi novia apareció por la puerta de la cocina, despeinada y tan sólo con su ropa interior, igual a como la dejé apenas llegamos a casa. Me abrazó por la espalda y recostó su cabeza en uno de mis omoplatos.

—No deberías de estar despierta, es demasiado temprano —espeté después de vaciar el contenido del recipiente.

—Escuché que te quejabas. ¿Sigues con mareos?

—Nunca van a cesar, Aeryn. Entiéndelo, por favor.

—Sí, es cierto, lo… lamento —se separó, suspiró muy bajo y tomó asiento frente a mí—. Jerrell, necesito decirte algo —subí mi mirada con curiosidad—. No se cómo vayas a tomarlo, pero…

—Dilo, no lo pienses tanto —se podía percibir mi claro malhumor.

—Yo… —pareció dudar, pero adoptó una actitud firme e indestructible—. Estoy embarazada —me erguí en la silla. *¿Qué diablos acaba de decir?* La observé, estupefacto. No tenía palabras al respecto—. ¡Di algo, Jerrell! —me quedé paralizado, observándola, sin saber exactamente qué opinar—. Dime qué piensas sobre esto.

—Aborta —los ojos de Aeryn por poco se salen de sus órbitas—. No pienso criar a un niño producto de un descuido.

—¿Perdiste la cabeza? —ella estaba indignada.

—¿Te parece que lo que digo son locuras?

—¡Sí, Jerrell! ¡Se trata de un bebé, de nuestro bebé! —golpeó la mesa con ambas manos.

—¡Es un feto! —lancé el vaso contra la pared de concreto—. ¡¿No te parece suficiente con Leslie?! ¡No voy a ser el papá de un niño!

—¡Maldición, piensa un poco! ¿No querías formar una familia conmigo? ¡A pesar de que fue antes de lo esperado, tenemos la gran oportunidad!

—¡Ese era tu sueño, no el mío, Aeryn! ¡Tu estúpido y maternal sueño!

—Jerrell... —su voz volvió a ser la misma—. Calmémonos, ¿sí?

—¡NO! ¡La vida no se vuelve más sencilla con un simple "calmémonos, ¿sí?"! ¡No me voy a hacer cargo de esa abominación, y espero que me estés escuchando con atención! —mi rostro estaba a centímetros del suyo—. Quieras o no, vas a deshacerte de esa cosa.

—Ni lo sueñes —escupió en mi rostro—. ¡No voy a abortar! ¡Tendré a mi hijo y me haré cargo de él, aunque tú no estés presente! —se levantó furibunda.

—¡Nos vamos a casar y no quiero a ese engendro atravesado entre nosotros!

—¡Entiende que no es un engendro! Es... —la interrumpí, con la ira derritiéndome la paciencia.

—¡NO ES NUESTRO HIJO, NO LO ES! —le solté una cachetada. Aeryn cayó al suelo, tomándose la mejilla enrojecida con sus manos.

¿Qué acabo de hacer...?

—Tú me obligaste a hacerlo —me excusé.

Su mirada reflejaba el vivo dolor. Fruncía el entrecejo, evitando las lágrimas.

—Sí, claro… Te obligué —se levantó con dificultad. Intenté ayudarla, pero ella despreció la solidaridad que le brindaba.

¿En qué momento ocurrió todo esto? Me diagnosticaron con leucemia, le propuse matrimonio a mi novia, seguí asesinando personas, y ahora… ahora simplemente está esperando un hijo mío. ¿Qué otras cosas estarían por suceder?

—Aeryn, ¿estás bien? ¿Por qué lloras? —la voz ya no tan angelical de Leslie se escuchó preocupada desde las escaleras.

Seguí los pasos descalzos de Aeryn, caminando más rápido que ella. La tomé por los hombros, con poca fuerza, y la encaré. Sus ojos lagrimeaban y ardían de rabia al mismo tiempo. Me empujó, haciéndome tropezar con un escalón. Dando estrepitosos sonidos, rodé desde la segunda planta hasta la primera. Me puse en pie al instante, como si nada hubiese ocurrido, sin darme cuenta que cojeaba. Usé el barandal como apoyo para subir de regreso al segundo piso.

La puerta de la recámara estaba entreabierta, la del baño permanecía cerrada por completo. Quise tocar; no obstante, en su lugar preferí escuchar la conversación que ella mantenía con su padre por teléfono. *Esto de escuchar detrás de las puertas comienza a volverse costumbre.*

—¿Hola? ¿Papá...? Sí, hola, es Aeryn, sé que no hemos hablado en mucho tiempo, pero debo contarte

algo... Prométeme que no enloquecerás... Bien, te lo
diré. Estoy embarazada... Sí, papá, es de Jerrell...
¡Estamos comprometidos, no tiene nada malo! Aunque... No, mejor olvídalo... ¡No, olvídalo...! Sí va
a... ¡Déjame hablar! Sí, va a responder por el bebé...
o eso creo... ¡Sí, creo, ahorita las cosas están tensas!
No planeábamos que esto pasara tan pronto porque...
Papá, escúchame... Pero... ¡Oh, diablos, es tan difícil
comunicarse contigo...! ¡No, no, no necesito tu dinero! Sólo iba a pedirte un fin de semana en tu casa,
estoy bastante estresada y quiero estar lejos de todos... ¿Puedo ir? ...No, iría yo sola... ¡No hables así
de Leslie! Sabes que no es un mal niño y... ¿Sabes?
Me alegra poder contar contigo para todo.

Acabó la llamada con una frase sarcástica. Escuché el teléfono romperse en pedazos al chocar contra
la puerta. Unos chillidos desesperados, buscando so-
luciones para tantos problemas, iniciaron dentro del
baño. Su volumen aumentaba a medida que los sentimientos se apoderaban de Aeryn. De imaginarla, podría describirla con los ojos enrojecidos, al igual que
la nariz y las mejillas, el rostro húmedo en lágrimas,
sentada en el suelo y con la espalda apoyada a la pared, afirmando que su vida no tenía remedio, mechones castaños de cabellos enredados entre sus dedos y
con la cabeza gacha, hundida entre sus rodillas.

—Abre la puerta —demandé. No iba a permitir
que siguiéramos discutiendo—. Aeryn, hablo en serio.
Abre la puerta —estaba disgustado. Quería acabar con
la rabia que me consumía por el hecho de saber que
mi prometida no se realizaría un aborto—. ¡Abre la
maldita puerta!

El llanto paró y la puerta se abrió lentamente. No podía ver nada más que una parte del baño por la ranura pequeña, la cual iba haciéndose más grande mientras Aeryn tiraba de la manilla. Yo terminé de perder la poca paciencia que me quedaba y de una patada empujé la puerta hacia adentro.

La sorpresa se hizo presente en mi rostro. No era Aeryn quien se hallaba dentro del baño. Mis ojos rechazaban la figura frente a ellos: cabello torpemente corto, ojos castaños y cansados, cuerpo cubierto por la misma ropa de la noche anterior y heridas alrededor de su cuello y zona abdominal. *¿Cómo rayos se salió del sótano?*

—¿Te sorprende verme? —se burló de mi expresión paralizada—. Mírate, Jerrell… Luces tan patético. ¡Das lástima, pobre animal, pero a mí únicamente me causas repugnancia! ¡Podría escupirte en un ojo aquí y ahora!

—Cállate… —pretendía ignorar sus comentarios, pero ni yo caía en mi nefasta mentira.

—Te duele la verdad, ¿no es así, Jerrell? ¡Ardes por dentro de tan sólo escucharme repetirte lo que ya muchos te han dicho, y es por eso que los matas, porque los odias, porque les tienes rencor, al igual que aborreces que afirmen lo que tú mismo sabes: que estás loco!

—Basta, Irina. No me hagas perder la paciencia —de nuevo me ridiculizó con su risa satírica.

—¿Crees que te tengo miedo? ¡No! ¡Deja de engañarte! Si te tuviera miedo, no hubiese hecho hasta lo imposible por abrir la puerta del sótano y enfrentarte. No sabes lo mucho que he deseado ver tu rostro boquiabierto, gracias a mí —se peinó con las uñas largas—. Tienes tantos defectos que... jamás acabaría de contarlos... Pero entre los peores, está tu poca paciencia. ¿No te percatas del daño que les haces a tu novia y a su bebé, por tus simples arranques de ira? ¡La maltratas, la desprecias, y ella sigue de tu lado! Deberías valorarla un poco más; aunque, pensándolo bien... no se puede valorar si no se tienen sentimientos.

Me abalancé sobre ella y la golpeé repetidas veces. Desde mi interior brotaban resoplidos convulsivos. *Verdades de mierda, solamente yo sé lo que es verdad o mentira a mi alrededor.* Irina trazó cuatro arañazos en mi rostro, debajo del pómulo, con sus uñas afiladas. Sus golpes y el ardor de la mejilla derecha no me detuvieron. Le volteé la mandíbula tres veces, descargando toda la rabia que me provocaron sus malas palabras.

—Jerrell, detente, por favor... —su voz suplicante me arrastró de nuevo a la realidad—. No me golpees más.

Mi mente me había jugado una broma pesada.

Al restregarme los ojos vi claramente a Aeryn debajo de mí, sin fuerzas y temerosa. *Irina nunca estuvo en la habitación, nada fue real.*

—Eras... ¡Eras ella, lo juro! —me sentía indefenso. Maltraté a Aeryn por un buen rato sin siquiera estar consciente que se trataba de ella y no de la perra arrastrada que imaginé ver—. ¡Aeryn, no fuiste tú quien salió de ese baño! ¡Era Irina!

—No aparentes que… no deseabas lastimarme de nuevo. Estabas tan… molesto e iracundo. No me extraña que me hayas obligado a… —un quejido salió de su garganta— …a abrir la puerta con toda la intención de descargarte conmigo.

—No quería golpearte de esa manera, Aeryn, créeme —era una extraña manera de disculparme, y yo tenía presente que no se me escuchaba para nada sincero. Mi tonalidad dura le daba a la situación ese toque malicioso, típico de una pelea entre esposos—. Nada de esto hubiese pasado si no te hubieras embarazado —y he ahí de nuevo el inicio de nuestras discusiones.

—¿Yo me embaracé? —Aeryn comenzaba a regresar a la normalidad, a ser la misma luchadora que no le temía a nada—. ¡No seas patán, por favor! ¡Lo dices como si hubiese ido a un laboratorio de inseminación artificial! No es así, y tú lo sabes —cerré los puños a ambos costados—. Admite que fue el error de los dos, no seas como todos los hombres. Piensa diferente, acepta que como pareja nos equivocamos y hazte cargo de la parte que te corresponde.

—En algún momento vas a ser viuda, y tu hijo no va a tener un papá que lo acompañe. ¿Es eso lo que quieres?

—¡No te excuses más! —se apoyó con dificultad sobre ambos pies—. Si ya no me amas, entonces no lo hagas por mí, Jerrell… —me miró fijamente a los

ojos, y avanzó hacia mí, sin cortar el contacto visual—
…hazlo por él —tomó mi muñeca con suavidad. Aunque yo la podía sentir temblar con miedo y desconfianza, me dejé llevar por ella. Sentí su piel caliente y
roja, abatida por mis golpes. Su abdomen, aún plano,
se erizó al sentir mi tacto—. Está chiquito… le falta
crecer, pero sabe que eres tú, y no quiere perderte.

—No sabía que te ibas a poner tan ridículamente
cursi con respecto al tema —me deshice de su mano,
enfadado—. No voy a retirar lo que dije. Abortas, o te
hago abortar.

Por primera vez, Aeryn me golpeó con exagerada
fuerza. Chocó sus cinco dedos contra mi piel blanca.
Me ardía y picaba al mismo tiempo, era una extraña y
desagradable combinación. Creí que ella lloraría de
decepción; sin embargo, su frente se encontraba arrugada y sus ojos no demostraban nada más que desdi-
cha.

Di largas zancadas fuera de la recámara. La dejé
de pie, sola, esperando una respuesta de mi parte.
Maldición, no iba a reaccionar de buena manera. Lo
mejor fue retirarme sin decir palabra alguna.

Capítulo Diecinueve

Sentado en una silla de madera frente a Irina, soplé en dirección a su rostro, creando un remolino de humo de cigarro a su alrededor. Ella tosió, y escupió un poco de sangre. Se la veía deteriorada, fea y desfigurada. Muchas partes de su cuerpo estaban hinchadas, producto de los correazos de la noche anterior.

—Antes de que te asesine… —me acomodé y coloqué el cigarrillo en mis labios—…quisiera tener una plática agradable contigo.

—Las cosas nunca son agradables cuando se tratan de ti —habló entre dientes.

—Dime, Irina —obvié su absurdo comentario y continué—. ¿Qué se siente revolcarse en la cama con el novio de tu mejor amiga? ¿No te da ni siquiera un poco de culpa?

—Ya no… —murmuró reflexiva.

—¡Ah, ya no! —su respuesta me hizo estallar de risa—. ¿Estás consciente que, en cuanto ella se entere, te va a odiar, al igual que a su no tan buen novio? Eres una mala amiga, eres falsa y corriente, nunca tuviste la decencia de respetar la relación entre Marion y Floyd.

—¡Yo no quería!

—¡Sí que querías! De lo contrario, no te le hubieses abierto de piernas al asno de Floyd.

—Sácame de aquí, te lo imploro —insistió con voz lastimera.

—Vaya, vaya, vaya… ¿Irina Reeve está rogando? ¿Qué ocurre? ¿Todavía sigues asustada?

Era estupenda la manera en la que Irina me hacía sentir con su temor.

—Tu silencio me harta. ¿No piensas decir ni una palabra?

No se tomó la molestia de abrir la boca. Arrojé la silla de madera desgastada al suelo y registré entre las gavetas de los muebles desparramados por el sótano. Mis manos temblorosas rebuscaron entre las ranuras pequeñas, hasta dar con el objetivo: hilo y aguja. Enchufé la lámpara vieja de escritorio. Hizo un ruido atroz, producto del corroído estado en el que se encontraba. Pasé cuidadosamente el hilo por la diminuta abertura e hice un nudo en el extremo. Malévolo, observé la punta de la aguja destellando. Fruncí los labios de Irina por la fuerza y acerqué el filo a sus comisuras carnosas. Se sacudió frenéticamente intuyendo lo que ocurriría.

Se agitaba con constante violencia, no me permitía trabajar. Crispado, alcancé una de las tantas cuerdas enredadas entre ellas mismas. Ajusté varias vueltas al cuello de Irina y halé hacia atrás. Até el otro extremo a uno de los maderos de la silla, dejando su cuello y cabeza suspendidos en el aire. *Un simple movimiento hacia arriba y se mata ella sola.*

Cambié la silla de lado, ahora estaba a las espaldas de la muchacha. Lloraba en silencio, pero con mucha congoja y amargura. Nadie jamás imaginó ver a Irina en esa posición, aunque muchos siempre lo desearon. Ella era la estirada, la hermosa y perfecta Irina Reeve, quien no le temía a ningún peligro y se arriesgaba a las peores cosas. Y ahora, nadie mejor que yo sabe lo cobarde que es. Es una simple niña mimada, simulando ser quien realmente no es.

Hundí la punta de la aguja en el labio superior. Pequeñas gotas de sangre comenzaron a salir. A medida que yo aumentaba la cantidad de puntadas, Irina agudizaba sus bramidos. El hilo unía sus labios, uno con el otro, ejerciendo una fuerte y dolorosa presión. Las venas en sus manos se alborotaron, al igual que las de sus dedos. Una oleada de dolor enfermizo le recorrió el cuerpo pues su espalda se arqueó casi hasta partirse en dos.

Mis manos se bañaron de sangre espesa, caliente. Sentir el líquido desbordándose por entre mis dedos y corriendo por las líneas de mis palmas provocaba una sensación encantadora. *Vendetta, vendetta, vendetta...*

Ya al borde lateral de sus labios, traspasé la aguja tres veces más, formando una letra. La última letra de la palabra ahora tallada con hilos en su boca.

Humedecí un trapo roto y refregué con vigor la sangre chorreada. La palabra se apreció con detalle al retirar todos los restos frescos y ensangrentados. Sonreí con locura, tomando su mentón entre mis manos. La giré hacia la derecha, luego hacia el lado contrario, determinando la perfección de cada puntada y cada hilo adherido a lo que alguna vez fueron sus pulcros y delicados labios.

Irina respiraba con mucha dificultad. Los mocos amontonados dentro de su cavidad nasal apenas permitían el paso de aire, y por su boca no entraba ni un mililitro de oxígeno. Le acaricié el cabello, corto y sin esperanzas de volver a crecer con el reluciente brillo y cuidado que tenía.

—Eres una zorra —encendí la cámara frontal de mi teléfono celular y lo coloqué frente a su boca—. Es por eso que lo cosí a tu boca, sucia —sus ojos se abrieron como platos, manifestando indignación e impresión.

Antes de que pudiera hacer un ruido desagradable, salido desde lo más profundo de su laringe, tiré de la cuerda hacia abajo. Irina se retorció por última vez apenas sintió que la presión de esos nudos se llevaban su vida consigo. Entre tanto agobio, entendí una grosería dirigida hacia mí. Fue lo último que escuché. Dejó de respirar cuando la cuerda se amoldó sin problemas, apretando con violencia hasta sofocarla.

—Estás muerta, perra —abandoné el cuerpo atado a la silla en el sótano.

****

No esperaba ver a Aeryn despierta, mucho menos vestida y aplicándose maquillaje.

—¿A dónde vas? —cada palabra cruzada se volvía tensa. Desde la paliza que le di por equivocación, no hablábamos con frecuencia, a pesar de vivir en la misma casa.

—¿Te importa? —ruborizó sus mejillas con el polvo rosado pálido—. Recuerda que somos dos desconocidos viviendo juntos.

—Deberías madurar, ¿no crees? —estaba jodidamente cansado de que todo fuera una constante pelea, todos los días, a todas horas y en todas partes.

Aeryn no contestó. Agarró su bolso de marca conocida y caminó hacia la puerta. Bloqueé la salida.

—Hazte a un lado —reclamó.

—¿Podemos dejar de discutir por todo?

—¡Quítate, tengo prisa! —arremetió contra mi pecho.

—¿Quién te está esperando?

—¡Mi médico! —respondió para que la dejara salir—. Voy a una consulta. Necesito saber si mi bebé está bien.

—Y vamos de nuevo con el tema… —quise golpear la pared con todo lo que me permitieran mis fuerzas.

—Fuiste tú quien preguntó, imbécil. Y ahora que te dije, quiero que te quites y me dejes salir.

—Eso significa que no has abortado —continué con el tema.

—¡No voy a abortar, Jerrell! Y si me tengo que quitar el anillo de compromiso y separarme de ti para que no me molestes, lo voy a hacer sin pensarlo dos veces.

—¡No me vas a dejar, ingrata!

—¡Y tú no me vas a hacer matar a la criatura! Me dejas en paz y nos casamos, o sigues molestando y provocas que me largue para siempre de tu vida. Es tu decisión.

Ese compromiso ya no significaba nada para ninguno de los dos; o, por lo menos, no tenía nada de especial por el momento. Tantas peleas y diferencias nos habían alejado el uno del otro, convirtiendo nuestra relación en algo monótono y rutinario. *¿Tengo que aceptar a ese niño para poder ser por fin feliz con ella?*

Sentí un par de golpes en la puerta, volteé, bajé la vista y vi una sombra debajo del marco de la puerta.

—¿Estás bien, Jerrell? —preguntó Leslie con preocupación.

—¿Por qué no debería estarlo? —Leslie no caería. Era muy inteligente y maduro para la poca edad que tenía.

—No te enfades, pero... escuché toda la conversación, alaridos, pelea, o como sea que ustedes los adultos le llaman a gritarse muchas verdades en la cara— ...*Sí, sé lo que se siente*—. Jerrell, no puedes abandonar a Aeryn, mucho menos en este momento.

—Si es ella quien quiere marcharse de la casa.

—¡No me refiero a ese tipo de abandono! Quise decir que deberías apoyarla. Ese bebé puede que afecte su trabajo por un tiempo, pero para ella eso es lo de menos. Aunque no lo demuestre, le duele tu rechazo. —Leslie se expresaba con fluidez, luciendo como una persona de mayor edad—. Ambos se metieron en esto, no es justo que ahora dejes que resuelva sola sus problemas.

—¡Le dije que abortara y ella no quiso!

Aeryn me miró ofendida y salió de la habitación.

—¡Es que esa no es la solución! —entró al baño y cerró la puerta de una lanzada—. Primero y principal, su hijo no tiene la culpa de que se hayan descuidado. Segundo, es ilegal. Tercero, están por casarse, van a ser una familia feliz —Leslie estaba agitado. Me recordaba a mí de pequeño, cuando me ponía iracundo y no era capaz de dominar ninguna parte de mi ser—. Piensa en lo bien que le va a hacer a ella saber que no te irás de su lado, o que no la obligarás a matar a un ser vivo. Y, ¿puedes imaginarte a ese niño pequeño corriendo a tus brazos cuando aprenda a caminar? ¿Y cuando crezca, y sea adolescente, y te cuente lo bien que le va con su novia? ¿O cuando te diga que tiene mucho éxito como abogado, comerciante, ingeniero, futbolista, vendedor, ejecutivo, o lo que sea que estudie cuando se gradúe de la secundaria? —*lo que realmente no sabes, Leslie, es que ni siquiera sé si estaré vivo para cuando nazca*—. No hagas lo que mis padres hicieron conmigo, que, a pesar de que estaban en físico, realmente nunca estuvieron presentes para mí. Siempre necesité de ellos y nunca se dignaron a ayudarme.

La tristeza podía percibirse en su voz, en esa voz lastimera que comenzaba a volverse ronca. Leslie no lloraba, pero casi podía sentir las lágrimas acumularse en sus ojos azul claro. Me rasqué la cabeza, nervioso e impactado por todo lo que un niño, un simple niño de ahora once años, me había dicho.

—¿La vas a apoyar o te alejarás? —lo observé sin parpadear—. Si decides quedarte de su lado, ve con ella al médico. Aquí está la dirección —se sacó un papelillo rectangular del bolsillo—. Se le cayó ayer, pero me dijo que podía botarlo —lo dejó sobre la mesa de noche y sus ojos azules, ahora grisáceos, me miraron inexpresivamente.

Ese niño sabe cómo convencer hasta a la persona con el corazón más gélido.

Doblé el papel en dos partes iguales y lo guardé en uno de mis bolsillos, mientras bajaba las escaleras a paso rápido.

Giré las llaves dentro de la rendija a un costado del volante. El auto no encendía. Lo intenté de nuevo, pero el motor únicamente expulsó un puño de aire negro. *No tengo tiempo para encender esta porquería*, pensé y abandonando el vehículo salí corriendo hacia la avenida.

Esperaba no haber llegado tarde. Me adentré al frío hospital, me dio asco pensar en la cantidad elevada de gérmenes y bacterias que habría ahí.

Busqué con la mirada a Aeryn. No estaba. Seguí caminando por un pasillo angosto en donde sólo se encontraban mujeres embarazadas, algunas acompañadas de sus niños y sus respectivos maridos.

Observé unos tacones color crema moverse hacia uno de los consultorios. No fue difícil reconocer esos pies blancos y pequeños.

Crucé la sala de espera, esquivando a los niños pequeños y los coches de bebés, y llegué hasta donde estaba Aeryn, justo antes de que pasara por la puerta. Me apoyé en su hombro, cansado. El cáncer no me daba demasiadas fuerzas, y correr por las calles no fue la mejor idea; sin embargo, me arriesgué a perder la vida tan sólo para estar con ella y que no se sintiera sola. Recordé a Leslie reclamándome. Sí que valió la pena correr como un demente hasta el hospital.

—¿Qué haces aquí? —susurró, sin que el médico nos tomara en cuenta.

—No voy a dejarte sola —acaricié su piel con mi dedo pulgar.

—¿Quién te hizo cambiar de opinión?

—No me creerías si te lo digo —entrecrucé mis dedos con los suyos.

La conversación terminó ahí. Me senté en una de las sillas dentro del consultorio y esperé. *¿Cómo se supone que funciona esto?* Es una pena que no sepa mucho sobre la vida cotidiana de las personas normales.

Aeryn se recostó en una camilla y recogió su blusa por debajo de sus pechos. Se rió, envuelta por las cosquillas que le propiciaba el líquido transparente vertido en su abdomen. *¿Qué diablos hace el médico?* Encendió una máquina, bastante similar a un computador común y corriente, y acercó una especie de sensor. En la pantalla se reflejó un pequeño bulto gris. Torcí un poco el cuello y observé cada detalle. Estaba extrañamente fascinado. Parecía una obra de arte dentro del vientre de mi novia.

—Aparentemente, todo se encuentra bien. Todavía es feto, pero irá creciendo poco a poco. Felicidades a los dos.

—Uhm… ¿Doctor? —el señor mayor me observó, esperando a que continuara hablando—. ¿Es… es mi hijo? Ese feto, quiero decir.

—Sí, claro. Y pronto será mucho más que una mancha gris en las imágenes de la pantalla. ¿Aún no lo crees? —negué en silencio—. Aeryn, tu novio sí que está estupefacto.

—Opino lo mismo —se limpió el gel y lanzó el papel a la basura—. Vamos, cielo —me tomó de la mano. Le respondí por inercia, todavía no comprendía bien ese extraño proceso del chequeo—. Gracias, doc.

Nos subimos a su auto de colección. Condujo con la ventana abajo, despeinando su cabello y el mío. No comenté ni una palabra hasta llegar a casa, cuando ella me pidió explicaciones.

—¿Qué fue eso, Jerrell? —se cruzó de brazos.

—Creí que estarías feliz —me impacté al escucharla hablar con tanta rudeza.

—Sí, sí que lo estoy, pero no te entiendo. Cuando salí de casa, querías que abortara, y ahora me acompañas a la consulta.

—Aeryn, no… no quiero perderte, y si eso significa aceptar a… a nuestro hijo, voy a hacerlo. Eres la única que no ha renunciado a estar conmigo, a pesar de todo —*Estúpido amor, cursi amor*—. Y se siente bien saber que no todos los habitantes del mundo me odian… No quiero que esa sensación se acabe.

—Realmente no pensaste en eso cuando te dije que estaba embarazada.

—Y me equivoqué, lo reconozco —me acerqué a ella y la abracé—. Lo lamento, soy un desastre y no me gusta decirlo en voz alta.

—A veces quiero golpearte, golpearte tan fuerte como lo hiciste conmigo, o lastimarte y ponerme iracunda, como cuando te enojas porque no te hago caso, o porque te contesto mal —su seriedad me advertía que hablaba muy en serio—. Ni mi padre me golpeaba, Jerrell; no voy a permitir que tú lo hagas —me mordí el labio inferior—. Pero no me voy a ir, no voy a dejarte, y en poco tiempo estaré felizmente casada contigo —me besó, dándoles a mis labios el placer de degustar su labial, sabor a cereza—. Lo único que pido es… no me sigas hiriendo.

—No lo hago a propósito.

—A propósito o no, duele de todas formas.

Tomé su cuello y la besé de nuevo, succionando sus labios con fuerza.

—No volveré a golpearte, Aeryn.

Me miró a los ojos, con cierta decepción oculta en lo más profundo de ella.

Apoyó su cabeza en mi hombro, abrazándome con fuerza. La rodeé con mis brazos, dándole a entender que la cuidaría y no la volvería a golpear nunca jamás. Es así como debería ser todos los días. Somos una pareja feliz, extrañamente feliz.

A espaldas de Aeryn y frente a mí, pude ver la figura de Leslie, el diferente y no tan aniñado Leslie. Sonrió de lado, para luego insultarme en silencio con la palabra "idiota". Subí mi dedo del medio y lo orienté directamente hacia el castaño de ojos azules. Se rió en voz baja, y regresó a su habitación.

El Leslie que llegó a la casa niño era inmaduro, depresivo y sin ganas de vivir. El adolescente frente a mí era un luchador, careciente de dolor y repartidor de sonrisas.

Claro que Aeryn no me hubiese creído si le contaba que fue él quien me hizo recapacitar.

CAPÍTULO VEINTE

La ventana de la habitación se abrió de repente, permitiéndole el paso a la brisa fría. El silbido del viento me sacó del profundo sueño en el que me encontraba. Aeryn no se movió ni un centímetro.

Tiré para un costado las sábanas enredadas entre mis piernas y me levanté con irritación. Halé los dos anchos paneles de madera antigua, con decoraciones de vitrales pintados a mano, y su crujir al cerrar hizo un ruido desagradable.

Al darme la vuelta, observé una silueta de pie un poco más adelante del marco de la puerta. Sus músculos estaban relajados, por lo que deduje que su expresión facial se encontraría también laxa. Con pasos suaves, pero que retumbaron en mis oídos, avanzó, atravesando la recámara y quedándose estático exactamente donde la luz platina de la luna le iluminaba la mitad del rostro.

—Soy el siguiente, ¿sí o no? —Alexandre Mallard preguntó, sin intenciones de discutir.

—Puede que sí, puede que no… —me relamí los labios secos—. Tarde o temprano, todos caerán.

—Si es que no caes tú primero.

No sabía qué hacer. Una montaña de sentimientos se amontonaba dentro de mí, manifestándose como un nudo en el estómago. Me rascaba las manos, observando a Alexandre reírse con ganas. Sus hombros se movían de arriba abajo, burlándose descaradamente de mí. *Yo no voy a caer. Si eso ocurre, los arrastro conmigo.*

—Jerrell —la risa masculina se opacó de repente por una voz femenina—. ¿Qué miras? —señalé el fondo, tartamudeando cosas absurdas—. Jerrell, ahí no hay nada.

—Yo... yo estoy seguro de que ahí estaba Alexandre. ¡Él estaba ahí! —me llevé muchos objetos por el medio, buscándolo en el pasillo—. ¡¿Dónde estás?! ¡No hemos terminado de hablar! —revisé el resto de los cuartos. Los encontré completamente vacíos.

—¡No hay nadie, Jerrell! Debiste haberlo soñado —Aeryn me empujó sin mucha esfuerzo de regreso a nuestra habitación—. Nadie está en la casa.

—Pero... —giré el cuello en dirección hacia el fondo del pasillo— ...estaba frente a mí.

Aeryn no dijo nada más. Me obligó a recostarme en el colchón, y me arropó de vuelta. Sentada a mi lado, me miró con curiosidad.

—Me preocupas —abrazó sus piernas—. Es la segunda vez que tienes alucinaciones.

—No sé qué diablos me está pasando. *Sí lo sé. Me encuentro en la etapa crónica de la locura.*

—Duerme —acarició mi nuca—. Quizá todo esto sea producto del cansancio.

—Sí —me moví de cara a la pared—. Producto del cansancio.

****

Me encontraba al inicio del muelle, sentado en el asiento del copiloto del lujoso auto de Alexandre Mallard. El dueño yacía inconsciente en el puesto del conductor, con las manos atadas al volante, la cabeza caída hacia adelante y los brazos totalmente débiles.

Ver su frente sangrar me hacía recordar el constante sangrado de mi nariz, el cual se hizo presente minutos antes de golpear a ese marginado y desmayarlo. Cualquier emoción fuerte, sobre todo la rabia e impotencia, me hacían botar plasma rojo por los orificios nasales.

Cada día tenía la sensación de que mi salud empeoraba. *El tiempo cada vez es menor.*

—Te reconocí desde el principio, maldito… —Alexandre comenzaba a despertar, inquieto en su lugar.

—Me alegra. Esa era mi intención —mantuve la vista fija hacia el agua, iluminada por la luz de la luna y las estrellas.

—No voy a rogarte. ¡No voy a rogarte! —a pesar del golpe que le propiné, parecía como si estuviese en las mejores condiciones. Seguía apoyando a su mal carácter, al igual que a su orgullo.

Me quedé en silencio, ignorando sus palabras.

En algún momento te arrodillarás por piedad, vas a desear que te asesine.

Mi teléfono móvil me indicó la hora exacta: 12:27 a.m. Lo guardé en el bolsillo del suéter y extraje del mismo lugar el yesquero con el que siempre encendía los cigarros. Me distraje con él, abriendo y cerrando la tapa, al mismo tiempo que me entretenía con la aparición y desaparición de la llama.

—Puedo abrir la puerta, bajarme... —comenté con calma mientras mi atención seguía puesta sobre el yesquero— ...y prenderle fuego a tu auto, contigo dentro.

—Eres incapaz, asno. Eres un cobarde.

—Nadie sabe de lo que es capaz una persona hasta que realmente cumple con su palabra. ¿Nunca has pensado en eso? —lo miré a los ojos por primera vez desde que recobró la conciencia—. Fui capaz con Gamer Redford, con Cambria Perry, con Ian Gerard e Irina Reeve. ¿Por qué no sería capaz de hacerlo contigo también? —vi profundo rencor en el color verde de sus ojos—. Puedo matarte ahorita, mañana, en una semana, en un mes, en un año o cuando me dé la gana.

—Pues te reto, bestia. ¡Te reto a que hagas conmigo lo que te plazca! —sonrió con cinismo—. Veamos quién se hunde primero. ¿Es que se te olvidó que siempre pude contigo? ¡Me encantó joderte en la secundaria, me fascinó, y puedo jurártelo desde lo más profundo de mis extrañas! —se acercó a mí, llenándose de placer al percibir mi evidente ira—. Fuiste la burla de nosotros siete. ¡Fuiste nuestro juguete!

Abrí pequeñas heridas en las palmas de mis manos al presionar mis uñas no tan largas con fuerza y tensión en la piel. Inhalé una bocanada de aire, y la retuve en mis pulmones por el tiempo que consideré necesario.

—Qué ironía, ¿no? —dirigí mi mirada de nuevo hacia el frente—. Fui su juguete hasta hace tres años… —en el auto se escuchaba solamente el sonido de mi voz y la respiración agitada de Alexandre—…y ahora ustedes son los míos —hundí mi mano en un bolso pequeño y tanteé en busca de un alicate—. Y ahora que hablamos de juguetes, ¿nunca les quitaste una parte del cuerpo a tus muñecos? Porque yo les quitaba los dedos de las manos a mis figuras de acción —los ojos del muchacho parecieron mirarme con miedo irracional—. Ya que mi madre se deshizo de todos mis muñecos… te usaré a ti como uno.

—¿Qué? ¡No me vas a arrancar los dedos de las manos!

—Me retaste a que hiciera contigo lo que quisiera. Si hubieses medido tus palabras, quizá… sería un poco menos cruel —tomé la pinza entre mis manos y le di una gélida mirada de superioridad—. No te preocupes, sólo será uno de cada mano.

—¡Maldita sea, no! ¡Los dedos no!

Fue tarde para él, pues comencé a hacer presión en cuanto coloqué el dedo meñique de su mano derecha en la herramienta. Los músculos de sus brazos se tensaron a medida que los gritos aumentaban de volumen. El dolor mezclado con tanta rabia lo hacían ver como el verdadero monstruo que siempre fue, como un animal histérico. La piel comenzaba a desprenderse, y con ella el dedo salía de su lugar con lentitud. Aspiré gustoso el delicioso aroma a sangre fresca. Apliqué un poco más de fuerza, extirpándole el meñique.

—¡Estás desquiciado! —su grito fue tan desgarrador que podía haberse escuchado en el bosque tras nosotros.

—Me lo dicen con frecuencia.

Tomé el dedo medio de su mano izquierda, con el que muchas veces me insultó mientras fuimos compañeros en el colegio, y repetí el proceso. En este se encontraba un anillo de oro sin pulir y con una frase impresa en el mismo. Impulsado por la curiosidad, me acerqué y la leí: «La fuerza no se mide por tu potencial físico sino por la manera de ver la vida en las peores situaciones». Y entonces recordé dónde había visto ese aro.

****

Habían pasado dos meses desde la muerte repentina de los abuelos. Fue triste saber que no los volvería a ver, pero extrañamente nunca pude llorar por ellos. El ambiente en mi hogar se había vuelto monótono y triste, hasta el punto de mirarnos las caras como desconocidos a la hora de la cena. Nuestra realidad simplemente había cambiado.

—¡Jerrell! —Marion gritó desde la otra esquina del pasillo, mientras corría a través de los estudiantes—. ¡Jerrell, mira lo que tengo para ti! —se apoyó en mi hombro, intentando recobrar el aliento—. Lo siento, vine corriendo desde mi casa y…

—Marion, el día comenzó de una manera patética. Dime lo que tengas que decirme y déjame solo, por favor.

—Si se tratase de otra persona, lo hubiese golpeado; pero, ya que eres tú, no voy a hacer caso a lo que acabas de decir. Mira —sacó de su bolso una caja de gamuza roja—. Es para ti. Ábrelo.

Fruncí el ceño. ¿Qué diablos era? Subí la tapa de la caja pequeña, y me encontré con un aro grande y de oro puro. Puedo estar seguro de que era caro pues brillaba con gran intensidad y, al parecer, estaba hecho para mí. Una frase estaba grabada alrededor del mismo, con letra perfecta y legible: «La fuerza no se mide por tu potencial físico sino por la manera de ver la vida en las peores situaciones», eso decía. De súbito, mi día se fue de cero a cien.

—Marion… —seguía observando el anillo.

—Lo mandé a hacer bien grande para que puedas utilizarlo cuando seas adulto —le dio la vuelta al círculo por dentro, señalando su tamaño—. Sé que no estás pasando por un buen momento, así que quise alegrarte un poco el día con este regalo.

—El día y el resto de mi vida. Gracias, Marion, eres mi mejor amiga —ambos nos fundimos en un tierno abrazo.

****

—¿De dónde sacaste ese anillo? —repliqué, haciendo fuerza con el alicate sobre su dedo.

—No sé.

—¡Sí sabes! —cerré con energía las pinzas. Del dedo comenzó a brotar sangre—. Dime de dónde sacaste el aro.

—¡Fue en la secundaria! Abrí… tu casillero, y lo vi ahí. Te lo quité para molestarte, pero luego no pude devolvértelo.

—¿No pudiste o no quisiste devolverlo?

—¡No pude! ¡Floyd me tenía vigilado todo el tiempo… yo no creí que fuera correcto quedarnos con él, es muy valioso!

—Pero lo hicieron. ¡Nunca me lo diste de vuelta, imbécil! ¡Era lo único que tenía un buen significado para mí! ¡Fuera de ese aro, la vida me sabía a pura mierda! Esa cosa que ahora brilla en tu dedo tiene una frase, la única frase que me sacaba adelante y me hacía creerme mis bobas mentiras de que un pedazo de Marion estaba conmigo.

Le quité bruscamente la sortija y la guardé dentro de mi puño cerrado. Ahora más que nunca nadie me haría pensar dos veces la idea de cortarle el dedo. Usó lo que era mío por mucho tiempo y sin ningún tipo de remordimiento. *Todo en la vida tiene consecuencias.* La mano comenzó a temblarme, y no era precisamente de miedo. Estaba furibundo y expresaba mi irritabilidad al sujetar el alicate cada vez con más fuerza, hasta que despegué el dedo de la articulación en la base.

Alexandre no dejaba de gritar, aunque todavía las lágrimas no asomaban por sus ojos. *Oh, claro, los niños grandes no lloran.* Gotas de sudor corrían desde su frente, hasta caer en su camisa, ahora con manchas grandes de color rojo, igual que la sangre que brotaba de mi oído, se acumulaba en mi oreja, y luego se desbordaba, juntándose en mi piel y mi ropa con la de Alexandre.

—Soy un desgraciado —admití en su rostro, mientras escribía con la misma pinza la palabra VIO-LADOR en la parte frontal de su mano—. Me juré a mí mismo que iba a matarte, y voy a hacerlo.

—¡Hazlo! ¿Qué esperas, idiota? ¿Que me ponga de rodillas y te lo pida, para agotar tanto sufrimiento? ¡No voy a hacerlo! ¡Me importa muy poco! ¡Merezco que me hayas torturado, siempre he sido una de las peores personas, te hice la vida imposible en la secundaria, no tolero a mi hermano menor, intenté violar a mi hermanastra y muchísimas cosas más, pero a fin de cuentas me da completamente igual!

Me partí de risa, mientras bajaba del auto. Reí más fuerte en cuanto recogí de la maletera dos bidones repletos de gasolina. Esparcí el líquido sobre el auto como si de agua se tratase, lo empapé de combustible. Vacié el segundo bidón dentro de esa costosa carcacha y sobre Mallard. Él aulló de dolor al instante que rocié la gasolina sobre sus heridas abiertas y sangrantes. Era despreciable la valentía que tenía para herir a quien se atravesara en su camino, pero la cobardía que claramente se podía ver en él cuando el karma se encargaba de devolverle sus malas acciones.

Lo observé de brazos cruzados, sintiendo una inmensa pena por el individuo dentro del auto. Sonreí de lado y negué, mientras me lamía los dientes. Grité unas últimas palabras desde lejos cuando estuve seguro de que me miraba a los ojos.

—Te lo dije, Alexandre. Nadie sabe de lo que es capaz una persona hasta que realmente cumple con su palabra.

Saqué el yesquero y lo agité en el aire, abriéndo así la tapa. Vi por última vez esa mirada de cobardía oculta tras una pared de falsa valentía, justo antes de lanzar mi pequeño aparato de metal hacia el auto. Esa diminuta llama provocó un infierno. El auto se envolvió en fuego en poco más de treinta segundos. Las flamas avanzaron pronto al interior del vehículo, incinerando todo a su paso, incluyendo a Alexandre, que gritaba y se sacudía en su asiento. Me quedé de pie, observando cómo la mitad de su cuerpo se consumió por la hoguera. Pronto, sus gritos se silenciaron y sus movimientos se detuvieron.

Estaba muerto.

Caminé por el puente de madera, acercándome cada vez más al final del mismo. Me quité los zapatos y tomé asiento en el borde, con enormes ganas de sentir el agua entre mis dedos. Tonteé con ambos pies, apoyado a uno de los barrotes. Ahí esperé a que la mañana se hiciera presente en la ciudad de San Francisco.

CAPÍTULO VEINTIUNO

Arrastraba los pies por el pavimento. La leucemia no me permitía hacer con frecuencia lo que siempre hice. Estaba cansado y no tenía fuerzas para nada.

Abrí la puerta de la casa y me encontré con un agradable silencio, ameno, relajante y apto para descansar. Cerré la puerta suavemente, pero al parecer no lo suficiente. Leslie apareció desde el segundo piso, alarmado.

—¡Gracias a Dios que estás aquí! ¡Tenemos que llevar a Aeryn a la clínica, está mal! —no reaccioné al instante, estaba procesando cada palabra—. ¡Jerrell!

Mareado, logré correr por las escaleras hacia el piso de arriba. Seguí a Leslie, quien, extrañamente, era capaz de moverse con más rapidez. Empujó la puerta de mi habitación, y ahí estaba ella, tendida en la cama, llena de cortadas y moretones, indefensa. Me arrodillé sobre la cama, a su lado. Respiraba lentamente por la boca y parecía perder la conciencia cada cierto tiempo.

—¡¿Qué le pasó?! —pregunté indignado a Leslie.

—¡No lo sé! Llegó así a casa y se desmayó al instante.

—¡Diablos, por qué no me llamaste!

—¡No hables tonterías! ¡Te llamé diecinueve veces y no contestaste! —mi visión se estaba tornando borrosa—. ¡Y en lugar de gritarme deberías cargarla y llevarla a que la atiendan, si no quieres que tu hijo y ella mueran!

Tomarla en brazos y subirla al auto no fue tarea fácil. Temblaba de pies a cabeza, pero sabía que no podía permitirme dejarla caer. ¿Quién diablos pudo lastimarla de tal manera? Sentía impotencia y pesar, quería golpear cualquier cosa, descargarme, liberar la ira que sentía.

No fue necesario pedir auxilio apenas llegué al hospital. La misma recepcionista que alguna vez me ayudó se encargó de que Aeryn fuera atendida. El médico, sin la necesidad de pensarlo dos veces, exigió su traslado a un quirófano.

Me dejé caer sobre uno de los asientos vacíos, con Leslie a mi lado. Cerré los ojos, dejándome llevar por el cansancio y la horrible imagen de Aeryn al borde de la muerte.

****

Escuché ligeros quejidos, realmente adoloridos. Sentí un leve apretón en una de mis manos, pidiendo un poco de apoyo. Levanté la mirada soñolienta. Aeryn comenzaba a despertar, y no de la mejor forma. Me levanté de la silla y acaricié la venda que ahora cubría su frente. Mantenía sus ojos cerrados; sin embargo, eso no le impedía que las lágrimas salieran despedidas por sus mejillas.

—¿Quién te hirió? —apretó su mano con más fuerza a la mía—. Dime quién te hizo esto.

—Lo recuerdo todo, Jerrell... Yo no... no comprendo por qué me golpeó ese hombre —sus ojos azules parecían haber perdido la vida por completo—. Dijo que... que si tú estabas cobrando venganza, él también lo haría —me paralicé. ¿De quién se trataba?—. Se llamaba... uhm... ¿Floyd Lancaster? —debí sospecharlo. Nunca se quedaba de brazos cruzados, jamás—. ¿De qué hablaba? ¿Hay algo que... no me has dicho?

—Todo está bien, cariño. No sé quién es ese hombre... pero lo voy a saber muy pronto —palpé el arma escondida en la parte posterior del cinturón—. Volveré en un rato.

—No te vayas, te necesitamos —se llevó una mano al vientre—. Porque él todavía está ahí, ¿no es así? —asentí pesadamente.

Sí, ella aún estaba embarazada, pero sólo de milagro.

Dejé un beso en su frente. *Voy a regresar, lo prometo.* Le hice una seña a Leslie, explicándole claramente que acompañara a Aeryn y no la dejara sola.

Mis fuerzas se vieron renovadas tras tomar una lata de bebida energética. Me sentía nuevo, dispuesto a todo; y cuando digo todo, me refiero a TODO.

Una vez más, me trasladé a esa casa en donde alguna vez soñé vivir con ella. La música con el volumen elevado me indicaba que ella se encontraba dentro, haciendo los deberes. Es asombroso conocerla tan a fondo; sé cómo actúa, lo que hace, lo que le gusta y lo que no… La conozco más que ella misma.

Floyd Lancaster, vas a pagar más que nunca por poner tus manos sobre mi prometida.

Rompí la puerta de un golpe y sostuve el arma con seguridad. Ella pareció no escuchar el estrépito pues la música se mantuvo al mismo volumen. Seguí el sonido hasta la cocina, donde ella limpiaba la despensa subida a una silla. Se movía de un lado a otro, al ritmo de la canción. Su cabello rojo se balanceaba, al igual que sus deseables y anchas caderas. Me mordí el labio inferior antes de tomarla por el pie y apoyar el arma en su muslo.

—Nos vemos de nuevo, Marion —subí ambas cejas. Miró hacia los lados, desesperada—. Ni pienses en huir. Estoy iracundo, Marion, puedo estallar en cualquier momento, así que vas a hacer lo que te ordene. A ver, comienza por bajarte de ahí —saltó de la silla y cayó de pie, a pesar del miedo que la agobiaba—. Bien. Toma tu celular y llama a Floyd Lancaster, le vas a decir que venga rápido, que es urgente, y que no esté acompañado.

—Jerrell, no… —me sujetó la muñeca.

—¿Te pedí que abrieras la boca? —me observó con decepción—. ¡Llama a Floyd de una buena vez! —buscó el celular entre los trapos sucios, y dudó antes de iniciar la llamada—. Voy a contar hasta tres. Si no lo has llamado cuando termine, voy a hacer que tus peores pesadillas se vuelvan realidad. Uno… —creí sentir su corazón a mil por hora— ...dos... —le quité el seguro al arma.

—¡Lo estoy llamando! —se llevó el celular a la oreja—. Baja el arma, por favor, no... —se quedó en silencio—. Hola, Floyd... Necesito que vengas a mi casa, rápido, es urgente... E-estoy bien, amor... Sí, seguro es sólo que... es sólo que estoy un poco presionada y necesito que estés aquí... ¡NO! Digo... no, no puedes venir con él, tienes que estar solo... Está bien... Te a-amo, Floyd.

Envuelta en llanto, dejó caer el teléfono sobre la mesa.

—Oh, no llores, por favor. No hay razones para llorar —sequé una de sus lágrimas—. No voy a hacerte daño... todavía.

—¡Suéltame, déjame ir! ¡No quiero que me toques, no quiero que estés cerca de mí! —me empujaba, pero con la única mano libre que tenía podía defenderme.

—Me temo que eso va a ser imposible —sostuve su brazo con fuerza—. Vamos, sentémonos a hablar.

La obligué a sentarse a mi lado en el sofá. Su melena se había despeinado y ya no parecía estar tan alegre como cuando la vi organizando la cocina. *Quiero odiarte con todas mis fuerzas, pero simplemente no puedo, no puedo...* Por más que lo negara, todavía me encantaba, toda ella era hermosa.

—No entiendo cómo la policía no te ha agarrado. Trabajas dejando evidencias por todas partes.

—Yo tampoco lo entiendo, pero me da igual. Aunque me encierren, no duraré mucho tiempo en la cárcel... —pareció curiosa ante mi comentario—. Tengo cáncer, Marion. Me voy a morir muy pronto.

—Es lo que te mereces. Estoy segura que hay un rincón en el infierno reservado para ti.

—¡Ah, crees que me iré al infierno!

—No lo creo, estoy segura de ello.

—Bueno, cariño, vaya o no vaya al infierno, mi alma se irá a alguna parte. Quizás hasta pueda vivir en Júpiter.

—¡No tienes respeto por nada ni nadie! —chilló entre dientes.

—¡Así como ustedes tampoco lo tuvieron por mí y por mis cosas! ¡No me reclames que ahora soy yo quien no respeta! —golpeé uno de sus pómulos con mi codo. Su expresión se deformó, mostrando gran sufrimiento—. ¿Te dolió? Pues deberías saber que esto es recién el comienzo, para ti y para Floyd Lancaster. ¡De hecho, estoy aquí porque el muy maldito golpeó a mi prometida para vengarse de mí! Lo voy a hacer padecer, Marion; y, como todos, pronto deseará estar muerto.

—¿Marion?

Ambos volteamos al mismo tiempo hacia la puerta.

—No te muevas —dirigí la pistola hacia uno de sus costados—. Dile que pase.

—¡Entra, Floyd!

—Marion, ¿por qué rayos no tienes puerta, qué…? —Floyd enmudeció al verme apuntándole a su novia.

—No esperabas verme, tu expresión dice mucho más que tus palabras —me levanté del sillón junto a Marion.

—Déjala, Davis. Ella no tiene nada que ver —me importaban muy poco sus intenciones de resolverlo todo por las buenas. Ahora era mi turno de poner las reglas del juego, de mi juego.

—¡Tiene mucho que ver, tanto o más que tú, así que cállate de una vez! —ambos se mantuvieron en silencio—. Caminen —empujé a Marion de manera que estuviese delante de mí—. ¡Vamos, caminen rápido! —los amenacé. *No saben lo que les espera.*

Floyd tomó asiento en el puesto del copiloto, mientras Marion esperaba impaciente en la parte trasera. La rigidez de él era perceptible hasta su mínima expresión, mientras que ella de seguro anhelaba estar en casa y que nada malo estuviese ocurriendo. *Es imposible saber cómo funciona la mente y los sentimientos de una persona víctima del maltrato.* Nadie nunca entenderá cómo me sentí durante tantos años.

Llevé al sótano a los dos últimos en mi lista negra. El lugar se encontraba hediondo a sangre seca. Los hice pasar y cerré la puerta a nuestras espaldas.

—Aquí es donde tres de ustedes murieron, ¿lo saben? Ese delicioso olor a sangre seca es la combinación de Gamer Redford, Cambria Perry e Irina Reeve —los ojos color café de Marion se inundaron de lágrimas—. ¿Ves esa mancha? Ahí— señalé un charco seco color terracota—. Es la sangre de tu querida gemela. ¡Ve y lámela, si es que te da la gana de hacerlo!

Todo sucedió en cámara lenta. Vi el paso que dio Marion para tomar un cuchillo de carnicero que se encontraba a metro y medio de ella. Detallé el instante en el que se abalanzó sobre mí, empuñando el arma blanca, decidida a asesinarme. Se sentó a horcajadas sobre mí, y rasgó mi camisa en un intento de atravesarme el hombro. Me la saqué de encima en cuanto sentí la sangre deslizarse por mi pecho.

Marion retrocedió, trémula sostenía el cuchillo en la mano.

Alcé la pistola del suelo y halé del gatillo. La bala le dio en el pie. Apenas gritó, descargó su malestar en su labio inferior, mordiéndolo hasta romperlo. La hice a un lado y le hablé a Floyd.

—Siéntate —le indiqué.

Había cambiado la silla sucia de metal por una de madera resistente.

Desconfiado, Lancaster tomó asiento. Busqué entre ya mis escasos materiales un par de clavos grandes y de hierro. Lo miré de frente con paciencia, esperando a que reaccionara de alguna extraña manera; pero no, sólo me observó, expectante, curioso, dudoso. *¿Ahora es que vienes a cambiar?* No era la misma persona que solía ver de lunes a viernes, y a veces hasta los fines de semana.

—Golpeaste a mi novia —mi calma no podía significar nada más que ganas de venganza.

—Duele, ¿no? —habló en voz baja—. ¡Duele, imbécil, que le hagan daño a quienes más amas! ¡Quería que supieras lo que yo sentí cuando me desprendiste de Alexandre Mallard! ¡Fue mi mejor amigo por mucho tiempo, y tú lo asesinaste!

—Eres un miserable novato. ¡No sabes lo que es el dolor diario que te propina la vida! ¡Claro que sé lo que se siente que te arrebaten a tu mejor amigo, ustedes se quedaron con Marion, dejándome solo y desamparado! ¡Y fuiste tú el principal problema! —incrusté uno de los clavos en su mano derecha. Este traspasó la madera, se escuchó el crujir. Floyd clamó piedad con un grito gutural—. ¡Por favor, eso no es nada! ¡No sabes lo que es el verdadero dolor! ¡NO LO SABES! —la sangre salpicó mi cara apenas la punta del último clavo atravesó la piel de Lancaster—. Nunca lo sabrás.

Las manos de Floyd se tornaban de un color rojizo y los dedos parecían inmóviles. No dejaba de quejarse. Por otro lado, Marion sólo me miraba, sin ánimos para levantarse.

—Van a ser mis huéspedes, con una larga estadía.

Una larga y aterradora estadía.

Capítulo Veintidós

Un mes. Un mes de sangre, torturas, insultos, golpes, agonías. Fue un mes perfecto y trágico al mismo tiempo. Nunca vi a alguien resistir con tan rara fuerza a una montaña de maldad; de hecho, nunca me había percatado de la increíble fortaleza que una mujer puede tener.

No entiendo cómo todavía puedo sentir cierta admiración por esa perra sin corazón.

—¿Por qué tan inquieto, cielo?

Aeryn se abrazó a mi espalda y enredó sus piernas entre las mías. Sentí un bulto en su abdomen. Ese niño estaba creciendo más rápido de lo esperado, y ella no hacía más que comer, dormir y vomitar. Había abandonado su carrera y apenas salía de casa. Era difícil de asimilar, pero así era la realidad.

Me di la vuelta y besé la cicatriz en su frente.

—Mañana es nuestra boda. Nunca he experimentado nada… parecido… ni de cerca.

—Todo estará bien.

—Sí, seguro… —dudé en silencio.

Lo que ella no sabía era que no me preocupaba la boda sino el hecho de que la pareja de enamorados estaría en el sótano mientras nosotros teníamos nuestra celebración privada en la habitación.

—Llevaré a Leslie a la escuela. Qué dicha que hoy es viernes.

Asentí, moviéndome y volviéndome a desparramar sobre lo ancho de la cama.

Mientras Aeryn se duchaba, me acerqué a la habitación de Leslie. El niño dormía boca abajo, y apretaba la almohada nuevamente. *¿Otra vez con las pesadillas?* Me acerqué a él con aires paternales y le despeiné el cabello.

—Vamos, amigo. Hora de ir a la escuela —no se movió en lo absoluto—. Leslie, levántate. Hoy es viernes, no más clases hasta el lunes —se removió entre su cobija. Me observó con ojos pequeños y bolsas bajo los ojos—. Oye, ¿qué ocurre? No pareces haber descansado.

—Estuve… utilizando el celular la mayor parte de la noche. Mira esto —manipuló el teléfono con fastidio y me enseñó una imagen perturbadora para sus ojos—. El asesino del que todos hablan mató a mi hermano… hace un mes.

—Yo… lo lamento, no tenía opción —dije, mientras miraba a la nada.

—¿Qué acabas de decir?

Demonios… ¿qué hice?

—Quiero decir que siento tu pérdida. Quizá ese asesino no tenía opción. Nadie más que él sabe las razones. Solamente él entiende por qué lo hizo.

Leslie rió.

—Por un momento, pensé lo peor; pero… sé que tú no me mentirías.

—No, nunca.

Quizás jamás me perdones, pero es mejor que no sufras por mi culpa...

—Torpes días de escuelas… Últimamente se han vuelto tan cansones —se levantó con pereza.

Me era inevitable no pensar en las palabras de Leslie. Me hizo sentir fatal, igual a un mezquino. Los tres desayunamos en la cocina, y el silencio fue absoluto; no tenía palabras, mis pensamientos volaban dentro de las nubes del asesinato del hermano de Leslie.

Nadie más que yo sabe las razones. Nadie sabe por qué lo hice, eso es seguro.

Leslie pasó frente a mí, despidiéndose con un gesto. No pude hacer más que observarlo sin pestañear. Él rió. Ese niño entendía mis rarezas; no obstante, no tenía la más remota idea de por qué lo miraba con tanta intriga.

Bajé al sótano con pasos fuertes y pesados. Me acerqué a la puerta, y los escuché hablar. Ella lloraba, como solía hacer todas las noches, mientras que Floyd intentaba darle consuelo. Abrí la puerta, sin intenciones de hacerles daño. Era extraño saber y estar seguro que nada más quería hablar con ellos. *A menos que me hagan perder la paciencia...*

—Es hora de que todos seamos honestos —me senté en el suelo grasiento—. ¿Quién quiere iniciar? —ambos me contemplaban con cansancio—. Bien, comenzaré yo. Siempre te he odiado, Floyd.

—Qué novedad… —espetó con sarcasmo.

—Eso no es todo. Siempre has sido una piña debajo del brazo. Eres fastidioso y ególatra, y jamás me dejaste en paz; pero, las razones por las que más te aborrezco es por lo mal que tratas a Marion. ¡La golpeas y, además, para ser incluso más machista, la engañas con su mejor amiga! —Marion se vio sorprendida—. Oh… ¿él no te lo había dicho? Lamento tener que informarte que es así desde que éramos adolescentes.

—Te exijo que hagas silencio —bramó entre dientes.

—¿Por qué callar cuando es el momento perfecto para que toda la verdad salga a relucir? —me peiné un poco con mis dedos huesudos—. Te engaña con Irina, desde hace más o menos cuatro años.

—Floyd… —Marion quería explicaciones al respecto, y no esperaba que él le confirmara lo que yo acababa de decir.

—No, Marion, no le creas. ¡Confía en mí!

—Vamos, Marion, no eres tan tonta —fruncí los labios con relajo—. A quién le crees… ¿a tu novio, quien te golpea y te dice que va a trabajar, cuando en verdad está enredado entre las sábanas de Irina, o a este animal aquí sentado, el bestia que alguna vez fue tu mejor amigo?

—¡Marion, no lo escuches! —Floyd apenas podía respirar. El dolor en sus manos, que dejé atravesadas por los clavos, le impedía moverse.

La tristeza y confusión se entrelazaron en el corazón de Marion. No sabía qué hacer, cómo reaccionar, a quién creerle. «Prefiero mil verdades dolorosas que una mentira placentera», la escuché decir una vez.

—Dime más —sonreí con suficiencia.

—¿No te has dado cuenta de que Floyd ahora pasa más tiempo contigo? Es porque Irina lo mandó a volar, le dijo que se buscara a otra. Lo sé porque estaba frente a Irina mientras hablaba con tu "amorcito" —Marion no botó ni una lágrima. Estaba en *shock*, y su ceño apenas fruncido indicaba que no demostraría pesar, aunque estuviese muriendo de la pena por dentro—. ¿A eso le llamas cariño, Marion? Una persona que engañe a quien dice amar no siente nada, no tiene sentimientos. Es triste darse cuenta que jugó contigo por cinco años.

El cabello rojo se esparció por su rostro al dejar caer la cabeza hacia adelante. Así como se extinguió su amor por Floyd Lancaster, desapareció su orgullo. «Soy una cornuda», fue lo que imaginé que pensaba.

—Marion, no... —sus palabras fueron interrumpidas por ella misma.

—Ni te atrevas a negarlo de nuevo, porque juro que de alguna manera me levanto de esta silla y te vuelo los dientes.

—¡¿Le vas a creer a él?! ¡Marion, está loco, los locos no tienen control de sus palabras, ni de lo que hacen! ¿Le vas a creer… a quien asesinó a nuestros amigos, y pronto a nosotros?

Era una escena fantástica.

—Sí. Alguna vez le creí todo lo que decía, ¿no?

Floyd no ofreció una respuesta. Marion estaba en lo correcto, y él no tenía una buena excusa como para engatusarla una vez más.

—Ya que tú me engañaste con la muy ofrecida de Irina, también debo confesarte algo. Él —me señaló débilmente— me gustaba, me gustaba mucho cuando acepté ser tu novia, y me alejé porque me lo exigiste y comenzaba a babear por ti —Floyd volteó hacia ella con asco—. Y con respecto a ti, Jerrell, te debo una disculpa, aunque eso no cambie nada de lo que está ocurriendo.

Era agradable escuchar lo que quise oír por mucho tiempo: una disculpa; pero, tal como dijo ella, eso no cambiaba nada de lo que estaba ocurriendo. Nada.

—Me das vergüenza —una voz masculina retumbó en la habitación de forma despectiva—. ¡Qué ingenua! —Floyd rió—. ¡Es increíble que nunca te diste cuenta de lo mucho que disfrutaba de tu mejor amiga! Créeme cuando te digo que es buenísima en la cama —soltó su risita burlona de nuevo—. ¡Te puse los cachos tantas veces, Marion, y no exclusivamente con ella! ¡No sabes la cantidad de lenguas que he probado!

Ella se rindió. Se dejó llevar por sus sentimientos y liberó un par de lágrimas.

Eso fue más que suficiente para tomar el cuello de Floyd y abrirlo con una filosa hojilla. Ni una palabra salió de su boca. Por otro lado, Marion no podía contener su miedo y el trauma que le provocaba ver un asesinato. La sangre salía por montones, y verla me incitaba a seguir, a continuar masacrándolo. *Uno, dos, tres, cuatro, cinco, seis.... Diecisiete, dieciocho, diecinueve, veinte, veintiuno, veintidós...*

La cabeza de Floyd cayó a mis pies, con los ojos en blanco y la boca entreabierta. Frente a mí estaba el cuerpo, aún sentado en la silla y palideciendo rápidamente.

Te maté. Pagaste por todo.

Tallé en el cuello del inerte cadáver el nombre de un defecto, como hice con los demás. PERVERSO. En todos los sentidos, siempre fue la persona más malévola que pude conocer. *Perverso, perverso, perverso.*

—¡¿Qué hiciste?! —solté los restos de Floyd y posé mi atención en Marion—. ¡¿Qué hiciste, demonios?!

—Te estaba molestando.

—¡No tenías por qué matarlo! ¡Asesino, mira cómo lo dejaste!

Limpié la hojilla del cuchillo con mi camisa. Me reflejé en la misma, al igual que las diminutas gotas que manchaban mi rostro. Caminé en dirección a la chica pelirroja. Intentó alejarse de mí, pero sólo logró lastimar más sus muñecas con las cuerdas que la ataban. Me agaché a su lado.

—Iba a morir de todas formas —quité los cabellos pegados a su frente sudorosa con la punta de mi arma—. No entiendo por qué te preocupas tanto por él. Te hizo mucho daño… ¿y con esas todavía me dices que no debí matarlo?

—Nadie merece morir, por más cruel que sea —su piel se escalofrió.

Solté el cuchillo y acerqué mis labios a los suyos. Marion giró la cabeza. La obligué a mirarme de frente, tomándola por la mandíbula. Después de desear tantos años esos carnosos labios rosados, por fin los pude tener entre los míos. Los relamí cuantas veces quise. ¿Por qué no la había besado antes? *Idiota, mañana te casas con Aeryn.*

—Bésame de vuelta —susurré seductor a su oído.

Marion adoptó una posición severa, como si fuese una pared indestructible.

—Prefiero que me corten los pezones.

Me hirvió la sangre. No quiso responder a mi beso. *Perra.*

Le besé el cuello con agresividad, y lesioné su piel al mordisquear la carne. Se quejó en voz baja. Sin importarme sus gemidos dolorosos, apreté los dientes una vez más. Lamí la zona afectada antes de separarme y limpiarme los labios.

—La próxima vez, voy a arrancarte un pedazo de piel.

Subí las escaleras y dejé a Marion sola en el sótano.

Mañana me caso.

Mañana seré feliz con el amor de mi vida.

Mañana me largo.

Mañana se acaba todo este desastre.

Mañana los siete estarán muertos.

Capítulo Veintitrés

Se supone que el día de tu boda deberías estar rodeado de conocidos, amigos y familiares. Siempre ha sido así, según las películas y novelas románticas. *¿Qué ocurre cuando no tienes a nadie, cuando tu vida se basa en el apoyo de ti para ti?*

—¿Nervioso? —había olvidado que no todos me abandonaron; todavía tenía a Leslie.

—Un poco.

—No lo entiendo. Se van a unir legalmente de por vida, ¿y estás nervioso?

—No lo entenderás hasta que seas mayor, Leslie.

Se encogió de hombros y sonrió, mientras terminaba de anudar su corbata frente al espejo.

Rocié un poco de perfume al aire y dejé que el mismo se adhiriera a mi ropa. Decidí que no me peinaría, nada más saldría con un simple esmoquin y zapatos de vestir.

—Te quiero listo en veinte minutos —ordené al niño.

Vigilé que Leslie no me siguiera, y emprendí una ruta hacia la parte más oscura de la casa: el sótano. Después de que Marion muriera, no tendría que regresar ahí nunca más; aunque debo admitir que fueron buenos momentos con mis antiguos compañeros de escuela. *Excelentes momentos de diversión.*

Me encontré con una chica decaída, rogando por un aliento de vida. Mi presencia ya no le afectaba, parecía que todo le daba igual.

—Es hoy, Marion —sonreí con emoción—. Hoy contraigo matrimonio con la mujer que amo.

—¿Y... se supone que brinque... en un pie?

—Pudiste haber sido tú... Tú pudiste haber sido mi esposa, Marion.

—Por suerte... no es así.

—¿Sabes, Marion? Fue asombrosa nuestra amistad, mientras duró. Me enamoraste, y... creo que no he apagado ese sentimiento por completo, a pesar de que quiero odiarte desde lo más profundo de mi corazón. Lamentable y afortunadamente... —visualicé el lugar, asqueroso y húmedo—...esto se acaba por la noche.

—¿Algo más... que tengas que decir? —contestó de malas.

—Es todo. La próxima vez que baje, te mataré sin decir ni una palabra. Es por eso que decidí hablarte en este momento.

A punto de subir las escaleras, escuché su voz.

—Fue un placer ser... tu mejor amiga.

Recordé cada momento vivido con ella.

También fue un placer para mí, sin duda alguna.

Me alarmé al mirar la hora, tenía apenas treinta minutos para llegar y no dejar plantada a Aeryn. Halé del brazo a Leslie, y lo arrastré fuera de la casa. ¿Nunca han sentido que cuando están retrasados, todo y todos se las arreglan para que te demores incluso más? Es extraño, desagradable y lo peor del asunto es que el tiempo nunca se va a detener, el tiempo no esperará por ti.

Me bajé del auto a toda prisa, y solté un suspiro de alivio al ver que todos los familiares de Aeryn, y muchos fanáticos, permanecían en el lugar, de pie y hablando de sus asuntos personales. Estreché la mano con su padre, su hermano y personas desconocidas. *Sé que no recordaré el nombre de ninguno de los parientes de Aeryn cuando vivamos al otro lado del mundo.*

Todos tomaron asiento al aire libre en el gran lote por el que pagamos para celebrar nuestra ceremonia. Las sillas blancas estaban adornadas con lazos color crema, elegidos por Aeryn, y una larga tabla de madera pulida se extendía hasta el sagrario.

Era mi turno de actuar. Caminé detrás de ese mar de gente y me detuve, nervioso, frente al altar y al sacerdote. *Soy un miserable. Voy a legalizar esto frente a Dios y soy un asesino en serie.* Golpeteé mis dedos, unos con otros, hasta que una música suave y apaciguadora penetró el ambiente.

Llegó el momento.

Aeryn apareció al final de la alfombra color caoba. Utilizaba un vestido corto, sin mangas y con perlas alrededor de su cintura. Los zapatos de tacón la hacían ver de una altura superior a los setenta centímetros, al igual que se veía un poco mayor debido al maquillaje; sin embargo, para mí era hermosa, perfecta, la vi con los mismos ojos que aquella vez en la discoteca. *Es mi princesa, mía y nada más que mía.* Su padre me la entregó con confianza, y me brindó esa sonrisa que tanto me hacía recordar a mi prometida. La tomé de la mano, delicada y con las uñas delineadas perfectamente. Me sonrió, sobrellevando el asunto de las lágrimas.

La ceremonia comenzó. El sacerdote inició las mismas palabras usadas en la mayoría de los matrimonios; no obstante, su voz pareció acallarse con mis pensamientos.

Matrimonio…

¿Qué es el matrimonio?

¿Atarse a una persona de por vida? ¿El deslizar un anillo por el dedo de tu pareja, y que la persona haga el mismo gesto de "amor"? ¿Obligarse a formar una familia, con derechos y obligaciones, o, por el contrario, irte a Dubai con quien realmente amas y olvidarte del pasado? ¿Qué ocurre con quienes se casan por la fuerza? ¿A eso también se le llama "matrimonio"? ¿Ambos son felices?

Hay muchas teorías al respecto, acabo de percatarme.

Para un grupo de personas el matrimonio puede significar amor y unión, mientras que para otros es el simple descaro de esposarse a una persona millonaria.

Así es la realidad.

Leslie llevaba nuestros anillos mandados a hacer a la medida de nuestros dedos. Sostuvo el cojín con fuerza, evitando así que los aros cayeran al suelo. Tomé una sortija entre mis dedos, la más pequeña y delgada, y Aeryn agarró la otra. Leslie me dio un leve codazo y sonrió con orgullo.

—Uhm… —reí por un momento. Los nervios no me dejaban disfrutar del momento—. Yo, Jerrell Michael Davis, te quiero a ti, Aeryn Marielle Cameron —encajé la pieza con cuidado en su dedo—, como esposa, me entrego a ti, y prometo serte fiel en las alegrías y en las penas, en la salud y en la enfermedad —el adorno metálico se adaptó, y resbaló sin ningún tipo de problema—, todos los días por el resto de mi vida —en un par de minutos, nos declararían casados.

—Yo, Aeryn Marielle Cameron, te quiero a ti, Jerrell Michael Davis, como esposo, me entrego a ti, y prometo serte fiel en las alegrías y en las penas, en la salud y en la enfermedad —su voz aterciopelada bajó de tono, partiéndose en pequeños pedazos—, todos los días por el resto de mi vida —entrelazamos nuestros dedos cuando el aro de matrimonio se cerró perfectamente alrededor de mi anular.

—Bueno, hijos de Dios, yo los declaro marido y mujer —miré al cura con el aire retenido en mis pulmones—. ¿Qué me miras, muchacho? ¡Bésala!

Me sentí como un niño en Navidad. Tantos años de tristeza y rencor me habían vuelto una persona fría, calculadora y sin sentimientos; saber que estaba casado con ella despertó ese lado amable que oculté por un largo tiempo. La besé con simpatía, teniendo en cuenta los calurosos aplausos de fondo.

—¡Que alguien detenga a ese hombre! —exclamó una voz doliente. *¿Qué rayos...?* Vi una cabellera despeinada color cereza y ropas manchadas. *¿Marion?*—. ¡Ninguno aquí sabe quién es él! —estaba a punto de arruinarlo todo. *No me van a separar de Aeryn, nadie lo hará*—. ¡No es quien dice ser! ¡Él es el asesino que tanto busca la policía! —sentí las miradas de todos los presentes sobre mí, incluyendo la de mi esposa—. ¡ASESINO! —me señaló con el dedo. Sentí vergüenza, no por lo que hice, sino por sus acusaciones despectivas, ese dedo parecía calificarme cansinamente—. ¡Corre, Aeryn! —no hizo caso a los gritos de Marion. Se limitó a mirar a quienes huían por sus vidas con desasosiego. Dirigió su mirada color zafiro hacia mí, agobiada y desesperanzada—. ¡Llamen a la policía!

Me fijé en uno de los lazos de nuestras sillas. Deshice uno de un rápido tirón y lo pasé por delante del cuello de Aeryn, presionando con la fuerza necesaria para mantenerla viva. Aún quedaban más de la mitad de los invitados, y estos gritaron horrorizados al ver que amenazaba con matar a mi propia esposa.

—Llaman a la policía o se acercan a mí, y ella muere —hablé en voz alta, a pesar de que el viento se llevara la mayoría de mis palabras.

Tiré de Aeryn hacia el estacionamiento.

—Jerrell, ¿qué significa todo esto? —preguntó por encima del ruido.

—Sube al auto.

—Jerrell, por favor…—suplicó.

—¡Sube al maldito auto y cierra la boca!

Saqué el arma de detrás del asiento y conduje con una mano, mientras con la otra sostenía la pistola. Hundí el acelerador a fondo, saliendo despedido por la vía. Aeryn se sostenía al asiento, en el apuro no se colocó el cinturón de seguridad.

—Dime que no es cierto, Jerrell Davis. ¡Dime que esa muchacha está mintiendo!

—¡No puedo decirte que ella miente porque, esa es la cuestión, está diciendo la verdad! ¡Soy un asesino en serie! Pero, como todos, estoy seguro de que no entenderás. ¡Nadie nunca entiende nada! —giré violentamente hacia la izquierda—. No voy a dejar que eso nos separe, ¿está claro? Luché mucho por conseguir un poco de tranquilidad a tu lado, y nadie me la va a quitar. Lo único que lamento es que… —la sangre a través de mi nariz demostraba que estaba en el límite de mi paciencia— …que ahora tú también seas parte de mi juego.

No recibí respuesta por parte de ella, el terror no le permitía hablar. La luz del día comenzaba a desaparecer y la noche marcaba su presencia en San Francisco. Encendí las luces y aceleré hasta donde el motor lo permitió.

—Jerrell, baja la velocidad, vamos a estrellarnos.

La ignoré. Me pasé los semáforos en rojo, y no disminuí la velocidad al llegar al paso de peatones; mi único objetivo era llegar a casa y hacerme cargo de la etapa final de aquel infierno. *Nadie puede ganarme, yo soy el vencedor.*

En el vecindario todos parecían dormir. Las luces estaban apagadas y sólo se escuchaba el silbar del viento. Era una desventaja, pero podía convertirlo en algo bueno.

Empujé a Aeryn a la casa fría y vacía. Se sentó en el sofá e hizo un gran intento por no romper en llanto. Me instalé junto a ella.

—No me temas, Aeryn —rogué con voz lastimera.

—Eres un asesino. ¡Mataste a personas inocentes!

—¡No eran inocentes! No lo eran… —escondí mi rostro entre las manos, podía sentir a mi cerebro carcomido por la locura—. Deberías escuchar mi versión.

—¡Adelante! Quiero saber qué te hicieron para que les desgraciaras la vida de esa manera.

—¡No me dejaban en paz, Aeryn! ¡Yo era su juguete preferido, con quien se desquitaban por el simple hecho de existir, y lo peor de todo es que me arrebataron a mi mejor amiga! Era mía, no de ellos. Enloquecí por su culpa. ¡Estoy desquiciado, esto es peor que la esquizofrenia! ¡Me mandaron a un manicomio, y no sirvió de nada, más bien me ayudó a enloquecer más rápido.

—Yo no… —bajó la mirada—…no te conozco.

—Pues yo sí, te conozco demasiado.

Encendí la *laptop* y abrí un archivo en blanco. *Es lamentable que tú también te hayas vuelto parte de esto.* Escribí su nombre al principio de la hoja, para proseguir con una no tan larga redacción.

AERYN CAMERON

Aeryn Marielle Cameron. Veinte años. Año 1993. Físicamente, es comparada con un ángel caído del cielo. Su piel es tan blanca como la nieve, y tiene unos preciosos ojos azules, los cuales resaltan sobre su rostro. El cabello castaño le cae en ondas por la espalda y suele llevarlo suelto la mayoría del tiempo. Es de estatura mediana y se mantiene en forma. Tiene un carácter demoledor, pero es dulce al mismo tiempo. Es ingenua, inocente. Tiene mucha fama, pues ejerce su carrera como DJ. No tuvo nunca la perfecta unión familiar, pero sobrevive con su padre y su hermano menor, Collin Cameron. Se encuentra recién casada con el hombre de su vida: Jerrell Davis. Está embarazada del individuo mencionado anteriormente, y espera con ansias a su bebé. Nunca fue buena estudiante, pero tampoco era la peor. Tiene algunas costumbres latinoamericanas, lo cual la vuelve incluso más atractiva. Ama a su esposo, pero le tiene miedo de vez en cuando ya que no domina el tema de la ira. También fuma, pero ha dejado el cigarrillo debido a su embarazo. No se deja intimidar por nadie, al igual que tampoco mantiene su silencio cuando se siente ofendida de alguna manera. Adora a Leslie Mallard como si fuese parte de su familia de sangre. La música es su fuerte. Le encanta dejar satisfechos a sus fanáticos en cualquier parte del mundo. Es amante de la comida chatarra y las fiestas, pero mantiene una vida saludable. A pesar de ser inteligente, nunca, jamás, se dio cuenta de que su marido asesinaba a un cúmulo de personas, cuando realmente lo hacía frente a sus narices.

—Mira esto —giré la máquina hacia ella—. Es sólo la mitad de tu vida plasmada en una hoja computarizada. ¿Sabes qué ocurre con las personas que tienen un archivo con nombre y apellido en mi *laptop*? Mueren —tomé el arma y, tembloroso, la presioné en el centro de su frente—. Nos veremos en el más allá, y aún estaremos juntos, porque nos casamos. Somos marido y mujer.

—No quieres hacerlo, Jerrell. ¡Nos vas a matar a tu hijo y a mí!

—Debo hacerlo. Te involucraste en esto el instante en el que te enteraste.

—Piensa un poco. ¿Vas a destruir aquello por lo que tanto luchaste? Recuerdo cuando me comentaste en Año Nuevo que algo se movió dentro de ti cuando dije que te amaba, y me preguntaste si así se sentía estar enamorado —me sentí inseguro; sin embargo, mantuve firme la pistola—. ¿Te vas a deshacer de eso, y más? Yo creo que todavía conservas buenos sentimientos.

—No es cierto… —rompí nuestro contacto visual.

—Lo es, Jerrell. No dudes de ti, te lo ruego. Detrás de tanta locura, si es que es cierto, debe esconderse alguien bueno.

—¿Por qué eres comprensiva conmigo? Retrocede un poco en el tiempo y visualiza las veces que te golpeé, que te grité y en donde perdía la paciencia y me desquitaba contigo, sin contar lo que hice hoy, el día de nuestra boda. Deberías de estar odiándome.

—Baja el arma y larguémonos. Seamos felices en otra parte, solos, los tres —acarició mi rostro.

—Aeryn… —con desconfianza, alejé la pistola de su rostro.

Se escucharon las sirenas de autos policíacos frente a nuestra casa. Aeryn intentó huir, pero la tomé por los cabellos e hice que retrocediera. Pasé mi brazo por su cuello y apunté una vez más a su cabeza. *No volveré a caer en ningún tipo de engaño.* Empujé la puerta principal con el pie y visualicé varias patrullas, policías apuntándome, al padre y al hermano de Aeryn… y a Leslie, sentado en la parte trasera de uno de los autos. Me miraba con ojos decepcionados y apenados. *Yo no… no quería hacerte daño, amigo.*

—¡Estás rodeado, Jerrell Davis! ¡No tienes escapatoria! —habló uno de los oficiales por un megáfono.

—¡Váyanse o le disparo! —hundí la pistola en su piel—. ¡Aléjense!

—¡Ríndete, asesino, y suelta a mi hija! —el padre de Aeryn fue detenido por dos policías, quienes evitaban que el señor enloqueciera de rabia y corriera hacia mí, directo a asesinarme con sus propias manos.

Vi a Leslie bajarse del auto. *¿Qué estás haciendo? Quédate ahí dentro. ¡Devuélvete!*

—¡Jerrell Davis, es la última advertencia! ¡Suelta a la señora y entrégate! —pidieron a través del parlante.

No la dejaré ir.

Se escuchó un disparo, fuerte y claro, y fue entonces cuando sentí un dolor hondo en la mano con la que sostenía a Aeryn. Me liberé de ella inmediatamente, y entonces vi un orificio negruzco en ambos lados de mi extremidad. Mi esposa corrió lo más lejos que pudo de mí. *Odio, rabia, resentimiento, impotencia.* Le quité el seguro al arma y disparé en todas direcciones. *Un disparo, dos disparos, tres disparos, cuatro disparos, cinco disparos, seis disparos.*

Vi caer a un par de personas, pero lo que nunca esperé fue observar un cuerpo de no más de metro y medio en el suelo, de espaldas y sin movimiento. Solté el arma, dejándola caer en el césped y avancé en silencio hacia la persona tendida en la grama. Sin embargo, no pude dar ni un paso más cuando dos tipos uniformados me tomaron de los brazos. Me resistí, no podía dejarlo abandonado, no lo iba a dejar morir.

—¡LESLIE! —golpeé y forcejeé con la mayor fuerza que la leucemia me permitió—. ¡Leslie, levántate! —con frialdad me esposaron ambas manos a la espalda, sin importar que una bala me hubiese atravesado la piel—. ¡Despierta, por favor!

Una corriente eléctrica me recorrió el cuerpo, dejándome completamente atontado. La noche se oscureció casi del todo y no logré distinguir las figuras a mi alrededor. De repente, todo comenzó a volverse negro y mis fuerzas decayeron.

Me llevé un triste recuerdo antes de sumirme en una profunda inconsciencia.

La imagen de Leslie en el suelo, aparentemente muerto.

CAPÍTULO VEINTICUATRO

Es absurdo. ¿De qué sirve batallar tanto por algo si al final todo será en vano, si al término de la jornada vas a detenerte en el mismo punto donde comenzaste y tus planes fracasarán, igual que tu miserable vida? ¿De qué sirve el proponerte algo, si todos se interponen en tu camino para que no lo logres ni de chiste? La vida es una desgracia, ¿no lo creen?

Yamine, el enfermero asignado a mi habitación, abrió la puerta con despreocupación. Es una buena persona, pero nadie nunca logrará reemplazar a Marnie. En verdad le tenía cariño. *Oh, Marnie.* Se hizo a un lado e invitó a pasar a un niño. Podía detallarlo, a pesar de mi obsesión por mirar fijamente la pared por largo tiempo. Era de estatura mediana, cabello marrón y una perfecta piel blanca, manchada con pecas en la zona de su nariz y pómulos.

Sentí su presencia a mi lado, al igual que el constante palpitar de su corazón.

—Hola, Jerrell. ¿Me recuerdas?

¿Leslie?

—Jerrell, él es Leslie Mallard, era tu amigo, vivieron juntos por mucho tiempo —indicó Yamine.

—Sí, amigo. Soy yo, no puedes haberme olvidado tan rápido —apretó mi hombro, pero ni un roce de ningún tipo me hacía salir del trance físico en el que me encontraba—. Jerrell… no sé si estás escuchándome, pero confío en que en algún momento vas a procesar y analizar cada palabra que diré a continuación.

Tú estabas muerto, Leslie. Te asesiné sin querer. Te vi en el suelo. Estabas muerto.

—No te odio en lo absoluto por lo que ocurrió hace ocho meses; por el contrario, te debo muchas cosas. Fuiste la única persona que se atrevió a rescatarme de ese infierno en el que vivía. No creo que estés observándome, pero… —tragó en seco— …estoy ciego. Aquella noche caí al suelo gracias a la bala, sí, pero no fallecí. Me desmayé, Jerrell. Esa bala hizo más que rozar la sien, lastimó muchas terminaciones nerviosas de mi ojo.

¿Ciego? ¿Mi pequeño amigo estaba ciego… por mi culpa?

—Me van a hacer una cirugía en tres semanas. Estoy nervioso, ¿sabes? No quiero vivir en la oscuridad por el resto de mi vida —se rascó el cabello—. Pero hay algo que me hace sentir peor: recordar que me mentiste.

Nunca fue mi intención, Leslie. Quería protegerte.

—Y no hablo del asunto relacionado con los asesinatos… ¿Por qué nunca me dijiste que tenías cáncer?

Ya no tiene sentido. Probablemente muera en un par de semanas.

—Es por eso que sangrabas por la nariz y los oídos todo el tiempo. Los vómitos, los mareos, los repentinos dolores de cabeza. Ahora entiendo todos tus síntomas —suspiró—. Tengo doce años, pero soy inteligente. No entiendo cómo se me pudo haber pasado —jugó con su bastón—. Te exigiría respuestas, pero me explicaron en la recepción que no te encuentras en buenas condiciones —se puso en pie y abrió su apoyo—. Ojalá las cosas hubiesen sido diferentes. Hasta pronto, gran amigo.

No, Leslie, no te vayas.

Yamine le abrió la puerta de vuelta, apenado. Se había ido.

Hasta pronto, Leslie. Te quiero, pequeño.

—Lamento molestarte, Davis, pero alguien más vino a verte.

De poder moverme, hubiese enarcado una ceja.

—Pasa, pero no hagas o digas algo que creas que pueda alterarlo. Tiene arranques de ira —*¿a quién le hablas, Yamine?*

Una mujer esbelta, subida en unos tacones puntiagudos color crema y cabello castaño hasta la mitad de la espalda le asintió al enfermero. Este cerró la puerta, y esperó fuera de la habitación. Anduvo con un coche para bebés hasta la silla en donde Leslie se sentó hacía unos segundos. Me observó en silencio y con sigilo.

—¿No hablas? ¿No te mueves? ¿Ni siquiera pestañeas?

No, extraña. No hablo, no me muevo, no pestañeo, ni tampoco puedo hacer algo que se le asemeje.

—Uhm… sí, ya veo que no. ¿Tampoco puedes recordar nada?

Pocas cosas, extraña. Estoy seguro que nunca te he visto, en ninguna parte.

—Bueno, tampoco me reconoces.

Si nunca te he visto, ¿cómo pretendes que te reconozca?

—¡Jerrell, soy yo, Aeryn Cameron!

Aeryn, Aeryn, Aeryn... ¡Extraña, ya sé quién eres, te conozco, eres... mi esposa!

—Mírate… Estás tan desmejorado. ¿Recuerdas por qué estás aquí?

Cada detalle, pero... ¿cómo lo sabes? Tú no estabas ahí.

—Estás loco, Jerrell; tanto, que estás fuera de este mundo. Ya ni siquiera sabes lo que ocurre a tu alrededor.

Mala respuesta. Sé todo lo que ocurre en el ambiente donde me desenvuelvo: aquí. ¿Crees que no te escucho, Aeryn? Entiendo cada una de tus palabras.

—Mira quién vino a verte… —sacó del coche a un bebé pequeño, de unos cuatro meses de nacido. Tenía el cabello castaño oscuro, casi negro y los ojos claros, iguales a los de ella—. Él es Anton, Anton Davis, tu hijo.

Es… tan parecido a ti, Aeryn.

El pequeño lloró al mirarme.

Aeryn lo meció con ternura, y su llanto se silenció. Luego ella buscó algo dentro de su bolsa. Registró sus pertenencias hasta sacar un papel doblado en cuatro partes. Lo desdobló, y me miró con inseguridad antes de sostener la hoja con mayor firmeza.

—No sé si mantengas en tu memoria a Marion Perry, pero… ella falleció pocas horas después de escapar del sótano. Es lamentable, ¿tienes idea de cuán lamentable? —su voz de reprimenda se tornó triste una vez más—. Solías… escribir sobre la vida de las personas que asesinaste, así que pensé que estaría bien si alguien también lo hiciera contigo, omitiendo la parte de la matanza —bajó la mirada, directo a las letras escritas a computadora—. Jerrell Michael Davis es un chico fuera de lo común. Es bastante raro. Físicamente, puede confundirse con cualquier tipo normal; incluso puede hacerse pasar por un adolescente, a pesar de tener veintiún años de edad…

JERRELL DAVIS

Jerrell Michael Davis es un chico fuera de lo común. Es bastante raro. Físicamente, puede confundir-

se con cualquier tipo normal; incluso puede hacerse pasar por un adolescente, a pesar de tener veintiún años de edad. Tiene una alborotada melena castaña y la piel blanca, con algunas pecas en su rostro y en su espalda. Sus ojos tienen una tonalidad marrón oscura, pero son mucho más que eso, ocultan secretos. Nunca tuvo la mejor vida; sin embargo, intentaba ser buena persona. Tenía una única amiga, la chica perfecta con quien compartía todo y de quien estaba perdidamente enamorado; pero una traición acabó con todo lo que construyeron juntos. Siendo ella, Marion Perry, una de las que le hizo la vida imposible, su rencor aumentó. Jerrell Davis fue internado en un hospital mental debido a sus ansias de eliminarlos a todos de la faz de la Tierra. Como era de esperarse, salió un tiempo después. No habla con sus padres y vive en la antigua casa de sus difuntos abuelos, la cual remodeló después de que estuviera muchos años abandonada. Es impulsivo y puede hacer desastres en cuestión de minutos. El sentido de culpa no existe dentro de él. Tiene instintos asesinos y vengativos. Cuando se propone algo, no se detiene hasta cumplirlo. En pocas palabras, Jerrell está demente, y finge no estarlo ante los demás. Es el esposo de la famosa DJ, Aeryn Cameron, con quien tiene un hijo de pocos meses. Analiza las situaciones, los objetos, paisajes, personas, entre otras cosas, pero a la hora de no tener tiempo actúa por puro impulso. Procura verse como un típico muchacho de la sociedad, aunque él se considera como alguien "especial". Desde pequeño, se le ha observado como un niño diferente, extraño e introvertido. Al crecer y madurar, eso no cambió; por el contrario, enloqueció incluso más. Disfruta del hecho de torturar a los que fueron sus agresores en el pasado y le causa placer tener la sangre de ellos entre sus dedos. Tiene una seria adicción al cigarrillo y se está deteriorando cada día más a causa de la leucemia detectada hace unos meses. Se encuentra en mal estado, debido al cáncer y a su estadía permanente en el hospital mental.

Las lágrimas terminaron esparcidas en el papel, corriendo así la tinta negra. Dobló la hoja nuevamente y la dejó en un escritorio a unos tres o cuatro metros de mí. Me observó una vez más, temiendo por mi estadía en el sanatorio. Forzó su anillo de bodas, y lo dejó encima del papel.

No, quédatelo. Es tuyo. Estamos casados, debes usarlo.

—Firmé el documento legal que dictamina que estamos separados… —se limpió las lágrimas—. Nos divorciamos, Jerrell.

Colgó el bolso a su hombro y empujó el cochecito.

Aeryn… ¡Aeryn!

—Fue bueno mientras duró. Adiós, Jerrell.

La vi desaparecer con la nariz ligeramente roja y los ojos húmedos. Yamine cerró la puerta, apesadumbrado por mis dos recientes y trágicas visitas. *Pudieron haberme ahorrado tanto sufrimiento. A estas altu-*

ras, ustedes estarían vivos y yo tendría una vida feliz con mi esposa e hijo.

—Fue mucho mejor aprovecharnos de ti —la típica voz calculadora de mujer ofrecida resonó a uno de mis costados.

¿Quién anda ahí?

—Eras nuestro entretenimiento —a mi lado derecho retumbó una voz masculina e inquietante.

¡Yamine! Diablos… ¡Yamine, hay alguien en mi habitación!

A mi alrededor, aparecieron siete figuras humanas, tres femeninas y cuatro masculinas. Todos vestían con ropajes negros. Sus rostros estaban tan pálidos como el color de sus cabellos. La piel de los labios estaba partida, al igual que las uñas de las mujeres. Se acercaban a mí cada vez más, y los latidos de mi corazón aumentaban conforme los tenía encima. No obstante, lo más escalofriante eran sus cicatrices. Cada marca se expandía con el movimiento de sus cuerpos.

—Pobre tonto… Está acobardado, igual que en los viejos tiempo. ¿No les agrada, chicos? —Floyd Lancaster se cruzó de brazos frente a mí—. Cobarde, cobarde, cobarde, cobarde.

—Animal —se le unió Cambria Perry.

—Ladrón —el aliento de Gamer Redford chocó contra mi rostro.

—Traidor —Marion negaba en silencio, iracunda y despechada a la vez.

—Loco —chirrió Ian Gerard entre dientes.

—Miserable —soltaron Alexandre Mallard e Irina Reeve al mismo tiempo.

¡Maldita sea, váyanse!

«Tramposo, asesino, malvado despiadado, psicópata, sádico, bestia, imbécil, bastardo, mentiroso».

Sus insultos caían sobre mí como bombas de gas tóxico. Me asfixiaban y me provocaban querer arrancarme la camisa de fuerza. Los observaba una y otra y otra vez a todos, cadavéricos y apagados, putrefactos, con los ojos a punto de salirse de sus cuencas.

Entonces grité, grité con gran vigor para que me los sacaran de encima.

Me torturan. Ellos están muertos, no pueden estar aquí. No pueden. Están muertos, yo los asesiné. ¡Están muertos!

Y ahí me encontraba yo, Jerrell Michael Davis, gritando como el perturbado ser humano que soy a una habitación vacía, donde sólo se halla espacio para las alucinaciones, producto de mi imaginación, luchando contra los demonios que aullaban y berreaban en mi cabeza, manteniendo una distancia considerable con el mundo exterior.

Aunque… ¿saben algo?

Después de todo, existen personas más desquiciadas que yo.

Ana Karina Monrro García

AGRADECIMIENTOS

Una vez más, quiero agradecer a Dios por jamás dejarme sola. A mi editora, Ani Palacios Mc Bride, por hacer posible este gran sueño y aceptarme después de recibir tantas respuestas negativas. Al diseñador gráfico, Micah Zingg, por su excelente trabajo, y a Pukiyari Editores en general. También a mis padres, Ismenia García y Alfredo Monrro; a mis tías, Leyden García, Emely Poloche, y Lissett Alvarado; y a mi abuela, Carmen Julieta Padrón, por su infinito apoyo. A Santiago González y al señor Julio Bolívar, por compartir sus conocimientos y buenos consejos conmigo. Y, claro, como olvidarlo, a Jerrell Davis, mi personaje ficticio, por darle vida a mi primera novela.

Ana Karina Monrro García

Índice